[illegible]

[illegible]

2008.10.

인생 한 방! 달콤하게! ©성희주 / 푸루투리 ⓟ예원북스
LINE GOLD

인생 한 방! 달콤하게! 1

인생 한 방! 달콤하게! 1

초판 1쇄 찍은 날 | 2018년 10월 5일
초판 1쇄 펴낸 날 | 2018년 10월 22일

지은이 | 성희주
펴낸이 | 예경원

편집 | 박수희 · 주승아

펴낸곳 | 예원북스
등록번호 | 제396-2012-000132호
등록일자 | 2012. 7. 25
YRN | 제1-0229호

주소 | 경기도 고양시 일산동구 호수로 646-24 위너스 21-Ⅱ 206A호 (우) 10401
전화 | 031-819-9431 팩스 | 031-817-9432
http://cafe.naver.com/yewonromance
E-mail | yewonbooks@naver.com

ISBN 979-11-89450-51-9 04810
ISBN 979-11-89450-50-2 (세트)

※ 이 도서의 국립중앙도서관 출판시도서목록(CIP)은 서지정보유통지원시스템 홈페이지(http://seoji.nl.go.kr)와 국가자료공동목록시스템(http://www.nl.go.kr/kolisnet)에서 이용하실 수 있습니다.

Goldline Romance Story

인생 한 방! 달콤하게!

1

성희주 장편 소설

C•O•N•T•E•N•T•S

프롤로그

야경이 아름답기로 다섯 손가락 안에 꼽히는 프렌치 레스토랑 〈에트왈르〉.

프러포즈 장소로도 유명한 이곳에서 난, 한 남자의 구애를 받고 있는 중이다. 남자가 민트 컬러로 유명한 쥬얼리 박스를 내 앞으로 내밀었다.

"이런 말…… 믿을지 모르겠지만 나 이런 기분 처음 느껴 봤어. 나리 씨가 나보다 많이 어려서 마음 접으려고 했는데 안 되더라. 나…… 나리 씨 남자 되고 싶은데, 받아 줄래?"

애잔한 눈빛을 보내는 그의 메소드 연기에 욕이 튀어나올 뻔했다.

'미친놈.'

저 인간은 내가 본인을 모른다고 생각한 모양이다. 하지만 난 그가 결혼 16년 차의 유부남이라는 것을 알고 있다. 그런데도 난 '네가 그냥 유부남도 아닌 개망나니 유부남이라 싫다.' 고 단순명료하게 거절하고 싶지 않았다.

좀 더 이 남자 속을 태울 필요가 있었다.

“우리 언니가 남자들이 뭐 사 주고 그런 거 받지 말라고 했는데…….”

그가 내밀었던 민트색 박스를 그에게로 슬쩍 밀었다.

“그리고 꼭 가족관계증명서 확인하라고 했어요. 요새는 총각 행세 하면서 사기 치고 다니는 유부남들이 많다고.”

그의 입술이 말려 올라가 웃는 것처럼 보였지만 그의 눈동자는 몹시 흔들렸다.

“나리 씨 눈에 내가 그렇게 보여? 유부남이면서 싱글이라고 사기나 치는?”

싱글이라고 사기 치는 유부남 맞잖아, 이 자식아!

“좀 슬프다. 내 진심이 안 통했다는 게.”

얼씨구, 놀고 있다!

더 이상 그를 보고 있다가는 내 속이 터질 것 같아 나는 자리에서 일어섰다.

“가야겠어요. 늦으면 언니한테 혼나요. 그리고 제가 먹은 건 제가 계산할게요.”

“나리 씨, 진짜 왜 이래? 이렇게 사람 맘 아프게 할래?”

그가 마음이 상했는지 인상을 쓰며 일어섰다. 그리고 서둘러 나보다 먼저 계산대로 향했다. 사인 패드에 사인을 하는 그의 뒷모습을 보니 한숨이 흘러나왔다.

계산을 끝내고 내 곁으로 오는 그에게서도 한숨이 새어 나왔다.

“너무한다, 나리 씨.”

‘너무한 건 너거든!’

"내 진심도 몰라주고."

'진심이라는 게 있나?'

하지만 나는 하고 싶은 말들을 마음속에 묻고 조용히 그를 따라 레스토랑을 나왔다.

"데려다줄게, 나리 씨."

함께 차를 타고 싶지 않았지만 그가 어느 선까지 거짓을 얘기할지 궁금했다. 더 솔직하게는 여자를 대하는 그의 작업 스타일을 보고 싶었다. 그리고 여자들이 왜 이 남자에게 들러붙는지도 궁금했다.

돈인지, 작업 테크닉인지.

하지만 그는 차에 올라 침묵을 지켰다. 마치 상처를 받은 것 같은 우울한 얼굴로 운전에만 집중하는 것처럼 보였다.

"나리 씨 향한 내 마음, 진지하고 신중해. 그러니까 나리 씨도 진지하게 고민해 줬으면 좋겠어."

"……고민은 해 볼게요. 그리고 저기 보이는 횡단보도 앞에서 세워 주세요."

"집 앞까지 가지."

"아니요. 집 앞에 언니가 나와 있을지 몰라요. 여기서 내리는 게 안전해요."

"언니가 되게 무서운가 봐?"

"네. 서른여섯 돌싱인 데다가 요새 말하는 센 언니예요. 잘못 걸리면 동네 망신당할 수 있어요."

센 언니와 부딪쳐 동네 망신당할 게 겁났는지 그가 바로 횡단보도 앞에 차를 세웠다.

"너무 길게 그리고 너무 많이 고민하지 않았으면 좋겠어. 나리 씨 마음

열리기 전에 맘 아파서 내가 먼저 죽을지 몰라. 농담 아니고 정말로."

"오늘 저녁 잘 먹었어요. 조심해서 가세요."

나는 그의 말에 맞는 대꾸를 하지 않았다. 대신 인사를 건네고 차에서 내렸다. 아쉬운 그의 시선이 나를 향했다.

"조심해서 들어가고, 도착해서 카톡 하고."

그러면서도 그는 바로 출발하지 못하고 있다가 가 보라는 나의 손짓을 보고 천천히 차를 출발시켰다.

운전석 창밖으로 손을 흔들며 그가 차의 속도를 높여 사라져 갔다.

"썩을 놈."

속에 담고만 있던 욕이 튀어나왔다.

이현구. 방금 전 나를 내려 주고 재규어 최신형 SUV를 타고 사라진 남자의 이름이다.

오늘 그가 입고 있었던 정장은 3백만 원대의 에르메네질도 제냐이고, 오늘 그가 나에게 사 주었던 저녁 식사 값은 1인당 십만 원이 넘는 것이었다. 내가 거절했던 티파니의 액세서리 값도 기본 몇 십만 원은 했을 것이다.

강남의 잘나가는 성형외과 〈미라클 클리닉〉의 원장이니 그 정도야 그의 능력으로 감당할 수 있을 만한 것이었다. 대대로 받아 온 유산도 어마어마하니 그에겐 오늘 밥값은 껌값 정도에 불과하다.

하지만 문제는 아내가 있는 유부남에다가 바람둥이라는 것.

그리고 더 심각한 문제는 밖에서 만나는 여자들에게는 돈을 물 쓰듯 쓰면서, 자신의 아내에게는 돈 만 원도 허투루 쓰는 남자가 아니라는 것이다.

그의 아내는 그의 카드를 쓰면서 일일이 감시당하고 있으며, 현금이 필요한 상황에도 딱 그만큼의 현금만 손에 쥐여 준다. 모든 생활비 운영은 그의 어머니가 하고 있고 그의 아내는 그 집에서 무급의 가정부나 다름없는 삶을 살고 있다.

조금이라도 불만을 꺼내 놓으면 드레스룸 안에 있는 디자이너 의류와 명품백을 가리키며 하는 말이 있다.

"남들은 못 가져서 안달인 것들이야. 뭘 더 바라?"

바람을 피우다 걸린 후 선심 쓰듯 사 준 명품들을 마치 온전히 아내를 위해 사 준 것처럼 생색을 낸다.

"그리고 네 주제에 이런 집하고 의사 남편이 가당키나 해? 데리고 살아 주는 것만으로도 감사해야 하는 거야. 알아? 주제도 모르고 어디서 까불어?"

그에게 있어 아내는 자신이 구제해 준 거지이며 자신의 인생을 꺾어 버린 원수일 뿐이다. 그걸 어떻게 아냐고?

그에 대해 너무 잘 알고 있는 이유는 내가 바로 그의 아내이기 때문이다. 인간 취급도 못 받고 있는. 그런데 그가 나를 못 알아본 이유는 지금 나의 모습이 그가 아는 아내, 유민정이 아니라 신나리이기 때문이다.

나는 오전 6시부터 자정까지 유민정이 아닌 신나리로 살고 있다.

두 달 전, 그 일이 있은 후로부터.

1장

⚜

일본으로 세미나를 다녀왔다는 그의 여권에 찍힌 출입국 스탬프는 괌을 나타내고 있었다.

애초부터 현구가 말한 세미나가 내연의 여자와 해외여행을 가기 위한 핑겟거리라는 걸 알고 있었다. 그래서 민정은 일본이 아닌 다른 나라의 스탬프가 찍혀 있다는 사실에도 태연했다. 그러나 그의 캐리어를 정리할 때 나온 여자의 속옷은 그녀의 가슴을 먹먹하게 만들었다.

'아무리 사랑 없이 데리고 사는 여자라지만 그래도 와이프인데……. 이런 걸 나한테 들키면 안 되는 거 아니야? 적어도 양심이 있다면.'

때마침 드레스룸에 들어온 현구가 민정을 보며 멈칫했다.

"여보, 그거……."

더듬거리는 것을 보니 생각지 못한 핑크색 브라에 대해서는 핑겟거리가 바로 떠오르지 않는 모양이었다. 현구는 말을 잇지 못하고 있다가 민정의 손에서 브라를 빼앗아 휴지통에 던져 버렸다. 그리고 바로 그럴 듯한 핑계를 둘러댔다.

"함께 갔던 의사들하고 내 룸에서 술 파티를 했어. 물론 여의사들도 있었고. 모두 심하게 취해서 그대로 뻗어서 잤는데, 그중 한 명이 벗어 놓은 게 내 짐에 딸려 온 모양이야. 신경 쓰지 마."

손톱만큼의 양심이 남아 있기를 바랐지만 그러지 못한 현구를 보며 민정은 그대로 드레스룸을 벗어났다. 어디에선가 답답한 자신의 마음을 가라앉히고 싶었다.

그러나 100평에 가깝게 넓은 빌라, 단 세 명만이 살고 있는 이곳에 그녀가 갈 수 있는 곳은 두 곳뿐이다. 그녀 혼자 사용하는 부부 침실과 주방의 팬트리.

술이 필요한 민정은 주방 팬트리로 들어와 털썩 주저앉았다.

'한두 번 겪은 것도 아닌데 왜 이래, 유민정?'

민정의 눈에서 눈물이 떨어졌다. 자존심과 자존감을 잃고 산 지 오래건만, 오늘따라 자존심에 난 상처가 그녀의 가슴을 후벼 팠다.

식재료와 그릇이 정리된 구석에서 시모 모르게 숨겨 놓은 소주를 꺼냈다. 속상할 때마다 밤에 들어와 홀짝였던 소주는 반병 정도 남아 있었다. 두 번에 나눠 마시고 나니 어느 정도 평온이 찾아왔다. 빈 소주병을 숨기고 자리에서 일어섰다. 혹시라도 시모 눈에 띌까 싶어 빠르게 침실로 향했다.

손님방을 자신의 침실로 쓰고 있는 현구가 그녀의 방으로 들어왔다.

"필요한 거 있어?"

또 시작이다. 그는 이번에도 명품을 안겨 주고 대충 넘어가려고 하는 수법을 시도했다. 하지만 현구의 뻔한 질문에 민정의 대답은 한결같다.

"이혼 말고 필요한 건 없어요."

"조용한 곳에서 좀 쉬고 올래? 별장 가서 쉬고 오는 거 어때?"

뜻밖의 제안이었다. 하루라도 혼자만의 시간을 달라고 해도 귓등으로 듣지 않던 현구가 먼저 쉬게 해 주겠다니. 그것도 시모와 남편은 수시로 드나들 수 있지만 결혼 16년 차에 두 번밖에 가 보지 못한 별장으로.

"혼자 가기 싫으면 세영 씨하고 같이 가든지."

본인이 생각해도 이번에는 너무 심했다고 생각한 모양이다. 시모가 애지중지 아끼는 별장으로 보내 준다는 걸 보면.

하지만 민정은 아무런 대답 없이 현구에게 나가라는 손짓을 했다.

"엄마 허락은 내가 받아 줄 테니까, 이번 주말에 가."

시모의 허락을 받는 일은 그리 호락호락한 일이 아니었다. 더구나 그녀 혼자만 가는 별장으로의 휴가라니.

민정은 순간을 넘겨 보겠다는 현구의 잔꾀라 생각했다. 하지만 다음 날 자신이 말한 대로 현구는 별장 키를 민정에게 건네주었다.

"여기, 별장 키."

"……."

"엄마한테는 나하고 같이 가서 쉬는 걸로 말씀드렸어. 그러니까 다른 말 하지 말고 다녀와."

역시나 며느리 혼자 별장에 가는 것은 이 집안에서 가능한 일이 아니었다. 그렇다고 융통성을 부려 허락을 받아 낸 그가 고마운 것도 아니었다. 결국엔 그 일도 자기 좋기 위해 애쓴 것이라는 걸 알기에.

'나는 별장으로 보내 놓고 당신은 어디에 있을 건데?'

하지만 민정은 단 하루의 완벽한 휴가를 위해 그가 누구와 있든 상관하지 않기로 했다. 단 하루라도 이 집에서 벗어나 자유를 얻을 수 있다면 그 어떤 상황이든 받아들일 수 있었다.

현구가 출근하고 세영에게 함께 가자는 말을 하려고 휴대폰을 들 때였다.

"너 좀 내려와 봐라!"

시모인 민 여사가 대단히 못마땅한 것 같은 투로 그녀를 불러냈다.

"네."

민정이 거실로 나오자 민 여사가 매서운 눈초리로 그녀를 훑어보았다. 하루 이틀 봐 온 눈빛이 아님에도 여전히 시모의 따가운 시선은 그녀를 긴장시켰다.

"매일 수술하느라 피곤한 애, 주말에 좀 쉬게 하지 않고 별장엔 왜 가려는 거니?"

시모 앞에서 말대꾸를 잘못하면 하루 또는 일주일, 길게는 한 달이 힘들다. 그저 조용히 고개를 숙이고 죄인처럼 있어야만 잔소리도 짧고 하루가 편하다.

민정은 늘 그래 왔듯 고개를 숙이고만 있었다.

"현구가 가겠다고 하니 보내는 주는데, 가서 네 집인 것처럼 함부로 이것저것 만지지 말고 그냥 조용히 있다 와. 알았니?"

"네."

"이모들하고 점심 약속 있다. 바로 나가야 하니까 준비해라."

"네."

"올라가 봐."

두 손을 가지런히 모으고 서 있던 민정은 묵례를 하고 침실로 들어왔다.

자매들 간의 모임을 가는 시모의 운전기사로 따라 나갈 준비를 했다.

시모의 체면을 생각해 머리에서부터 발끝까지 명품으로 치장해야 했다. 단순하게 명품으로만 꾸미는 것이 아니라, 우아하고 고상한 분위기를 풍겨야만 한다. 차림새를 민 여사에게 검사받고 오케이 사인을 받기 위해서는.

"어머니."

준비를 마친 민정이 숙제 검사를 받는 초등학생처럼 민 여사 앞에 섰다.

"음……."

깐깐한 눈빛으로 민정을 훑어본 민 여사의 미간이 찌푸려졌다.

"16년이 지나도 어째…… 쯧쯧. 그 원피스에는 클러치백을 들어야 하는 거다. 알았니?"

"네."

민정은 클러치백으로 바꿔 들고 나왔다.

"그리고 얼굴 좀 펴라! 젊은 애가 매일 그렇게 죽을상을 해서는. 그러니 애도 안 들어서고, 애가 없으니 집 안에 웃음소리도 안 들리고…… 에휴. 가자."

아이 이야기에 민정의 고개가 아래로 더 꺾인 채 민 여사를 따라나섰다.

'빨리 주말이 왔으면 좋겠다.'

❖

과연 올까 싶었던 주말이 되었다.

16년 만에 가져 보는 혼자만의 시간. 눈을 뜬 순간부터 가슴이 벅차고 설레었다. 죽었다고 생각한 심장이 다시 뛰는 것만 같았다.

비록 1박의 짧은 시간이지만 들뜬 마음으로 필요한 용품들을 챙기고 있을 때, 현구가 침실로 들어왔다.

"세영 씨 숍으로 갈 거지?"

"세영이 일이……."

"택시 타고 가. 이거."

민정의 대답을 듣지도 않은 채 말을 끊어 버린 현구가 선심 쓰듯 5만 원권 지폐 여러 장을 내밀었다.

"관리인 부부가 해외여행 갔대. 그러니까 나올 때 청소 깨끗하게 하고 나와야 될 거야. 출발하게 빨리 준비해."

세영의 숍까지 데려다주지 않는다고 해서 서운할 것도 없었다. 오히려 현금을 챙겨 주는 그의 배려가 더 고마웠다.

두 사람은 함께 여행을 가는 모습으로 나란히 거실로 나왔다.

"다녀올게요, 엄마."

"그래. 이왕 가서 쉬는 거 편하게 있다 와."

아들에게는 살갑게 굴던 민 여사는 부부가 현관 밖으로 나가는 동안 민정에게는 눈길 한 번 주지 않았다. 한두 번 겪은 일도 아니기에 시모에게도 서운하지 않았다.

현구는 민정을 차에 태우고 나와 큰 길에서 차를 세웠다.

"내일 저녁 7시에 병원 앞으로 와."

"알았어요."

"괜히 이거저거 둘러보다 사고 터뜨리지 말고, 아무 것도 만지지 마. 웬만하면 거실하고 2층 침실에만 있어. 특히 정원에 있는 나무 근처에는 절대로 가지 마. 그거 엄마가 애지중지하는 우리 집 보물이니까. 그 나무 잘못되면 당신하고 나는 정말 끝날 수 있어."

이 지겨운 결혼 생활을 끝낼 수만 있다면 그 나무를 베어 버리고 싶다는 생각이 들었다. 하지만 그런다고 결혼 생활이 끝나는 건 아니었다. 오히려 더 지옥 같은 날만 이어질 것을 알기에 민정은 고개만 끄덕거렸다.

"내려."

민정이 현구의 차에서 내렸다. 그녀가 빨리 내리기를 바랐던 것처럼 현구의 차는 빠르게 사라졌다.

'내 삶에서도 사라져 주면 좋을 텐데…….'

하지만 전혀 가망 없는 현실에 한숨을 내쉰 민정은 세영의 미용실로 향했다.

일 때문에 함께 출발하지 못하는 세영이 그녀에게 자신의 차 키를 내주었다.

"내 차 가져가. 난 저녁에 애인한테 데려다 달라고 하면 되니까. 시어머니 운전기사 노릇 하느라 너 혼자 예쁜 길 드라이브하는 거 소원이었잖아. 네 시어머니 차보다는 못하지만 그렇다고 내 차 그렇게 후진 차 아니니까 드라이브할 맛 날 거야."

택시 타고 갈 생각에 막막했는데 세영이 그녀를 배려해 주니 고마웠다.

민정은 세영의 차를 가지고 별장으로 출발했다.

시모의 운전기사 노릇을 하며 늘 긴장하던 때와 다르게 모든 게 자유로운 지금, 그녀의 영혼도 자유로워 행복했다. 이미 차 안에는 세영이 미리 봐 놓은 장바구니가 있었다. 장에 들를 필요도 없이 민정은 쉬지 않고 내달려 별장에 도착했다.

차에서 내리자 잡지에나 나올 법한 그림 같은 집이 보였다. 아담하게 잘 꾸며진 정원으로 들어서자마자 한쪽에 있는 나무가 눈에 들어왔다.

'저 나무가 보물이라는 그 나무인가?'

그냥 나무로 볼 수 없을 만큼 그 크기가 어마어마한 은행나무였다.

'왜 전에 왔을 때는 저 나무를 못 봤지?'

민정의 시선이 은행나무에서 떨어지지 않았다. 모든 게 낯설고 정이 안 가는 시댁의 별장에서 그 나무만큼은 이상하게 정겨움이 느껴졌다. 민정은 무엇에 이끌리는 것처럼 은행나무로 다가갔다.

아름드리 커다란 나무여서 그럴까? 나무가 그늘로 그녀를 품에 안아 주는 느낌이었다. 그 느낌이 좋아 민정은 나무 아래 한참을 서 있었다. 그러다 정신을 차리고 세영의 차에서 짐을 옮기기 시작했다.

장을 미리 봤다는 세영이 사 놓은 것은 와인과 맥주 그리고 간단한 안줏거리들이었다. 짐을 풀어 정리한 민정은 안채를 둘러보지도 않고 와인을 들고 정원으로 나왔다. 그러고는 나무 아래 자리를 잡고 와인을 마시기 시작했다.

"살 것 같다."

누구의 간섭이나 눈치 보지 않고 온전하게 혼자 있는 지금, 이대로 시간이 멈추길 바라며 나무에 등을 기댔다. 기댈 곳 하나 없던 그녀에게 나무는 그야말로 좋은 버팀목이었다. 그녀의 몸만이 아니라 마음까지도 든든하게 받쳐 주었다.

몸과 마음이 편안해져서인지 와인의 맛이 달게 느껴졌다. 주방 팬트리에 숨어 마시던 소주와는 전혀 다른 맛이었다. 한 잔, 두 잔, 마시던 와인은 금세 반병이 비워졌다.

와인의 알코올 도수가 소주보다 약함에도 불구하고 급하게 마신 탓인지 취기가 올라왔다.

"엄마……."

무성한 은행잎에 가려져 하늘은 보이지 않았다. 하지만 고개를 쳐든 민정은 잎들 사이로 쏟아지는 햇살을 바라보며 중얼거리기 시작했다.

"나 사는 거 보여? 나 너무…… 바보 등신 같지? 나도 이렇게 사는 거 싫은데…… 이렇게 살 수밖에 없어. 왜냐면…… 정말 바보라서…… 등신이라서."

또 한 잔의 와인이 목으로 넘어갔다.

"시간을 되돌렸으면 좋겠어. 이현구 그 인간을 만나기 전으로……."

눈물이 나올 것 같아 손으로 눈가를 훔치는데, 그녀의 눈에 나뭇가지에 묶여 나풀거리는 무언가가 눈에 들어왔다.

"뭐지?"

겨우 손에 닿을 듯한 그것을 가만 살펴보니 천으로 된 부적이었다. 시모가 묶어 놓은 것으로 보였다.

"매일 점집 드나들더니 이런 거 써다가 여기에 묶어 놓으셨구만. 이런 정성 반의반에 반만큼이라도 며느리한테 쏟아부어 보지."

술기운이었을까. 민 여사를 생각하자 그동안 받은 설움이 북받쳐 올라오기 시작했다. 문제는 단순한 설움뿐 아니라 시모를 향한 미움까지 함께 치고 올라오니, 그 감정을 주체하기 어려웠다.

"나무에 이런 거 매달아 놓고 뭘 빌면 이루어지나? 안 되지. 그럼 안 되는 거야. 이현구나 그 엄마나 못된 사람들이 원하는 대로 이뤄지는 건 불공평한 거라고."

민정은 제정신으로는 절대 하지 못했을, 과감한 행동을 저지르고 말았다. 나뭇가지에 매달려 펄럭이는 부적을 풀어 버렸다. 그리고 그걸 가지고 들어가 태워 버리기까지 했다.

재마저도 남지 않고 흔적 없이 사라진 부적을 생각하자 웃음이 나왔다. 가슴까지 시원해져 웃음이 멈추지 않았다.

"진짜 살맛 난다. 이번에는 맥주를 좀 마셔 볼까?"

민정은 캔 맥주를 꺼내 마시기 시작했다. 생각할수록 통쾌한 기분에 계속 웃음이 흘러나왔다. 그런데 어느 순간부터 눈앞이 가물거리고 자신의 웃음소리도 아득하게 들려오기 시작했다.

◈

요란하게 울리는 휴대폰 소리에 민정이 벌떡 일어났다. 취해서 잠들었는지도 몰랐던 민정은 허둥거리며 휴대폰을 받았다.

"여보세요?"

— 왜 이렇게 전화를 안 받아? 맞게 찾아온 것 같은데 별장이라 그런지 인터폰도 없고. 대문을 두드려도 반응도 없고. 들어오라는 거야? 말라는 거야?

화가 난 것 같은 세영이 쉴 새 없이 쏘아 댔다.

"어, 미안. 술에 취해서 잠들었었어."

— 아이고, 애미, 애비도 몰라본다는 낮술을 하셨어요? 잘하셨어요. 하지만 문은 열어 줘야 할 거 아니야! 빨리 문이나 열어 줘!

"알았어."

통화를 끝낸 민정이 정원을 가로질러 나가 대문을 열어 주었다.

"내가 누군지 알아는 보겠니?"

민정이 낮술을 마셨다는 사실에 세영이 놀리는 투로 물었다.

"모르겠는데. 누구세요?"

"낮술이 아직 덜 깼네. 유민정이 농담도 할 줄 알고. 아닌가? 여기 온 효과가 나타난 건가? 평소 너라면 신세영이라고 건조하게 대답했을 텐데."

말을 끝낸 세영은 별장 건물과 정원을 휘둘러보았다.

"부자들 세계는 이렇구나."

"너 데려다준 애인은 그냥 갔어?"

"응. 와! 저 나무는 뭐야?"

"시어머니 보물."

"몇 백 년은 된 거 같은데……. 이런 집에 있기 너무 아까운 나무다."

세영을 따라 나무를 바라보던 민정은 순간 낮에 부적을 태워 버렸던 기억이 떠올랐다.

"헉!"

민정은 두 손으로 입을 막은 채 초점 잃은 눈동자로 멍해 있었다. 귀신을 본 것처럼 놀라는 민정이 걱정돼 세영이 물었다.

"왜 그래?"

세영의 질문에 대답도 없이 한참을 얼어 있던 민정이 여전히 겁먹은 얼굴을 하고 입을 열었다.

"어떡하지? 잠깐 미쳤었나 봐. 나…… 대형 사고 쳤어."

"그러니까, 무슨 대형 사고? 언제? 어디서?"

"술 마시고…… 시어머니가 나무에 묶어 놓은 부적을 풀어다가 태워 버렸어."

"뭐?"

세영이 놀란 듯 민정을 바라보다 까르르 큰 소리로 웃기 시작했다.

"낮술이 무섭네. 호랑이 시어머니의 부적을 태워 버리게 만들고. 애미,

애비 몰라보고 덤비는 것보다 더한 건데, 그건."

"정신 드니까…… 겁나. 사실을 알면 날 그냥 두지 않으실 텐데."

민정의 얼굴이 하얗게 질려 갔다.

"비슷한 부적 구해다가 묶어 놔."

"여기가 쉽게 올 수 있는 곳이 아니잖아."

세영이 한숨을 내쉬더니 큰 소리를 냈다.

"그럼 딱 모른다고 잡아떼야지. 그리고 그거 가지고 너 피 말리면 그 집에서 나와! 내가 거둬 준다고, 이 계집애야!"

아무리 생각해도 세영의 말대로 모르는 척하거나, 가출하는 것밖에 다른 대책은 떠오르지 않았다. 하지만 이미 벌어진 일을 돌이킬 수는 없다. 또한 놀러 와서 이 문제만 고민하고 있을 수도 없었다.

'될 대로 되겠지.'

민정이 깊은 한숨을 내쉬며 그녀의 처지에 짜증을 내는 세영을 현관 안으로 떠밀었다.

"일단 들어가자. 배고프지 않아?"

안채로 떠밀려 들어온 세영은 이번에는 별장 내부를 살펴보았다.

"가끔 오는 별장에 무슨 돈을 이렇게 처발랐다니? 네 시어머니도 참 돈이 넘쳐나니까 주체를 못하고 쓸데없는 데 처바르시는구나. 이럴 돈 있으면 며느리 용돈 좀 주지. 돈 천 원도 그냥 주는 법이 없는 양반, 양심도 없지."

그러다 세영의 시선이 거실에 놓인 테이블로 향했다.

"누가 왔었어?"

"아니."

"근데 왜 잔이 두 개야?"

테이블에 놓인 술 잔 두 개가 민정의 눈에도 들어왔다.

'분명 캔 맥주를 마시다 잠든 것 같은데…….'

술에 취해 잠들기는 했어도 캔 맥주를 마신 건 정확하게 기억하고 있다. 그런데 주위에 맥주 캔은 보이지 않았다. 마시다 만 와인이 담겨 있는 술 잔 하나와 맥주를 따라 마신 흔적이 있는 술 잔 하나. 그 두 개의 잔이 마주하고 있었다. 하지만 민정의 머릿속에 떠오르는 건 아무것도 없었다.

"심심해서 영화 찍었니? 선생 김봉두처럼 1인 2역 하면서? 유민정 낮술 하니까 아주 별짓을 다 하는구나."

세영이 웃었지만 민정의 표정은 심각해졌다.

'왜 두 잔이지?'

잔 두 개의 의문을 풀지 못한 채 민정은 세영과 함께 즉석라면으로 저녁을 때우고 해장을 했다.

"민정아, 술 한 잔 더 할래? 난 그냥 맥주 한 캔 정도만 마시려고 하는데."

술 생각이 없는 민정은 술이 아닌 세영이 챙겨 온 믹스커피를 마시기로 했고, 두 사람은 각자 마실 술과 커피를 앞에 두고 마주 앉았다.

민정이 커피 한 모금을 마시며 거실 통유리창 밖으로 시선을 던졌다. 어두워진 밖을 보자 귀한 하루가 다 지나가고 있다는 사실이 아쉽기만 했다.

'자유를 느끼기에 하루는 너무 짧아.'

흘러가고 있는 시간을 붙들고 싶다는 간절함이 밀려올 때 세영이 민정의 마음을 읽은 것처럼 물었다.

"하루가 너무 짧지?"

"그러네."

"내가 오늘 너하고 종일 같이 있었어야 했는데. 미안하다."

"미안하긴. 그렇게 따지면 내가 너한테 미안한 게 훨씬 많은데."

"계집애. 부잣집으로 시집가서 잘 살 줄 알았는데……."

"됐다. 우울한 내 얘기는 하지 말고, 네 연애 얘기나 해 봐. 연애하니까, 좋아?"

"연애가 다 그렇지, 뭐. 만나서 꽁냥꽁냥하고……."

말은 그렇게 하면서도 세영의 표정은 금세 화사해졌다. 이혼 후 오랜 시간 혼자였다가 새로운 연애를 시작한 지 얼마 되지 않았으니 어찌 안 좋을 수 있을까.

세영이 새로운 연인과의 사연을 풀어내는 것으로 두 사람의 수다가 시작되었다. 밤 깊어 가는 줄 모르고 어린 시절의 옛 추억을 더듬어 기억하면서 까르르 웃을 때 세영이 하품을 했다.

"피곤하구나?"

"괜찮아."

하지만 세영의 눈은 이미 반이 감겨 있었다. 하루 종일 일을 하고 온 세영이 안쓰러워 민정은 더 이상 그녀를 잡아 둘 수 없었다.

"들어가서 자자."

민정이 일어나자 세영이 다시 그녀를 잡아 앉혔다.

"더 얘기해도 돼."

"넌 내일도 나가서 일해야 되잖아. 나도 슬슬 피곤하고."

민정이 다시 일어나자 이번에는 세영도 따라 일어섰다.

"자기 전에 할 거 있어."

세영이 핸드백 안에서 마스크 팩 두 매를 꺼냈다.

"나 요즘 1일 1팩 중이거든."

두 사람은 간단하게 씻은 후 팩을 얼굴에 붙이고 한 침대에 나란히 누웠다. 십수 년 만에 친구끼리 밤을 보내게 되어 그런지 곧바로 잠들지 못했다. 이런 날이 또 언제 올지 몰라 두 사람은 수다를 이어 갔다.

"다음엔 이현구 씨한테 시위를 해서라도 한 일주일 시간 받아 내. 그때는 내가 무슨 일이 있어도 널 위해 시간 비워 놓을게."

민정도 원하는 일이었지만 거의 불가능한 일이다. 그렇기에 민정은 대답 없이 눈을 감았다.

"내일이 안 왔으면 좋겠어."

"지금 같아서는 나도 내일이 안 왔으면 좋겠다. 이렇게 좋은 집에서 배부르고 등 따시게 너하고 누워 있으니까 더 바랄 게 없다."

팩으로 인해 복화술을 하는 것처럼 대화를 나누던 두 사람 사이가 조용해졌다.

세영의 코 고는 소리가 들리자 민정은 그녀가 잠든 것을 알았다. 그러나 혼자 깨어 있는 민정은 쉽게 잠들지 못했다.

'눈뜨고 나면 아침이겠지.'

또다시 지옥으로 들어가야 하는 시간이 가까워지고 있어 불안하고 두려웠다.

하지만 어느 순간부터 그녀의 눈꺼풀도 무거워졌다.

옆자리가 들썩거렸다. 늘 혼자 자던 민정이 그 낯선 느낌에 놀라 벌떡 일어났다.

민정은 옆에서 자고 있는 세영을 보고 나서야 안도의 한숨을 내쉬며 피식 웃었다. 그러나 이내 마음이 무거워졌다.

'결국 날이 밝았구나.'

세영도 민정의 기척을 느꼈는지 몸을 꿈틀거리며 눈을 떴다.

"엄마, 깜짝이야! 그걸 안 떼고 그냥 잤어?"

세영이 민정의 얼굴을 보며 기겁을 했다. 그때서야 민정은 자신의 얼굴에 다 말라비틀어진 팩이 붙어 있다는 걸 알게 되었다.

"그렇게 오래 붙여 놓으면 더 역효과라고. 얼굴이 더 건조해져. 그런데 신기하다. 자는 동안 떼어질 만도 한데 아직도 얼굴에 붙어 있는 게……. 헉! 누구세요?"

팩을 떼어 낸 민정을 보며 세영이 놀라서 물었다. 민정은 세영이 장난을 치는 거라 생각했다.

"왜? 팩 때문에 너무 예뻐져서…… 어?"

민정이 하던 말을 멈추었다. 나오는 목소리가 자신의 것이 아니었다. 고개를 갸웃거리며 그녀가 말을 이었다.

"내 목소리가…… 이상해."

"당신 누구야?"

"세영아……."

"누구냐고!"

세영은 목소리를 높이며 침대에서 빠져나와 계속 소리를 질렀다. 당황한 것 같은 목소리와 불안한 시선은 민정을 향한 장난으로 보이지 않았다.

"여기 어떻게 들어왔어? 민정이 어디 갔어? 너 누구냐고!"

"세영아, 나야…… 민정이."

멍하니 서로를 바라보다 민정이 먼저 고개를 돌려 벽에 있는 콘솔 거울을 바라보았다. 민정은 자신의 눈을 믿을 수 없었다.

"어떻게…… 이게 무슨……."

민정이 침대에서 나와 거울로 가까이 다가갔다. 거울 속에서 자신을 바라봐야 할 얼굴은 그녀의 것이어야 한다. 그런데 너무도 낯선 여자가 거울 안에서 자신을 바라보고 있었다. 똑같이 놀란 눈동자를 하고.

잠이 덜 깼거나 아니면 어제 마신 낮술이 아직 덜 깼거나. 그것도 아니면 거울이 문제라고 생각했다.

민정은 정신을 차려야겠다는 생각으로 자신의 뺨을 손바닥으로 두드리고 고개를 좌우로 여러 번 흔들었다. 그리고 다시 거울을 보았다. 그러나 거울 속에는 여전히 낯선 얼굴이 그녀를 보고 있었다.

이제는 꿈이라고 생각할 수도 없었다. 그녀의 정신은 너무도 말짱했다. 하지만 현실로도 받아들일 수가 없었다. 일어날 수 없는 일이 일어났으니.

민정은 욕실로 들어가 그곳에 있는 거울로도 자신의 모습을 확인했다.

고단한 삶에 찌들어 푸석푸석하고 생기 없는 그녀의 얼굴은 그 안에 없었다. 대신, 무결점의 완벽한 피부에 커다랗고 까만 눈동자, 짙고 긴 속눈썹, 그린 것 같은 코와 입술. 어린데 예쁘기까지 한 얼굴이 그녀를 보고 있었다.

혹시나 싶어 손으로 제 얼굴을 만져 보았다. 매끈하고 탱탱한 피부의 감촉이 손끝에서 느껴졌다. 고개를 숙여 자신의 몸을 확인해 본 민정은 그대로 얼어 버렸다.

길고 날씬하게 쭉 뻗어 있는 다리, 봉긋하게 솟아 있는 가슴, 군살 하나 없이 탄탄하고 평평한 아랫배. 진정 36세 유민정, 그녀의 모습이 아니었다.

'도대체 무슨 일이 벌어진 거지?'

넋이 나간 표정으로 욕실을 나오는데 세영 역시 반은 넋이 나간 얼굴을 하고 민정에게 다가왔다.

"설마…… 진짜 민정……? ……이는 아닌 거지?"

"세영아, 네 눈에도 내가 유민정으로 안 보이고 어리고 예쁜 여자로 보이니?"

민정의 말에 세영의 눈동자가 더욱 커졌다.

"나 왜 이렇게 된 거지? 세영아, 어젯밤에 무슨 일이 있었던 거니? 어떻게 이런 일이……."

"말도 안 돼."

망연자실한 모습으로 두 사람은 서로를 바라볼 뿐 아무 말도 할 수 없었다. 그러나 세영이 고개를 세차게 흔들고는 눈을 부릅떴다.

"아니야! 이런 일은 일어날 수가 없어. 너 누구야? 누군데 민정인 척하는 거야?"

세영이 민정을 의심했다.

민정은 그런 세영의 마음을 충분히 이해할 수 있었다. 자신도 믿을 수 없는 지금의 상황을 세영이라고 그대로 받아들이고 믿을 수 있을까?

그렇다고 유민정인 자신이 누구인지도 알 수 없는 얼굴과 몸으로 변해 있다고 해서 유민정이 아닌 건 아니다.

일단 세영에게 자신이 민정임을 믿게 하는 게 우선이었다.

"이런 일은 일어날 수 없는 일 맞는데……. 왜 나한테 이런 변화가 일어났는지 모르겠지만, 세영아, 잘 들어 봐."

민정은 초등학교 때 세영과 한 반이 되면서 친해졌던 것부터 시작해서 어젯밤 들었던 세영의 새로운 연애사까지 둘만이 알 만한 것들을 털어놓았다.

"헉! 그럼…… 민정이 네가…… 정말 이렇게 변한 거란 말이야?"

울상이 되어 버린 민정이 자리에 주저앉았다.

"세영아…… 드라마에서처럼 나하고 누군가하고 영혼이 바뀐 걸까? 그런 일이 나한테 일어난 걸까?"

"모르지. 이거 지금 꿈은 아니지?"

세영이 제 뺨을 꼬집었다.

"아야! 꿈은 아닌데……. 팩 때문인가? 어제 네 얼굴에 붙인 팩. 그게 요술 팩이었나?"

"……무서워."

"팩을 한 번 더 붙여 볼까?"

세영이 침대 위에서 다 마른 팩을 가져다가 민정의 얼굴에 붙이려 했다. 하지만 수분기 빠진 팩이 잘 달라붙을 리 없었다.

"똑같은 팩을 붙였는데 왜 너한테만 이런 일이 일어난 거지?"

"이게…… 정말 팩 때문일까?"

"모르지. 민정아, 좀 두고 보자. 시간이 지나면 본래 네 모습으로 돌아올 수도 있잖아. 그러니까 일단 마음을 가라앉히자."

하지만 두고 볼 만큼 시간의 여유가 없다. 무엇보다 머릿속이 복잡하고 생각이 많아져 마음을 가라앉힐 수가 없었다.

"만일…… 누군가와 영혼이 바뀐 거라면? 그리고 이대로 계속 살아야 한다면?"

"그렇다고 하면…… 다행인 거지!"

"뭐?"

"본래의 유민정보다 더 어리고 예쁘잖아. 청춘을 다시 시작할 수 있고…… 좋네."

위로를 해 주려 함인지, 아니면 불안한 민정을 안심시켜 주려 함인지 세영이 웃으며 농담을 던졌다. 세영의 말대로 지금 모습 이대로 살 수만 있다면 유민정으로 살았던 그때보다는 잘 살 수 있을 것 같았다. 하지만 언제 자신의 모습으로 돌아갈지도 모르고, 다른 영혼이 들어가 있는 자신의 몸이 어떻게 살아갈지 몰라 두려웠다.

혹시라도 범죄자나 정신이상자의 영혼이 자신의 육체 속으로 들어갔다면, 그리고 자신의 영혼이 들어 있는 그녀의 몸이 범죄자나 사이코패스라도 된다면…….

생각만으로도 너무 끔찍했다.

대책 없이 시간만 흘러갔고, 그럴수록 민정의 마음만 불안해졌다.

[청소 깨끗하게 하고 나오는 거 잊지 마. 시간 늦지 않게 오고.]

현구의 문자는 민정을 더욱더 안절부절못하게 만들었다.

"여기서 더 있을 거 아니면 나가자. 나가서 밥 좀 먹고 나머지 고민은 우리 집에 가서 하자."

민정은 세영의 의견을 따르기로 했다. 그리고 그녀는 짐을 챙기고 청소를 시작했다.

"뭐 하는 거야?"

청소하는 민정의 모습을 의아하게 보며 세영이 물었다.

"청소."

"지금 청소가 중요해?"

"시어머니 잔소리 듣고 싶지 않아."

"너 본래 모습 돌아오지 않으면 이게 다 무슨 소용인데! 네 시어머니는 네가 유민정인 줄도 모를 텐데 뭐!"

맞는 말이었지만 그렇다고 그냥 나갈 수도 없었다. 당장이라도 본래 모습으로 돌아온다면 그 뒷감당은 해야 하지 않은가.

세영이 말렸지만 민정은 먼지 하나 남아 있지 않을 만큼 깔끔하게 정리를 끝냈다.

"겉이 변하면 뭐 해? 속이 딱 의심 없이 유민정인데. 으이구!"

못마땅해하는 세영의 시선을 피해 민정이 먼저 현관 밖으로 나왔다.

세영이 나오기를 기다리는 그때, 그녀의 시선 끝에 커다란 은행나무가 보였다. 그리고 동시에 자신이 부적을 태워 버렸다는 사실도 떠올랐다.

'설마 내가 부적을 태워서…….'

그런 마음이 들어서일까? 시선이 나무에서 떨어지지 않았다.

'미쳤지. 좋은 뜻으로 묶어 놨을 텐데 그걸 태워 버렸으니…….'

벌을 받은 것 같다는 생각에 두려움까지 밀려왔다.

밖으로 나온 세영도 민정의 시선을 따라 나무로 향했다.

"설마 네가 부적 태워서 이런 일이 벌어진 거라고 생각하는 거야?"

"……."

"미신이야! 괜히 저런 거에 마음 두지 마."

세영이 민정의 손을 잡고 주차장을 향해 걸었다. 시선은 어쩔 수 없이 벗어났지만 민정의 마음에 나무는 계속 남아 있었다.

서울로 돌아와 세영의 집에 있으면서도 달라진 건 아무것도 없었다. 오히려 현구와 약속이 되어 있는 7시가 다가올수록 불안감만 더해 갔다.

"차라리 이현구 씨한테 네 몸이 이렇게 변했다고 말해. 그 남자 좋아할 것 같은데? 바람기 많은 남자, 제 아내가 젊고 예뻐졌으니 얼마나 좋아하겠니?"

세영의 말이 틀린 것 같지 않아 민정의 마음이 오히려 아파 왔다.

만일 지금의 모습으로 이현구 앞에 나타난다면 그는 그녀가 왜 이렇게 변했는지를 걱정하기보다 변한 겉모습에 반해 묻지도 따지지도 않고 데리고 살 남자다. 유민정의 몸이 어디서 혹사를 당하든, 썩어 없어지든 상관하지 않고.

"먼저 네 남편한테 전화부터 해. 오늘 못 가겠다고. 괜히 너 안 나타나면 실종신고를 할 수도 있으니까 나중 일은 그때 가서 걱정하고, 일단 일이 더 커지지 않게 시간을 좀 벌자."

"실종신고? 그 남자가 그런 거나 해 줄까? 그것도 당장 나타나지 않는다고."

민정의 입에서 한숨이 나왔다.

할 수 있는 게 아무것도 없는 데다 뾰족한 수를 찾지 못하니 대책 없이 시간만 흘러갔다.

그런데 이상했다. 약속 시간인 7시를 넘어 8시가 다 되어 가는데도 현구에게서는 전화가 없었다. 평소의 현구라면 5분만 늦어도 전화를 해서 화를 뿜어야 정상이다. 그런데 1시간 가깝게 그녀가 가지 않았는데도 전화를 하지 않는다는 게 이상하면서도 불안했다.

"혹시 네 남편 영혼도 누군가하고 바뀐 게 아닐까? 그래서 그 남자도 어디서 고민하고 무서워하고 있는 거 아니야?"

세영의 말에 '정말 그럴까?' 라는 생각이 들었다. 그러나.

"그렇다면 어머니한테 전화가 왔겠지. 그러고 보니 어머니한테도 전화가 없네? 이 시간까지 우리가 집에 안 들어가면 가만있을 분이 아닌데. 혼자 집으로 갔나?"

"이현구한테 전화해 봐."

"해서 뭐라고 해? 내 영혼이 누군가와 바뀐 것 같다고 얘기해? 그렇다면 그 남자가 믿기나 할까?"

"하긴. 나 같아도 안 믿지. 보고도 믿기 힘들었는데 그 인간은 더하겠지."

두 사람의 길고 무거운 한숨만이 거실을 채웠다.

"일단 뭐 좀 먹자. 우리 오늘 제대로 된 끼니 한 번 못 먹었어."

허기진 세영이 저녁상을 차렸지만 민정은 먹고 싶은 생각이 없었다. 커피조차도 넘어가지 않을 만큼 심란하기만 했다.

결국 시간만 흘러갔고 그사이 변한 것 아무것도 없었다.

"자기 전에 이걸 한 번 더 붙이고 자 보자."

아무것도 먹지 못하고 넋이 나가 있는 민정에게 세영이 어젯밤 붙였던 팩을 내밀었다.

지금의 상황이 팩으로 일어난 것이라고 장담할 수 없지만 지금으로써 할 수 있는 최선의 방법은 세영의 말대로 팩을 다시 하는 것밖에는 답이 없었다.

"일단 해 보자."

민정은 세영이 건넨 팩을 받았다.

"만일 이 방법도 통하지 않으면 그냥 그 몸으로 살아. 얼굴도 예쁘고 몸매도 착하고 나이는 더 착한 것 같은데, 좋잖아?"

세영이 굳어 있는 표정인 민정에게 웃으라고 한 말이었다. 하지만 심각한 민정의 얼굴은 그대로였다.

"일찍 자자. 그래야 내일도 일찍 찾아올 테고, 혹시 내일이면 모든 게 다시 정상으로 돌아와 있을지 모르니까. 나 먼저 잘게, 들어와서 자."

민정의 어깨를 다독여 준 세영이 침실로 들어갔다. 세영은 침실로 들어가 잠들었지만 민정은 소파에 앉아 복잡한 생각 속에 빠져 있었다.

'세영이 말대로 차라리 이대로 살까?'

하지만 자신이 없다.

유민정으로 살 때 그녀는 세상 밖으로 나가는 것에 자신이 없었다. 그래서 그 수모와 모욕을 받고도 참고 살았다. 가끔 현구에게 이혼을 요구했지만 진짜 이혼을 하는 건 그녀에게 두려운 일이었다.

스무 살, 민정은 아무것도 모르던 그 나이에 결혼을 했다. 게다가 바깥세상에 적응할 수 없을 만큼 그녀는 현구와 시모가 만들어 놓은 창살 없는 감옥에서 16년을 살았다.

그러니 혈육이라고는 한 명도 없는 세상에 돈 한 푼 없이 나가는 것이 무서웠다. 또 스스로가 홀로서기 위한 사회생활과 경제생활을 할 수 있을지도 의문이었다. 그녀가 할 줄 아는 거라고는 살림하고 운전밖에 없었다.

"야, 도우미 일이라도 해. 네 집안일보다 맘 편하게 일할 수 있을걸? 네 시어머니하고 남편한테보다 더 대우받으며 일할 수 있을 거다. 일단 그 집에서 나오라고!"

세영이 늘 말했지만 독하고 모질지 못한 민정에게는 불가능한 일이었다. 그런 그녀가 누구인지도 모르는 몸속에 갇혀 혼자 살 수 있을까? 한숨밖에 나오질 않았다.

시간을 확인하니 11시 57분. 이제 곧 하루가 끝나는데도 그녀는 여전히 알 수 없는 누군가의 몸에서 못 벗어나고 있었다.

'영영 못 돌아가면 어쩌지?'

너무 많은 생각을 한 탓일까. 실신하기 직전의 몸 상태처럼 눈앞이 깜깜해지고 거실이 빙빙 도는 느낌이 들었다.

'왜 이러지?'

—하는 순간 온몸이 어디론가 빨려 들어가는 느낌이 들었다.

2장

하얀 소복을 입은 여인의 뒷모습이 보였다. 그 여자를 따라잡기 위해 안간힘을 쓰며 걷다가 눈을 떴다.

"헉, 여기는……?"

그녀의 침실이었다. 분명 세영의 집 거실에서 잠을 이루지 못하고 있다가 실신한 것까지는 기억이 났다. 그런데 지금 그녀는 늘 잠들던 자신의 침대에 누워 있는 게 아닌가.

민정은 고개를 숙여 자신의 몸부터 살폈다. 군살 하나 없이 늘씬하게 잘빠진 몸이 아니었다. 마른 듯해도 여기저기 보이지 않는 곳에 숨겨 놓은 군살과 탄력이 떨어진, 늘 익숙하던 몸이었다.

"돌아왔나 봐!"

벌떡 일어나 화장대의 거울에 자신의 모습을 비춰 보았다.

유민정. 하루 동안 잃어버렸던 그녀의 본래 모습이 그 안에 있었다.

어떻게 자신의 모습으로 돌아왔는지, 그리고 세영의 집이 아닌 자신의 침실에 있는지 알 수는 없었지만 제 모습으로 돌아왔다는 사실만으로 다행이라 생각했다.

그런데 안도해야 하는 그 순간, 뭔가 아쉽고 서글펐다.

'결국…… 또 시작을 해야 하는구나.'

지옥이라 생각했던 곳에 와 있는 자신을 보며 내일 아침부터 들이닥칠 힘겨운 현실에 무거운 한숨이 새어 나왔다.

'그냥 한여름 밤의 꿈이라 생각하자.'

꿈은 아니었지만 꿈이라 여기며 민정은 시간을 확인했다.

새벽 3시 40분.

더 잘 수 있다는 생각에 침대에 다시 누웠다. 만일, 다시 그렇게 변하게 된다면 다음엔 하루를 좀 더 멋있게 보내겠다는 생각을 하며 잠에 빠져들었다.

민정이 늘 일어나는 시간은 새벽 6시.

일어나서 시모의 아침식사인 견과류 타락죽을 만들어 7시에 방으로 들여가고, 그다음엔 남편의 아침식사를 차린다. 이제는 습관이 되어 알람 없이 일어날 법도 한데 민정은 매일 알람 소리에 잠을 깼다. 그러나 오늘은 알람 소리에 잠을 깬 것이 아니라 침대에서 떨어져 잠이 깨어 버렸다.

아픈 것보다는 혼자 자는 킹사이즈 침대에서 떨어졌다는 것에 황당해하며 일어섰다. 그런데 그녀는 침대에서 떨어진 것이 아니라 세영의 거실에 있는 소파에서 떨어져 잠이 깬 것이었다.

"뭐야? ……또?"

거울로 얼굴을 확인하기보다 고개를 숙여 몸을 먼저 보았다. 남들이 부러워할 몸매가 눈 아래 있었다.

'어제 분명 내 모습으로 돌아가 집에 있었는데…….'

민정이 시간을 확인했다. 아침 7시가 거의 다 되어 가고 있었다.

'꿈이었나? 그래서 여기가 아닌 내 침실에 있었던 건가? 그래도 꿈은 아니었는데…….'

생각이 깊어질수록 꿈이었는지 생시였는지 혼란만 깊어 갔다.

민정은 휴대폰부터 확인했다. 역시나 이상하게도 현구나 시모에게서 온 부재중 전화는 한 통도 없다.

"왜 연락이 없지?"

집에서 아무 연락이 없다는 게 그녀의 몸이 알 수 없는 누군가와 바뀐 것보다 더 이상했다. 민정은 먼저 현구에게 전화를 해 볼까 휴대폰을 들고 고민에 빠졌다.

'왜 안 들어왔냐고 하면 뭐라고 말하지?'

어찌 말해야 할지 몰라 머뭇거리기도 했지만, 그의 성난 목소리가 듣고 싶지 않아 더욱 망설였다.

"뭐야? 안 바뀌고 어린 모습 그대로네? 팩이 원인은 아니었나 봐?"

침실에서 나온 세영이 그녀의 모습부터 확인했다.

"얼굴 좀 펴! 황당하기는 해도 내가 널 알아보고 옆에 있는데 뭐 그렇게 우거지상을 하고 있어?"

"나 어제 팩은 하지도 않았어. 그런데 아무래도 이상해, 세영아. 이현구한테 전화가 없어. 이럴 수는 없는데 말이야. 혹시…… 혹시…… 내가 죽은 건 아닐까? 저승에 가지 못한 영혼이 남의 몸에 들어온 건 아닐까?"

"말도 안 돼! 어제까지 내가 너하고 있다가 잠들었는데 네가 언제 죽을 틈이 있었다고 그런 말을 해? 그런 말 같지도 않은 소리 그만하고 밥이나 먹자. 그리고 연락 안 오면 잘된 거지, 뭐! 그 집에서 해방인데.”

세영이 민정의 생각을 혼내듯 나무라고는 주방으로 들어갔다.

그녀의 말대로 죽을 틈이 없었지만 민정은 자신이 죽었다는 생각에서 벗어나지 못했다. 그렇지 않고서는 이 모든 상황을 설명할 수가 없었다.

“아침 먹자.”

토스트와 커피를 준비한 세영이 그녀를 불렀다.

아침 생각은 없었지만 친구를 위해 준비한 세영의 성의를 생각해 겨우 입에 넣었다.

“쓸데없는 생각 하지 말고, 원래 모습으로 돌아가지 않을 경우를 대비해서 어떻게 살 것인가를 생각해. 알았어?”

민정은 생각 없이 고개를 끄덕거렸다.

“그리고 나하고 같이 나가게 준비해.”

“너 출근할 거 아니야?”

“출근하기 전에 너하고 갈 데가 있어. 그러니까 빨리 씻고 나가자.”

목적지를 이야기하지 않은 채 세영이 민정을 데리고 간 곳은 최근 서울의 새로운 랜드마크이자 핫플레이스로 떠오르는 〈드림시티〉였다.

문화, 쇼핑, 숙박, 레저. 그 모든 것이 한 곳에서 이루어지는 복합 공간인 〈드림시티〉.

규모에서부터 압도적인 포스를 보이고 있는 초현대적인 건물들이 줄지어 서 있는 곳 중 백화점으로 들어섰다.

“여기는 왜?”

“언제까지 네가 그 모습으로 있을지 모르겠지만 그 환상적인 몸매에 맞는 예쁜 옷 좀 사 주려고 한다. 그리고 그 예쁜 옷 입고 여기저기 돌아다니면서 신나게 놀라고.”

“내가 그럴 정신이 어디 있어?”

죽었는지, 살았는지도 모르는데 예쁜 옷이 다 무슨 소용이랴. 민정은 자신을 생각하는 세영의 마음이 어떤 것인지 알지만 그걸 받아들일 만한 상황이나 정신이 아니었다.

“그냥 가자. 쓸데없이 돈 쓰지 말고.”

세영의 손을 잡고 몸을 돌리려다 멀리 서 있는 민 여사의 모습을 보았다. 너무 놀란 나머지 자신의 모습이 민정이 아닌, 어린 여자로 있다는 사실과 옆에 세영이 있다는 것도 잊은 채 도망가듯 후다닥 뛰어가는데 누군가와 세게 부딪치고 말았다.

“죄송합니다, 죄송합니다.”

혹시라도 민 여사 눈에 띌까 서둘러 자리를 벗어나려는데 부딪친 남자가 그녀에게 말을 걸었다.

“저기요! 학생입니까? 혹시 모델 해 볼 생각 없습니까?”

시모를 피해 도망가던 터라 남자가 무슨 말을 하는지 민정의 귀에 들어오지 않았다.

“이상한 사람은 아니고, 나 이런 사람인데 말입니다…….”

명함을 꺼내려는 것 같은 남자의 말이 끝나기도 전에 민정은 그 자리를 빠르게 벗어났다.

“이봐요!”

그녀를 부르는 것 같았지만 민정은 아랑곳하지 않았다. 무조건 그곳을 벗어나야 한다는 생각밖에는 없었다.

그때 그녀의 휴대폰 벨이 울렸다. 혹시나 그녀를 봤을지 모르는 민 여사가 아닌가 싶었다. 하지만 다행히 세영에게서 걸려 온 전화였다. 그때서야 세영을 옆에 두고 혼자 도망쳤다는 사실과 지금 그녀는 유민정이 아닌 어린 여자라는 게 떠올랐다.

"어, 세영아."

— 너 갑자기 왜 그래? 어디야, 지금?

"미안. 너무 놀랄 일이 있어서. 내가 다시 그쪽으로 갈게."

— 얼른 와.

통화를 끝내고 세영과 함께 있던 자리로 돌아가는 동안 민정은 자신이 죽지 않았다는 것에 확신하며 안도했다. 만일 그녀가 죽었다면 자부상을 치러야 하는 민 여사가 여기에 있을 리가 없을 테니까.

조금은 마음이 홀가분해진 민정이 세영에게 돌아와 상황을 설명했다.

"시어머니를 봤어. 마주칠까 봐 무서워서…… 내 모습이 이렇게 변한 거 모르고 도망간 거였어."

"난 또 무슨 큰일 일어난 줄 알고 놀랐잖아. 이현구가 와도 놀라지 마. 넌 유민정이 아니니까."

그리고는 170센티미터의 키에 군살 하나 없는 몸매, CD로도 가려질 것 같은 작은 얼굴로 변한 민정을 데리고 백화점을 털 기세로 돌아다녔다.

그 어떤 옷이든, 액세서리든, 구두든, 그녀가 소화해 내지 못할 것은 아무것도 없었다. 새롭다 못해 스스로 봐도 부러울 모습이 거울에 보이자 못나고 자신감 없던 마음이 묘하게 행복해졌다.

"돈 생각 하지 말고 그냥 사고 싶은 거 사. 나 너한테 이 정도 해 줄 능력은 돼. 그리고 지금의 모습 보면서 변한 게 결코 우울한 것만이 아니라는 걸 좀 알아. 다들 너한테 너무 예쁘다고 칭찬해 주잖아. 유민정으로 돌아갈 때까지는 즐겨 봐."

세영의 말을 듣던 민정은 이대로 살고 싶은 마음이 강해졌다. 다시 유민정으로 돌아가고 싶지 않았다. 그 지옥으로 돌아가서 우울하게 살고 싶지 않았다.

어젯밤, 꿈인지 현실인지 구분하지 못했던 그 상황에서 그녀는 생각했었다. 한 번만 더 이런 기회가 오면 조금 더 멋지게 살아 보겠다고. 그런데도 지금까지 걱정과 두려움과 혼란에 싸여 아무것도 한 게 없다. 그렇다고 해결된 것도 없다.

언제 본래의 모습으로 돌아갈지 모르지만 그녀는 그때까지 이 모습에 걸맞은 아름다운 삶을 살겠다는 마음이 들었다.

"지금 이 상황이 좀 황당하지만 그동안 고생하고 산 너한테 준 신의 선물이라 생각해."

"진짜 선물일까?"

"내가 보기에는 그래. 적어도 유민정보다 못한 건 없잖아? 선물 맞아."

늘 시간을 되돌리고 싶다는 간절함이 있었다. 시모와 남편의 구박과 의미 없는 삶에 지치고 힘들 때마다 이현구를 만나기 전으로 돌아가고 싶었다.

지금 그녀는 그때로 돌아간 것이나 마찬가지다. 이현구와 아는 사이도 아니고, 나이도 어리고, 유민정이 선택한 삶이 아닌 다른 삶을 살 수 있으니. 바보 같았던 유민정의 삶을 버리고 잘 살아 보고픈 생각이 강하게 들었다.

"그러니 얼굴 풀고, 점심 먹자. 얼른 먹고 난 미용실로 출근해야 돼. 넌 집에 가 있어."

"알았어."

"점심은 호텔에 가서 맛있는 거 먹자."

세영이 이번에는 민정을 호텔 뷔페로 데리고 왔다.

"먹고 싶지 않겠지만 일단 먹어. 먹으면서 앞으로 어떻게 살 것인지 고민 좀 해 보자."

세영의 손에 이끌려 푸드 테이블을 돌 때, 맞은편에서 음식을 담고 있는 민 여사를 보았다. 자신의 모습이 민정이 아니라는 사실을 알고 도망가지는 않았지만 그래도 가슴은 철렁했다.

민정의 행동이 무언가 어색했는지 민 여사의 시선이 그녀를 향했다. 다시 한 번 움찔 놀라는데 민 여사는 그녀를 힐끔 보고는 접시에 음식을 담을 뿐이었다. 그때서야 그녀도 안도를 하며 몇 가지 음식을 담아 제자리로 돌아왔다.

그러고 보니 멀지 않은 자리에 민 여사가 앉아 함께 모인 사람들과 환하게 웃으며 식사 중이었다.

"본전은 뽑아야 할 거 아니야? 그게 뭐야? 많이 먹어."

세영이 빈약한 민정의 접시를 보며 타박했다.

"시어머니를 또 봤어. 생각해 보니까 오늘 어머님 중요한 모임이 있는 날이더라고."

"진짜? 그런데 네 시어머니는 며느리 걱정도 안 된다니? 며느리가 집에 들어오지를 않고 있는데 모임에 나와 이런 음식들이 넘어가신다니? 전화도 한 통 없이."

"그러게. 내가 아무리 그 집에서 며느리 대접도 못 받는 존재였다고 하지만 그래도……."

제 자신이 사라져도 아무렇지 않은 하찮은 존재라는 사실을 확인하고 나니 서러움이 밀려왔다. 집에서 키우던 개가 사라져도 이보다 못할 수는 없을 텐데. 벌레만도 못한 취급을 받더니 그만한 존재밖에 되지 않았던 게 맞았던 모양이다.

"됐고! 너 이제 그 집 며느리도 아니고, 유민정도 아니야. 그러니까 그 환상적인 모습으로 신나게 살아. 그 외모로, 그 나이로 못할 게 뭐 있어?"

그녀가 사라졌음에도 시모는 물론이고 남편까지도 일상을 그대로 살고 있는 것 같은데, 그녀 혼자 괴로워하고 있을 이유가 없다.

"너 유민정으로 돌아가지 말고 이대로 살아. 돌아가 봐야 노예 같은 삶밖에 더 있어? 하지만 지금은 새로운 삶을 살 수 있잖아. 안 그래? 어차피 이현구나 네 시모나 널 찾지도 않는데."

쐐기를 박는 것 같은 세영의 말에 민정의 다짐이 섰다.

"그래, 이렇게 살래. 이 모습으로 언제까지 살 수 있을지 모르겠지만 유민정은 잊고 이 모습으로 새롭게 살래."

"그래. 잘 생각했어. 아까 보니까 잘생긴 남자가 막 말도 걸던데, 20대 때 못한 연애도 해."

"그게 무슨 말이야?"

"너 갑자기 막 뛰어가다가 어떤 남자하고 부딪쳤잖아. 그 남자 진짜 잘 생겼던데. 배우인 줄 알았어. 그 남자가 너한테 명함 주면서 뭐라고 작업 거는 것 같던데? 네가 또 거기에서 도망쳐 버렸지만."

너무 경황이 없어서인지 민정은 남자와 부딪친 사실만 기억할 뿐, 그가 그녀에게 어떤 말을 건네었는지는 기억이 없다.

"어쨌든 넌 새 삶을 살 수 있게 된 거야. 그러니까 다 털고 새로 시작해."

세영의 말에 민정이 고개를 끄덕거렸다.

믿을 수 없는 현실이지만 완벽하게 새로운 존재로, 새 삶을 다시 살 수 있는 기회가 주어졌으니 그동안 살았던 것과는 전혀 다른 삶을 살아 보기로 했다. 언제쯤 유민정으로 돌아갈지 알 수는 없지만.

❖

회의 테이블 위에 두 장의 사진이 놓여 있다.

완벽하다고 할 수 있는 미모로 신이 만들어 낸 것 같은 미소의 여자와 여심을 홀리다 못해 뒤흔들 것 같은 조각 같은 남자.

재하는 2시간째 그 사진을 보고만 있을 뿐, 어떤 결정도 내리지 못하고 있는 상태다. 하지만 고민 중에 있는 재하보다 그의 결정을 기다리고 있는 마케팅 팀장의 얼굴이 더 괴로워 보였다.

"꼭 이 둘 중에 한 명을 선택해야 하는 겁니까?"

2시간, 아니 그 전에 올렸던 보고서부터 따지면 일주일이 넘는 시간을 기다린 후에 들은 답치고는 너무 황당했다. 그렇다고 일개 팀장이 대표한테 덤빌 수는 없는 일. 게다가 모델보다 더 모델다운 외모에 부드러운 미소를 짓고 있는 대표에게 마케팅 팀장이 할 수 있는 말은 하나밖에 없었다.

"대표님이 하시는 건 어떨까요? 사내 직원들부터 이사진들까지 그 의견도 만만치 않게 많습니다."

"재수 없다고 하지 않을까요? 재력에 실력에 외모까지, 너무 완벽해서 말입니다."

대표의 이런 드립에는 어떤 표정을 지어야 하는지 마케팅 팀장이 살짝 당황한 사이.

"이틀만 더 기다려 보죠."

"이틀이요?"

"혹시 압니까? 계약서 도장 찍었는데 드림시티에 딱 맞는 진짜 괜찮은 모델이 나타날지. 그러니 이틀만 더 기다려 보죠."

이틀 기다리면 이보다 더 괜찮은 모델이 나타날 것 같습니까? 그냥 대표님이 하시죠!

하지만 마음과 달리 마케팅 팀장은 고개를 끄덕였다.

"알겠습니다."

모델 사진과 프로필이 들어 있는 서류 파일을 가지고 마케팅 팀장이 회의실을 빠져나갔다.

재하가 의자에 머리를 기대고 앉았다.

'한 번만 더 나타나 주면 좋을 텐데.'

그의 머릿속을 헤집고 다니는 얼굴이 하나 있으니, 마치 드림시티의 모델을 하기 위해 자신의 눈앞에 나타났던 것 같은 여자. 하지만 명함을 건넬 사이도 없이 도망가 버렸다.

아주 잠깐 스쳐 갔을 뿐인데, 그녀의 얼굴이 지워지지 않고 있어 벌써 결정했어야 할 모델을 두고 아직도 고민 중에 있다.

혹시나 또 한 번 우연이라도 마주칠까 싶어 드림시티 곳곳을 돌아다니는 것도 오늘로 5일째.

일주일을 더 찾아보고 만나지 못한다면 그녀와 드림시티와의 인연은 아닌 것으로 알고 포기하려고 한다.

'그래, 이틀. 제발 그 안에 나타나 줘라, 키다리 아가씨야.'

오늘도 이름 모를, 하지만 드림시티의 모델로 내세우고 싶은 키다리 여인을 찾아 나서기 위해 자리에서 일어섰다.

그때, 회의실 문을 열고 최 비서가 들어왔다. 재하는 딱딱하게 굳어 있는 최 비서의 입매를 보며 그가 무슨 말을 할지 감이 잡혔다.

"오늘은 몇 위 고객입니까?"

"순위에 없는 고객입니다."

"리스트에도 없는데 바로 저한테까지 왔다는 건 진짜 강적 중에 강적이라는 말인데……. 일단 한번 가 보죠."

재하가 최 비서와 함께 매장으로 내려갔다.

백화점 본부장도 아닌 드림시티 대표인 재하가 직접 매장으로 출동하는 이유는 한 가지다. 블랙컨슈머. 구매한 상품의 하자를 문제 삼아 기업을 상대로 과도한 피해 보상금을 요구하거나 거짓으로 피해를 본 것처럼 꾸며 보상을 요구하는 사람들을 말한다. 한마디로 진상 고객.

오늘도 매장에 진상 고객이 나타나 직원을 괴롭히고 있고, 매장 매니저와 CS(Customer Service) 팀의 팀장까지 나서도 해결되지 않는, 즉 '사장 나오라고 해!' 라고 외치는 고객이 나타났다는 뜻이다.

사고가 터진 1층 매장에 도착하는 순간부터 큰 소리가 들려왔다.

"백화점에서 이따위 물건을 파는 게 말이 돼? 내가 호구로 보여?"

우렁찬 목소리를 들으며 재하가 브랜드 매장 앞으로 다가가 문제의 고객 앞에 섰다.

"안녕하십니까? 드림시티 대표 윤재하입니다. 먼저 불편을 드려 죄송합니다, 고객님."

"당신이 사장이야?"

"그렇습니다. 일단 마음 가라앉히시고 차 한 잔 하시면서 말씀하시죠."

40대 초반으로 보이는 여자 고객이 재하를 아래위로 훑어보며 미간을 찌푸렸다.

'블랙리스트에도 없는 고객이라더니, 진짜 강적이네.'

키 185센티미터에 훈훈하다 못해 완벽하게 생긴 34세의 〈드림시티〉

대표가 정중하게 허리 숙여 인사하는 순간, 난동을 부리던 고객들의 대부분은 말부터 더듬는다. 그리고 진짜 드림시티의 대표인지를 확인한다. 그런데 지금 눈앞에 있는 고객은 인상을 쓰며 째려보는 것이 아닌가.

그동안 대해 왔던 진상 고객들과 다른 반응에 재하가 적잖이 당황했지만 겉으로는 더 보기 좋게 화사한 미소를 지었다.

"여기서 차 마시자는 건 아닐 테고, 어디서 얘기하자는 건데?"

그래도 샤방하게 미소를 보인 효과가 나타난 것 같았다. 여성 고객의 목소리 톤이 한층 낮아지고 부드러워졌다.

"호텔 스카이라운지 괜찮으십니까?"

여자의 입가에 번지는 미세한 경련, 미소를 참고 있는 것 같은 그 경련이 재하의 시선에 잡혔다.

'성공이군.'

"그러시든지."

"이쪽으로 오십시오."

재하가 앞장을 섰고 그 뒤를 여자와 최 비서가 따랐다. 그리고 멀어져 가는 재하의 등을 보며 여직원들이 눈에서 하트를 쏟아 내기 시작했다. 사내에 '잘생김 주의'를 요하는 인물, 윤재하 대표를 향한 그녀들의 소리 없는 아우성도 함께 쏟아졌다.

그런 침묵의 애정 공세를 받으며 재하는 여성 고객을 백화점과 접해 있는 호텔의 스카이라운지로 데리고 와서 어르고 달랜 후 돌려보냈다.

40대 여성에게 기가 빨리고 진이 빠진 기분으로 축 늘어져 있는 그에게 최 비서가 아이스커피를 한 잔 가져다주었다.

"방금 간 저 고객, 리스트 1위로 올리세요. 단연코 최고입니다."

"고생하셨습니다, 대표님."

최 비서가 가져다준 아이스커피를 한 번에 쭉 마신 재하가 자리에서 일어섰다.

“고객 응대만 하는 대표를 하나 두는 거 어떨까요? 접대만 하는 술상무가 있는 것처럼 말입니다.”

최 비서는 농담으로 들을지 모르겠지만 재하는 진심에서 나온 말이었다.

매장 시찰 도중, 블랙컨슈머에게 당하고 있는 직원을 나서서 도와주었다가 어느새 자신의 업무가 되어 버린 이 일이 오늘은 그를 무척 지치게 만들었다.

‘아니면 블랙컨슈머만 해결해 주는 해결사 한 명이 나타나 주든지.’

❖

열심히 잘 살아보겠다는 다짐이 강해서일까?

거울에 비치는 어린 여자의 모습이 본래 제 모습인 것처럼 낯설지도 않다. 연락조차 없는 남편에 대한 궁금증도 사라졌다. 오히려 그녀를 찾지 않는 것이 새로운 삶을 시작하는 데 있어 다행일 수 있다는 생각이 들었다.

이름도, 나이도, 연고도 없는 민정은 세영의 동생인 나리의 신상을 쓰기로 했다.

“어차피 나리 유학 가서 서울에 없고, 네 모습도 20대 초반이니까 문제될 거 없을 것 같은데? 신분증을 확인하지 않는 한 네가 신나리인지, 아닌지 확인할 수는 없어.”

세영의 막냇동생 나리는 현재 미국 유학 중이다. 그 유학비용이 모두 세영에게서 나오고 있어 나리에게 큰언니의 말은 법보다 더 강한 구속력이 있다.

"이제부터 넌 신나리 해. 야, 이름도 지금 너한테 딱 맞춤 아니니? 신나리. 나이 24세. 어머니 이영자 여사와 아버지 신현덕 님 사이의 1남 2녀 중 막내로 태어났으며 출신 학교는……."

세영이 나리에 관한 신상을 읊어 댔다.

초등학교 때부터 이어진 우정이다. 나리의 출생에서부터 성장하는 내내 함께했었다. 그러니 민정도 나리에 대해 알 만한 건 다 알고 있다.

지금의 모습이 언제까지 이어질지 모르지만, 지금으로써는 나리의 신분으로 살아가는 것이 최선의 방법으로 여겨졌다.

"그래야겠다. 나리한테 좀 미안하지만."

"네가 나리를 사칭해서 범죄를 저지르는 것도 아닌데 뭐가 미안해?"

"신분도용인데, 범죄지."

"나리의 실질적 보호자인 내가 허용한 거니까 범죄는 아닐 거야. 어쨌든 일하고 싶다고 했으니까 괜찮은 일자리 구해서 돈도 벌고 그보다 더 좋은 남자 만나서 연애도 하고. 그 좋은 모습으로 할 거 다 해 봐. 특히, 연애 강추!"

연애라……?

그런 건 하고 싶지 않다.

36년 민정의 인생에 남자라고 해 봐야 현구밖에는 없었지만, 남녀 사이의 사랑이란 감정과 연애라는 놀음은 허울 좋은 판타지 같은 것이라는 걸 안다.

"어떻게, 남자 좀 알아봐 줄까?"

"됐어. 일단 알바부터 할 거야."

"알바?"

"응. 돈 벌어야 너한테서 독립도 하고 앞으로 먹고살지."

"무슨 알바를 하려고?"

"오늘 알바 사이트를 봤는데 초보자들을 구하는 데가 꽤 많더라고. 꽃집 알바를 할까 해. 매일 집에 꽃 사다가 꽂아 놔서 손질도 할 줄 알고 꽃꽂이도 좀 하니까, 풍월 읊는 서당 개처럼 꽃집 일은 할 수 있지 않을까 싶어서."

세영이 흐뭇하게 웃으며 손뼉을 짝짝 쳤다.

"브라보! 신나리 파이팅!"

세영의 응원을 받으며 민정은 다음 날 드림 시티 내에 있는 플라워 숍으로 면접을 갔다. 나리의 프로필로 채워진 이력서를 내밀자 사장에게서 만족스러운 미소가 흘렀다.

"어려운 일은 없어요. 꽃 가격 외우고, 손님들 응대하고 계산해 드리고, 포장은 앞으로 배우면 되고. 가끔 배달이 있기는 하지만 이 근처로 나가는 거라 힘들 것도 없고."

"네. 시켜만 주시면 열심히 배우면서 일하겠습니다."

"그래요, 그럼. 내일부터 출근 가능하죠?"

"네."

"내일 봐요."

너무 쉽게 알바 자리를 구한 민정은 뛸 듯이 기뻤다. 자신의 존재가 그렇게 쓸모없이 못나지 않다는 것과, 할 수 있는 일이 있다는 것에 뿌듯했다.

❖

재하는 마케팅 팀장과 이사진들의 따가운 눈초리까지 무시하며 끝내 찾고 말겠다는 의지를 불태우게 했던 키다리 그녀를 결국 포기했다.

사막에서 바늘을 찾는 것처럼 어려운 일이라는 걸 깨닫고 그나마 이미지가 반듯하고 스캔들 없으며 한류의 중심에 서 있는 배우 '서진혁' 으로 결정한 결재 서류에 사인을 마쳤다.

모든 일이 원하고 뜻하는 대로 이루어지지 않는다는 사실은 알고 있다. 그렇다고 해서 실망하거나 미련을 갖고 힘들어한 적은 없다. 오히려 그에 대한 대응책을 빠르게 준비하고 대처하는 것이 윤재하 방식이었다. 그런데 이상하게 이번 모델 선정 건에 있어서는 아쉬움이 많이 남는다.

그 아쉬움마저도 털어 버려야겠다는 마음으로 집무실을 나와 호텔 순시를 위해 로비로 내려왔을 때였다. 거짓말처럼 키다리 그녀가 나타났다.

"저기요! 꽃 든 학생! 이봐요!"

화사한 꽃다발을 들고 가는 그녀를 본 재하가 뛰어가 그녀를 잡아 세웠다. 그를 본 그녀가 놀라며 뒤로 주춤 물러섰다.

"나 기억해요? 며칠 전에 백화점 앞에서 부딪쳤었는데."

그녀가 고개를 가로저었다.

"그래요? 그럼 일단 이것부터 받아요."

재하가 명함을 꺼내 그녀에게 내밀었지만 꽃다발을 보물단지처럼 들고 있는 그녀는 그걸 받지 못하고 쳐다만 보았다.

"이상하게 생각하지 마요. 우리 회사 모델로 아가씨가, 아니 학생인가? 어쨌든 그쪽이 우리 회사 모델로 적격인 것 같아서 제안을 하는 건데, 드림시티 모델 할 생각 없어요?"

"없는데요."

고민이나 놀라움도 없이 그녀가 단번에 대답을 꺼냈다. 생각지도 못한 반응이었다.

"아니, 그렇게 단칼에 거절하지 말고, 이런 기회가 쉽게 오는 것도 아니고, 또 우리 쪽에서도……."

"죄송해요. 저는 모델 할 생각이 없고, 지금 바빠서……. 죄송합니다."

꾸벅 인사를 한 그녀가 조심스러운 걸음으로 프런트로 향했다. 재하는 포기하지 않고 그녀를 따라갔다.

오늘 결재 서류에 사인을 했지만 계약에 사인을 한 것이 아니다. 얼마든지 뒤엎을 수 있는 상황이다. 키다리 여학생이 오케이만 하면 모델 결정을 뒤엎을 마음으로 그녀를 잡아 보기로 했다.

"안녕하세요. 데이지 플라워에서 왔는데요, 914호에 투숙하신 진태민 씨가 저녁식사 룸서비스에 이 꽃을 같이 가져다 달라고 하셨거든요."

"그래요? 이리 주세요. 저희가 식음료부에 전달하고 처리하겠습니다."

"그럼 여기에 사인해 주세요."

인수 용지에 사인을 받은 그녀가 돌아설 때, 재하가 다시 한 번 제안했다.

"이름이 어떻게 됩니까? 우리 커피숍에 들어가서……."

"저는 알바생이라서 모델을 할 수가 없고요, 지금은 일하는 중이라 얘기를 할 수도 없어요. 죄송해요."

그리고는 부리나케 로비를 빠져나갔다.

재하는 그녀를 끝까지 따라가서 자신의 제안을 받아들일 때까지 설득을 해 볼까 싶었다. 하지만 너무도 단호하게 거절하는 그녀를 갑작스럽게 너무 몰아붙였다가는 역효과가 날지도 모른다. 좀 더 생각할 시간을 주는 게 나을 것 같아 멀리 사라져 가는 그녀를 그냥 놔뒀다. 대신 재하는 최 비서에게 전화를 걸었다.

"최 비서님, 모델 결재 서류, 잠시 보류입니다. 마케팅부에 보내지 마십시오."

그리고 프런트로 와서 그녀가 데이지 플라워에서 왔다는 사실을 확인했다.

데이지 플라워는 셀렉 숍과 디자이너 브랜드 숍들을 모아 놓은, 드림 스트리트에 있는 플라워 숍이다.

'플라워 숍 알바보다는 모델 일이 훨씬 나을 텐데…….'

재하는 그녀를 만나 내일 하루 더 설득해 보기로 했다.

'그래도 거절하면…… 회사하고 연이 없는 거겠지.'

❖

일하는 즐거움이 너무도 컸다. 경험이 없는 초보라 단순하게 꽃 배달을 하거나 계산을 하는 게 다였지만 그마저도 신나는 일이었다.

집 밖을 나가서 할 수 있는 일이 없을 줄 알았다. 있다 하더라도 적응할 수 없을 거라 겁먹었었다. 하지만 하루 일을 마치고 수고했다는 사장의 말을 듣고 나니 사회생활에 대한 자신감이 생겼다. 뿐만 아니라 모델을 해 볼 생각이 없냐는 제안까지 받았으니 민정은 자신이 그렇게 쓸데없는 존재가 아니었다는 사실에 흥분했다.

쉴 틈 없이 하루를 보내고 세영의 집으로 돌아왔다.

"이제 제대로 살 수 있을 것 같아. 무서운 게 없어. 사람들도 나를 다 무시할 것 같아서 무서웠는데 그게 아니라는 것도 알았어. 아무 것도 못할 줄 알았는데 뭐든 할 수 있겠더라고."

"그래, 그렇게 시작하는 거야. 넌 야무지고 책임감 강해서 뭘 해도 칭찬받고 잘 해낼 거야. 그런데 그 모델 일은 좀 아깝다. 하겠다고 하지 그랬어? 그런 경험을 언제 해 본다고."

"내가 이 모습으로 언제까지 살 수 있을지 모르는데, 어떻게 덥석 하겠다고 해. 그리고 모델은 아무나 하나? 못해. 내가 모델 제안을 받을 만큼 괜찮은, 그런 사람으로 다시 태어난 거구나, 그렇게 느낀 것만으로 만족해. 이제는 사는 거에 자신감이 생겨."

"좋은 현상이네. 자신감을 가졌다니. 그런데 내가 보기로는 너 원래 모습으로 안 돌아갈 것 같다. 며칠이 지나도 변화가 없는데, 이쯤 되면 이 모습으로 그냥 사는 거 아니야?"

"정말 이 모습으로 계속 이렇게 살게 되는 걸까?"

"그랬으면 좋겠다. 그리고 오늘 우리 민정이, 아니 이제 나리라고 해야겠다. 우리 나리 새로 태어나서 일도 하고 자신감도 얻은 날이니까 축하주 한잔하자."

"그러자."

두 사람은 간단하게 술상을 차렸다. 캔 맥주와 오징어 한 마리를 구워 놓고 마주 앉아 건배를 했다.

"아직도 네 남편하고 시모한테서는 연락도 없니?"

"응."

"제정신이니, 그 사람들? 아니, 아내하고 며느리가 없어졌는데 어떻게 연락도 안 해?"

"됐어. 연락 안 하는 게 나아. 그냥 난 조용히 이대로 살면 되니까."

"아무리 그래도 그렇지. 진짜 이해 안 돼."

"좋은 날인데 다른 얘기 하자."

민정이 대화의 주제를 돌리자 세영은 곧바로 그녀가 부럽다는 이야기를 꺼냈다. 어리고 예뻐진 것도, 그리고 20대를 다시 살 수 있다는 것도.

"나도 처음엔 너무 황당해서 무서웠는데 지금은 네 말대로 신이 주신 선물 같아. 그래서 잘 살아보려고."

"연애는 정말 안 하고?"

"응. 연애는 안 해. 일할 거야. 알바 하나를 더 구해 볼까 생각 중이야. 그래야 빨리 돈 벌어서 독립하지. 그동안만 신세 질게."

"신세 같은 소리 하지 말고! 그 외모로 연애를 안 하다니? 연애나 해! 세상에는 이현구 같은 놈들만 있는 게 아니거든! 내가 그 몸에 그 얼굴이면 현빈 찾아가서 유혹을 했을지도 모르는데. 아니다, 어리니까, 정해인?"

세영의 말에 민정이 웃었다.

"유민정이 웃네. 결혼하고 웃는 걸 못 봤는데."

그때서야 민정도 자신이 편하게 웃었다는 걸 알았다. 세영의 말대로 결혼 후 웃어 본 기억이 없었다는 것도 알았다.

겉모습만 바뀐 것이 아니라 그녀의 모든 것이 점점 바뀌고 있다는 게 실감되었다. 그 변화가 행복했다. 또한 그 변화로 인해 앞으로 일어날 일들에 대한 기대감도 커졌다.

"너무 좋아. 이 늦은 시간에 세영이 너하고 함께 있는 것도, 오늘 일을 하고 돌아와서 이런 휴식을 갖는다는 것도. 그리고 내일 일을 하러 나갈 수 있다는 것도."

"나도 좋다. 자, 건배."

간단하게 맥주 한 캔만 마시겠다고 했던 두 사람이 한 캔씩을 더 마셨고, 두 캔의 맥주를 비웠을 때는 자정이 가까워져 있었다.

"너 내일 또 알바 나가려면 일찍 자야지."

"그렇기는 한데, 너하고 이렇게 보내는 시간이 너무 좋아서 잠 안 와."

"오늘만 날이니? 앞으로 매일 이렇게 시간 보낼지도 모르는데. 치우는 건 내일 치우고 12시 땡 치면 들어가 자자."

"그래."

그렇게 두 사람이 헤헤 웃으며 '좋다.', '행복하다.'를 연달아 내뱉을 때였다.

민정이 갑자기 머리를 부여잡았다.

"왜 그래?"

"갑자기 어지러워. 왜 이러지?"

"술을 너무 많이 마셨나? 너 오늘 안 하던 일하느라 긴장하고 힘들었나 보다. 빨리 들어가서 쉬어야겠다. 민정…… 헉! 이, 이게…… 이게 어떻게 된 거야?"

보고도 믿을 수 없는 일이 일어났다. 민정이 다른 모습으로 옆에서 깨어났을 때보다 더한 충격으로 세영이 멍해졌다.

민정이 눈앞에서 사라져 버렸다.

❖

분명 세영과 기분 좋게 술을 마시고 있었다. 그러다 갑자기 현기증이 왔고 정신을 잃는 것처럼 눈앞이 깜깜해졌었다. 그리고는 어디론가 빨려 들어가는 느낌이 드는 것과 동시에 정신을 차려 보니 민정은 그녀의 침실, 침대에 앉아 있다.

"어떻게 여기에……?"

벽에 걸린 TV에서는 드라마를 하고 있었고, 시간은 12시다. 모습 또한 예전 유민정으로 돌아왔다. 한순간에 다시 제자리를 찾은 것이었다.

"결국 돌아온 건가? 이렇게 허무하게……? 이제 막 제대로 살아 보려고 했는데……?"

혹시나 또 꿈을 꾸는 건 아닌가 싶었지만 확실히 꿈은 아니다. 민정으로 돌아온 지금 이 순간이 차라리 꿈이길 바라면서 침대에서 빠져 나와 TV를 껐다.

세영에게 전화하려 했지만 휴대폰이 그 집에 있다. 거실에 있는 전화기를 사용하고 싶지만 나가다가 현구나 시모와 마주칠까 겁이 나 어찌할 바를 모르고 있는데, 침대 옆 협탁에 놓인 휴대폰이 눈에 들어왔다.

"내 건 아닌데……."

현구의 것도 아니다. 새것으로 보이는 휴대폰은 패턴이 잠겨 있어 풀 수가 없었다.

"누구 휴대폰이지? 설마……?"

그녀가 사라진 사이 새 여자라도 들인 것인가.

TV는 물론이고, 침대 조명까지 켜져 있는 건 누군가 이 침실에 있었다는 증거다.

현구와 각 방을 사용한 지는 오래됐다. 시모도 웬만해서는 들어오지 않는 방인데 누가 들어와 사용을 했단 말인가. 그리고 그 주인공은 지금 어디에 있는 것인지.

민정은 침실과 욕실, 파우더룸과 드레스룸까지 샅샅이 훑어보았다. 모든 게 그녀의 것 그대로 있다. 하지만 누군가 만지고 사용한 흔적이 있다. 그녀가 입지 않아 구석에 몰아넣었던 옷들이 밖으로 나와 있고, 발이 불편해 상자 안에 넣어 두었던 힐들이 바닥에 가지런히 놓여 있다. 화장품도 사용한 티가 나고 핸드백 배열도 엉망이다.

그녀가 나타나지 않아 뒤진 것이 아니라 그녀의 물건들을 누군가 사용한 흔적이다.

"누구지?"

고민에 빠져 서성이던 민정이 침실 밖으로 나갔다. 그리고 조용히 현구가 사용하는 방문을 열었다. 만일 정말로 그가 여자를 들였다면 지금쯤 같이 있을 확률이 높으니까. 그런데 현구는 그의 방에서 혼자 잠들어 있었다.

그의 방문을 닫고 거실과 주방을 다니며 조심스럽게 살펴보았다. 아무것도 변한 게 없다. 늘 그녀가 했던 것처럼 깨끗하게 정리가 되어 있었고, 먼지 하나 보이지 않게 청소된 상태다.

'도우미가 왔나? 어머니 성격에 아무나 집으로 들이시지는 않았을 텐데…….'

하지만 집 안은 한 점 흐트러짐 없이 모든 게 제자리에 있었다. 마치 그녀가 이 집에 늘 상주해 있는 것처럼.

'이상해.'

그러나 그녀가 알 수 있는 건 아무것도 없었다. 다시 유민정으로 돌아왔다는 게 혼란스럽고 불안하기만 했다. 그런 심란함을 잠재울 독한 술이 필요했다.

숨겨 두고 마셨던 소주를 찾아 주방 옆 팬트리로 들어왔다. 하지만 소주가 있어야 할 그곳에 술은 없었다.

'없는 동안 들킨 건가?'

가슴이 답답해 왔다. 지금 현실이 어떻든 그녀는 본래의 모습을 찾았고 지옥으로 돌아왔다. 신이 주신 선물 같은 인생을 잘 살아보겠다고 말한 지 얼마 되지도 않아 모든 게 날아가 버렸다. 또한 집 안은 그녀가 없었어도 완벽하게 유지되었다.

허탈하고 슬픈 마음으로 침실로 돌아왔다.

'그래, 나한테 그런 선물이 올 리가 없지. 내 주제에 선물은 무슨…….'

침대에 누워 눈을 감았지만 잠은 오지 않았다. 대신 눈물만 하염없이 흘렀다. 이 지옥을 다시 겪을 생각에 숨조차도 편하게 내쉴 수가 없었다.

내일 아침, 남편과 시모의 얼굴을 마주하고 그동안의 일을 어떻게 둘러댈지에 대한 고민과 걱정뿐이었다.

'가출할까? 어차피 나 없이도 집안은 잘 돌아가고, 그동안 찾지도 않았는데 내가 여기 있을 필요는 없잖아.'

민정이 자리에서 벌떡 일어났다. 드레스룸으로 들어가 얼마 안 되는 현금을 넣어 두었던 핸드백을 열었다. 다행히 현금은 그대로 있었다. 그 현금을 들고 조용히 집을 빠져 나왔다. 그리고 택시를 타고 세영의 집으로 돌아왔다.

초인종을 누르자 세영이 나왔다.

민정으로 돌아온 그녀를 보고 세영이 놀라며 물었다.

"헐, 뭐야? 너…… 민정으로 돌아온 거야? 왜?"

"모르겠어. 분명 너하고 술을 마시고 있었는데, 눈을 떠 보니 침실에 이 모습으로 앉아 있더라."

"난 아까 진짜 기절초풍하는 줄 알았어. 너 갑자기 눈앞에서 사라졌어. 그럼…… 민정으로 변해서 거기에 있다가 지금 온 거야?"

"내가 갑자기 사라졌다고?"

"응. 없어졌어. 내가 얼마나 무서웠는지 아니? 너무 무서워서 지금 잠도 못 자고 있었던 거야."

"이 모습으로 돌아오려고…… 사라졌었나 봐. 결국 또다시 이렇게……."

모든 게 허무했다. 3일천하도 아니고 5일천하로 끝난 아름다운 날이 서글퍼 눈물이 흘렀다.

그런 그녀를 세영이 등을 다독여 주며 위로했지만 쉽게 마음이 진정되지 않았다.

"울지 마. 그냥 이 모습으로 또 잘 살면 되는 거야. 신나리처럼 어리지는 않지만 뭐든 할 수 있다는 자신감을 얻었잖아."

울던 민정이 눈물을 닦았다.

"그래. 뭐든 할 거야. 이제 그 집에 들어갈 이유도 없으니까. 그리고 겉모습이 중요한 게 아니니까. 그때나 지금이나 나는 나니까. 이 모습으로 돌아왔어도 잘 살 수 있을 거야. 그치, 세영아?"

"그럼! 그깟 껍데기가 뭐 중요하다고! 물론 그 전이 훨씬 괜찮았지만 지금 유민정도 나쁘지 않아. 지옥 탈출했는데, 축하할 일이야."

민정은 본래의 모습으로 돌아온 게 중요한 게 아니라 자신의 삶을 새로 살아간다는 게 중요하다는 걸 깨닫고 다시 마음을 강하게 먹었다.

"내일 다시 살길을 생각해 보자."

"그래."

민정과 세영은 침실로 들어와 잠을 청했다. 생각이 복잡한 민정은 쉽게 잠들지 못했다.

'알바를 다시 알아봐야 하는데…….'

그러다 문득 자신의 침실은 물론이고 그녀의 물건들을 사용한 사람은 누구인지 궁금해졌다.

'새로 여자를 들였다면…… 내 물건들을 그냥 두지 않았을 텐데…….'

한숨만 내쉬고 뒤척이던 민정도 어느 순간 잠속으로 빠져들었다.

그러다 그녀가 눈을 떴다. 세영이 깨지 않게 침대에서 빠져나와 거실로 나오니 새벽 5시 58분이었다.

커피를 마시기 위해 주방으로 향하는데 또다시 현기증이 생겼다. 그리고 앞이 아득해지고 눈이 감겼다.

"또 왜 이러는 거야? 마음도 어지럽고 심란한데 몸까지 이러면 너무하잖아."

마음만큼 힘들고 불안한 몸 상태 때문인지 괜한 화와 짜증을 벌컥 냈다. 그런데 뭔가 이상했다. 고개를 내리니 또다시 그녀의 몸이 변해 있었다.

"뭐야, 또? 다시 변한 거야?"

민정이 세영의 침실로 들어가 그녀를 깨웠다.

"세영아! 일어나 봐!"

"너…… 다시 돌아온 거야? 어떻게 된 거야?

민정만큼이나 황당하고 놀란 세영이 침대에서 벌떡 일어나 다그쳐 물었다. 하지만 민정은 대답할 수가 없었다. 그녀도 왜 이렇게 자꾸 몸이 바뀌는지 알 수가 없었다. 그저 혼란스럽기만 했다.

"모르겠어. 어쨌든 나 오늘 알바는 못 나갈 것 같아. 갑자기 또 바뀌면 어떡해?"

"그러게 말이다. 어제처럼 갑자기 사라져 버리면 큰일이지. 좋게 잘 나가다가 이게 무슨 황당한 날벼락이야?"

혼란과 불안의 아침 시간을 보낸 후 출근할 시간에 맞춰 민정이 꽃집에 전화를 걸었다. 그리고 사정이 생겨 일을 할 수 없다고 전했다.

— 혹시 드림시티 대표님 때문이에요? 모델 문제로?

그런데 사장이 이상한 질문을 했다.

"네? 아니요, 개인사정 때문에 그래요. 정말 죄송합니다."

— 아쉽네. 나리 씨하고 오래 일하고 싶었는데. 사정 괜찮아지면 다시 와요.

"네."

죄송하다는 말을 거듭하고 통화를 끝낸 후 한숨을 내쉬고 있을 때였다.

그녀의 휴대폰에 문자가 들어왔다.

[유민정이 아닌 네가 원하는 모습으로 사는 기분이 어때? 어리고 예쁜 모습으로 사니까 좋지? 자정부터 새벽 6시까지는 본래의 모습으로 돌아간다는 함정을 몰랐던 것 같지만, 그래도 소원대로 네가 하고 싶은 거 다 해 보고 살아가고 있는 거지?]

문자를 확인한 민정의 얼굴이 하얗게 질려 갔다.

누굴까? 이 이상한 문자를 보낸 주인공은?

내용을 봐서는 이 모든 상황을 만들어 낸 주인공이라는 게 느껴졌다. 놀라기는 세영도 마찬가지였다.

"전화해서 누구냐고 물어봐."

하지만 민정은 찍힌 전화번호를 쉽게 누를 수가 없었다. 상황을 이렇게 만든 존재에 대한 두려움으로 인해 머뭇거리기만 했다.

"내가 해 볼까?"

세영의 말에 잠시 고민하던 민정이 고개를 저었다.

"내가 할게."

그리고는 문자를 보낸 전화번호를 눌렀다. 하지만 그녀인 줄 알면서 일부러 피하는 것처럼 받지를 않았다. 여러 번의 통화 시도에도 받지 않는 존재에게 민정이 문자를 찍어 보냈다.

[당신 누구예요?]

문자를 보내 봤지만 역시나 답이 없다.

"그럼 그동안 12시부터 새벽 6시까지 민정으로 돌아가 있었던 거야?"

아무런 반응 없는 휴대폰을 들고 멍해 있는 민정에게 세영이 물었다.

"그랬나 봐. 맞아, 그때 내 방에서 깨어났을 때 분명 꿈은 아니었는데 갑자기 아침에 이 모습으로 눈을 떠서 혼란스러웠거든. 그날 빼고 나머지 날들은 내가 잠이 들어서, 돌아갔어도 몰랐던 거였나 봐."

"도대체 문자를 보낸 이 사람…… 아니, 사람이긴 한가? 귀신인가? 어쨌든 정체가 뭘까? 왜 너한테 이런 짓을 하는 거지?"

"만나자고 해 볼까?"

전화도 받지 않는 미스터리한 존재가 만나자고 하면 만나 줄까, 의문이었지만 민정은 더 이상 혼란을 겪고 싶지 않았다.

[꼭 들어야 할 말이 있어요. 나를 왜 이렇게 만들었는지, 왜 나인지, 당신이 누구인지, 만나서 얘기 듣고 싶어요.]

그녀의 전화를 무시하듯 문자도 무시할 줄 알았는데 이번에는 바로 답이 들어왔다.

[원하는 대로 해 줬는데 그걸 나한테 물어보다니. 그놈의 술이 문제군. 그래, 만나자고. 어차피 해 줄 말도 있으니.]

원하는 대로 해 줬다고?

문자를 확인한 민정과 세영의 시선이 마주쳤다.

"원하는 대로 해 줬다는데? 그리고 술이 문제라니? 너한테 술이 문제될 게 뭐가 있다고?"

"집에서 소주 숨겨 놓고 몰래 마신 걸 말하는 건가? 다 이해가 안 돼. 내가 뭘 원했다는 건지, 원한 게 있어도 내가 누구한테 말한 적도 없는데."

"그리고 왜 12시부터 6시까지는 민정으로 돌려보내는데? 그냥 이 모습으로 24시간 쭉 살게 해 줄 것이지."

세영이 불만을 토해 내듯 투덜거렸다. 그건 민정도 궁금한 것이었다.

"만나 보면 다 알게 되겠지."

민정은 세영의 미용실 근처에 있는 카페로 약속 장소를 잡아 문자를 보냈고, 알았다는 답을 받았다.

"이렇게 해 놓고 안 나오는 건 아니겠지?"

"좀 무섭다. 막상 만나려고 하니까. 평범한 인간은 아닐 텐데……."

"같이 가 줄게. 일단 시간 맞춰 미용실로 나와."

"알았어."

막상 약속을 잡고 만난다고 생각하니 민정은 긴장이 되기 시작했다. 그러면서 이 모습으로 더 살게 해 달라는 부탁을 편하게 할 수 있고, 그 부탁을 쉽게 들어줄 수 있는, 부디 착한 지니 같은 존재이길 바랐다.

'아무것도 하지 못하고 나로 돌아가는 거 너무 억울하니까……'

3장

약속 시간까지 길고도 답답한 시간을 보낸 민정은 외출준비를 마치고 집을 나섰다.

약속 장소에 가까워질수록 두려움이 커져 갔다. 세영까지 급한 일이 생겨 함께할 수 없다고 하니 다시 집으로 돌아가고픈 마음뿐이었다. 하지만 그녀는 지금 물러날 수가 없었다. 지금이 아니면 이 알 수 없는 상황에 대한 수수께끼를 영영 못 풀 수도 있다.

마음을 다잡고 10분 일찍 약속 장소에 도착했다.

주문한 커피를 마시며 출입문에 시선을 두었다. 누군가 들어올 때마다 민정은 만나기로 한 주인공인가 싶어 움찔했다. 하지만 10분이 넘도록 그녀 앞으로 다가오는 사람은 없었다. 혹시라도 자신의 모습을 못 알아보는 건 아닌가 걱정을 하며 다시 출입문으로 들어오는 손님에게 시선을 던졌다.

그러다 민정은 그대로 얼어 버렸다.

'말도 안 돼. 어떻게…… 이런 일이……'

염려와 달리 그녀를 알아보고 그녀에게 다가오는 여자는 유민정, 그녀의 모습을 하고 있었다. 놀라서 숨이 멎은 것처럼 얼어 있는 민정과 달리 그녀는 여유 있는 얼굴로 다가와 맞은편 자리에 앉았다. 그리고 웃으며 인사를 건넸다.

"안녕."

맞은편에 앉아 웃으며 민정을 보는 여자는 정말로 그동안 거울로만 보던 그녀 자신, 유민정이었다. 의문의 그녀가 입은 옷도 민정의 것이었고, 들고 있는 핸드백과 구두도 모두 민정의 드레스룸에 처박혀 있던 것들이다.

짙은 화장은 물론이고 민정의 취향에 맞지 않아 거들떠보지도 않던 것들로 꾸미고 온, 낯설지만 전혀 낯설지 않은 자신의 모습에 온몸이 덜덜 떨렸다.

"이럴 줄 알았어. 난 또 다 기억하고 잘 살고 있는 줄 알았는데, 어젯밤 잠 못 자고 집 안 서성거릴 때 눈치챘지. 술 때문에 기억을 하나도 못하고 있구나, 하고."

"누…… 누구시죠?"

겨우 입을 뗀 민정이 물었다.

"내 소개는 그날 다 했는데."

"그, 그날이라면……?"

"다시 또 얘기해 주는 거 귀찮아. 요점만 말해 줄게. 민정이 너는 그 모습으로 1년을 살 거야. 네가 그 모습으로 있는 동안 내가 너로 살 거고. 자정부터 새벽 6시까지는 본래 네 모습으로 돌아올 거라는 건 알고 있을 테고. 그러니까 1년 동안 네가 하고 싶은 거 다 하고 살아.”

민정이 그녀의 이야기를 정리할 새도 없이 그녀는 계속 말을 이어 갔다.

“아, 내 이름은 알려 줄게. 연화. 내가 이 모습이라고 해서 맞먹지는 말고, 그냥 할머니라고 부르면 돼.”

자신의 모습을 가진 그녀에게 할머니라니. 자신의 어린 이 몸이 앞에 있는 연화라는 여인의 몸일 거라 생각했는데, 할머니라니.

연화라는 그녀가 하는 말 중에 이해할 수 있는 건 아무것도 없었다.

“왜 나한테…….”

민정의 말이 다 끝나기도 전에 연화가 키 하나를 내밀었다.

“별장 키야. 은행나무에서 네가 앉았던 그 자리를 파 보면 비닐 봉투에 담긴 돈다발이 나올 거야. 네 시부가 생전에 숨겨 놓았던 비상금이야. 그게 그 속에 있다는 건 나밖에 모르니까 가져다가 마음껏 써. 시부가 생전에 주지 못한 용돈을 그렇게 남기고 간 거라 생각하고.”

“도대체 누구시길래……?”

“일단 내 말부터 들어. 별장 뒤뜰에 보면 통나무 쌓아 놓은 곳이 있을 거야. 그 옆을 파면 커다란 상자가 몇 개 있어. 그건 친일파 놈이 몰락한 양반집에서 숨겨 놓았던 건데, 그것도 나밖에 모르는 보물들이니까 네 맘대로 해도 돼. 팔면 돈 꽤나 될 거야. 1년 동안 놀고먹어도 남을 만큼은 될 테니까, 오늘 밤에 가서 가져가거라.”

앞에 앉아 있는 연화는 신일까? 연화의 말은 과연 사실일까? 그렇다면 지금 저는 신의 선물을 받는 것일까?

민정의 머리는 복잡하기만 했다. 정작 그녀가 궁금해하는 사실은 말해 주지 않고 믿을 수 없는 황당한 이야기만 늘어놓는 연화로 인해 정신을 차릴 수가 없었다.

“왜 나한테 이렇게…… 그리고 그쪽의 정체는 뭐기에 이런 상황을 만들 수 있는 거죠?”

“왜 너냐……? 그리고 난 뭐냐……? 난 네…… 할머니니까.”

“네?”

“우리의 사연은 차차 알게 될 거고, 일단 시간 없으니까 얼른 별장부터 가. 네 시모 별장 열쇠 없어진 거 알고 열쇠 바꾸면 다시 기회를 얻지 못할 수 있어. 그러니 서둘러.”

연화가 자리에서 일어섰다.

“네 시모와 남편 걱정은 접어라. 내가 알아서 잘할 테니까. 그러니 넌 그냥 네가 살고 싶은 대로 살면 돼. 파이팅이다!”

그리고는 민정이 그녀를 잡을 사이도 없이 연화는 휑하니 커피숍을 빠져나갔다.

민정은 한동안 멍하니 앉아 있었다. 자신의 몸에 다른 누군가가 들어가 그녀의 삶을 대신 살고 있다는 충격에서 쉽게 벗어날 수가 없었다.

연화가 그녀와 같은 삶을 살 수는 없다. 하고 나온 모양새만 보더라도 민정과 취향이 정반대다. 그런데 고단한 민정의 삶을 어떻게 살아 내고 버텨 낼 수 있다는 말인가. 더구나 할머니라고 칭한 것도 믿을 수가 없다. 혼란에서 벗어날 줄 알았는데 오히려 머리만 더 복잡해졌다.

허무한 마음으로 자리에서 일어서려는데 연화가 건네준 별장 열쇠가 눈에 들어왔다. 민정은 열쇠를 집어 들고 세영의 미용실로 향했다.

민정이 원장실로 들어오자 세영의 질문이 쏟아졌다.

"만났어? 어땠어? 사람이디? 뭐래?"

"만났는데…… 내 모습을 하고 있었어."

"뭐? 네 모습을? 민정이 네 모습? 그럼 뭐야? 영혼이 바뀐 게 맞는 거야?"

"그건 아닌 것 같아."

민정은 연화가 했던 이야기를 들려주었다. 이름이 연화라는 것부터 할머니라 칭하고 별장에 숨어 있는 보물과 현금을 얼른 찾아가라는 말을 했다는 것까지. 그리고 그 끝에 세영에게 물었다.

"믿어야 하는 걸까?"

세영도 믿을 수 없는지 그녀에게서 쉽게 답이 나오지 않았다. 한참을 고민하던 세영이 자리에서 일어섰다.

"가 보면 알 거 아니야. 그 연화라는 여자의 말이 사실인지, 아닌지."

"어디를?"

"네 시댁 별장. 가서 파 보자고. 돈과 보물이 있는지. 서두르라고 했다며? 빨리 가 보자."

민정은 연화의 말과 상관없이, 다른 곳도 아닌 시댁의 별장이라 가고 싶지 않은 마음이 컸다.

"갔다가 괜히 관리인 눈에 띄어서 문제 생기면 어떡해?"

"문제 생기면 그 연화라는 여자 핑계를 대야지. 그 여자가 지금 네 모습을 하고 있으니까 그 집 며느리가 시켜서 그랬다고. 유민정, 다른 것도 아니고 돈이야, 돈! 일단 가고 보는 거야!"

세영의 재촉과 압력에 못 이겨 자리에서 일어난 민정은 얼마 후 별장에 도착했다.

떨리고 긴장되었지만 별장에 도착해 연화가 말한 은행나무 아래를 파

보았다.

"있다, 있어!"

그곳에 정말로 비닐에 쌓여 있는 현금 다발이 있었다. 뿐만 아니라 벽난로 장작으로 쓸 통나무 더미 옆을 팠을 때는 커다란 상자 여러 개가 나왔다.

연화의 말은 진실이었다.

친일한 놈이 숨겨 놓았다던 상자 여러 개에는 금과 은 그리고 옥으로 보이는 장신구뿐 아니라 금돼지, 금거북이, 금두꺼비— 그야말로 금 동물원을 이루고 있었다. 그리고 귀한 유물로 보이는 그릇과 조각 작품들이 가득했다. 두 여자가 한 번에 들고 오기에도 무겁고 힘들 만큼.

어디 그뿐인가. 민정의 시부가 비상금으로 숨겨 놓았다던 현금 역시 어마어마했다. 집으로 돌아온 두 여자가 마주 앉아 금액을 세다가 지쳐서 그만둘 정도였다.

"너희 시댁은 도대체 얼마나 부자인 거니? 이런 돈을 숨겨 놓고도 네 시모는 돈 걱정 없고, 네 남편은 돈을 갈퀴로 긁는 것처럼 벌고. 그냥 부자가 아니라 재벌 수준이다, 야!"

"그러게. 재벌이라고 할 만큼 이렇게 돈이 많은 집에서 나는……."

하녀로, 운전기사로, 비서로 살았다.

아침 6시에 일어나 시모와 남편의 아침을 챙기고, 집 안을 청소하고 나면 남편과 병원 직원들이 먹을 도시락을 준비해서 가져가야 한다. 시모의 모임이나 외출이 있는 날은 운전기사로 모시고 다녀야 했다.

시댁 관련한 집안과 친인척들의 행사를 챙겨서 작은 선물이라도 준비해야 했고, 명절, 제사, 생일상 역시 혼자서 상다리가 휘어지도록 차려야 했다. 그러면서 생활비 한 푼, 용돈 한 번 받아 본 적이 없었다. 가정부로 일하면 하다못해 월급은 받을 텐데.

시모에게 그녀는 임신을 미끼로 창창한 의대생의 앞길을 막은 파렴치한 취급을 받았고, 아이가 유산되고는 아예 인간 취급도 받지 못했다.

남편이라고는 학생 때는 공부로 바빠 얼굴 한 번 마주치기 힘들었고, 의사가 되고부터는 일보다는 바람피우느라 바빠 그녀와 함께해 준 적이 없었다. 작은 불만이라도 털어놓으면 험한 말로 도리어 아픈 마음을 더욱 더 심하게 할퀴기나 했다.

앞에 있는 돈다발을 보자 민정의 머릿속에 서럽고 힘들게 살았던 과거가 떠올랐다.

"야, 진짜 이 돈이면 평생 먹고살아도 걱정 없겠다. 그 연화라는 여자…… 네 할머니가 맞나 봐. 그동안 너 고생한 거 다 보상해 주려는 거 아닐까? 할머니가 아니고 그냥 귀신이나 이런 존재면 이런 복을 괜히 줄 리가 없지 않아?"

이 많은 재물이 지난날에 대한 보상이라고 해도 그녀의 상처는 재물로 지워질 만큼 가볍지 않다. 자그마치 16년을 노예처럼 살았다. 쉽게 가실 한이 아니었다.

하지만 지금은 그런 한이나 상처가 문제가 아니었다. 세영의 말대로 연화는 그녀의 진짜 할머니가 맞는 것인가, 민정의 의식이 연화로 바뀌었다.

"정말 그럴까? 그런데 왜 갑자기 나타나서 이렇게 내 모습을 바꾸고, 내 삶을 대신 살아 주고, 이런 재물을 주는 거지? 그 전에 나타날 수도 있었는데."

"너 도저히 생각이 안 나는 거야? 다 얘기해 줬다고, 다시 말하기 귀찮다고 했다며?"

"생각 안 나. 내가 언제 술을 마신 적이 있어야지. 그런 적이 없는데……."

그러다 문득 별장에서 낮술에 취해 잠을 자고 일어난 그때가 떠올랐다. 그리고 그때 테이블에 놓여 있던 두 개의 술잔까지.

하지만 민정에게는 그때의 기억이 아무것도 남아 있지 않으니 연화가 할머니가 맞는지 알 수는 없었다.

"그 여자가 네 할머니든 아니든 그건 중요하지 않은 것 같아. 지금 이 상황에서 중요한 건 네가 그 모습으로 1년을 산다는 거, 그리고 자정이면 유민정으로 돌아간다는 거. 그러니까 그 여자 말대로 그냥 넌 그 모습으로 있는 동안 열심히, 그리고 최선을 다해 네가 살고 싶은 대로 살면 되는 거야. 안 그래?"

세영의 말이 맞다. 주어진 1년 동안 하고 싶어도 하지 못한 것들과 잃어버린 20대를 다시 살아 내면 되는 것이다.

연화가 누구인지는 중요하지 않다. 지금 유민정이 새롭게 태어나서 새로운 삶을 살 수 있다는 것이 중요했다.

"맞아. 1년이지만 다시 살 수 있는 기회를 얻었고, 더 이상 혼란스러울 일도 없으니 이제부터 정신 똑바로 차리고 잘 살아야지. 내가 하지 못한 것들을 하고, 내가 하고 싶었던 것들을 하면서…… 신나리로 살래."

세영이 웃으며 박수를 쳐 주었다.

"당연히 그래야지! 간만에 맘에 드는 소리 하네, 민정이 아니라 신나리가. 앞으로 널 나리로 불러 줄게. 오늘이야말로 진짜 축배를 들어야 하는데…… 벌써 자정이 다 되어 가네? 너 또 사라지겠다."

"그래도 다행이야. 이젠 당황하지 않고 모든 걸 받아들일 수 있어서."

"그래. 사라지기 전에 미리 인사하자. 가서 잘 자고 내일 봐, 신나리야."

"잘 자고 내일 다시 올게. 너도 잘 자."

그렇게 서로 웃고 있을 때, 민정이 사라졌다.

마취에서 깨어날 때처럼 아무 의식이 없는 상태에서 눈이 떠졌다. 오늘도 침실에는 TV와 조명이 켜져 있었다.

이제야 모든 퍼즐이 맞춰졌다. 그동안 그녀가 나타나지 않았어도 현구와 시모에게 연락이 없었던 이유, 드레스룸의 물건들이 제자리에 있지 않은 이유, 그리고 새로운 휴대폰까지.

그런데 오늘은 침실이 난장판으로 어지럽혀져 있었다. 파우더룸에 있어야 할 화장품들이 깨어진 채 침실 바닥을 뒹굴고 있었고, 드레스룸에 있어야 할 옷과 핸드백들 역시 엉망으로 널브러져 있었다. 마치 폭풍이 휩쓸고 간 것처럼 참담했다.

'도대체 무슨 일이 일어났던 거지?'

민정의 얼굴이 하얗게 질리고 심장이 쿵쾅거렸다.

'부부싸움?'

낮에 잠깐 보았지만 연화는 자신과 성격이나 취향이 전혀 다른 여자였다.

평소 현구의 말에 대꾸하지 않고 그의 화를 조용히 받아들였던 자신과 다르게, 말끝마다 대꾸를 하고 따지고 들었다면 현구 성격에 그냥 있지 않았을 것이다. 그랬다면 현구는 침실을 이렇게 만들어 놓고도 남았을 남자다.

1년이라고 하지만 두 사람이 한 사람의 인생을 낮과 밤으로 나눠 산다는 것은 결코 쉬운 게 아니다. 그것도 민정에 대해 아무것도 모르고 성격도 다른 연화라는 여자는.

'이러다 들키는 건 아닐까?'

침실만큼이나 민정의 속도 어지럽기만 했다. 상황은 정리된 것 같은데 어떤 문제로 어떻게 다투었는지, 그리고 어떻게 끝을 맺었는지 알 수 없으니 답답했다.

시모는 이미 잠들었을 시간이기에 민정은 깨진 유리 조각 사이를 지나 침실 밖으로 나왔다. 길게 이어진 복도 끝으로 거실 조명 빛이 보였다.

'거실 조명을 안 껐네?'

조명을 켜 놓은 채 모두가 잠든 줄 알고 거실로 나가려는데, 복도 끝에 왔을 즈음 현구와 민 여사의 대화가 들려왔다.

"별장에서 무슨 일이 있었기에 재가 저렇게 막 나가는 거니? 저게 별장 다녀온 날부터 이상해. 너, 엄마한테 솔직하게 말해."

"없었어요."

"없었는데 재가 생전 안 하던 말대답을 해? 어디 그거뿐이야? 병원 도시락까지 못 싸겠다고 하고. 뭐야? 여자 만나다 들켰니?"

"들켰다기보다……."

"애도 못 낳는 게 남편이 여자 만나고 다니는 것도 못 봐줘 저러는 거라니?"

비수와도 같은 민 여사의 말이 들렸다. 더 듣고 싶지 않아 몸을 돌리려 했지만 먹먹한 마음에 몸이 마음처럼 움직여지지 않았다. 그 와중에 두 사람의 대화는 계속 들려왔다.

"저도 자존심은 있으니까."

"자존심? 누구 앞에서 감히 자존심을 내세워? 애를 미끼로 내세운 것도 모자라서 대단한 집안이라고 속여 결혼해 놓고는. 그런 거 사기죄로 고소 안 하고 데리고 살아 주는 것만으로 감사해야 할 주제가, 자존심?"

"옛날 얘기는 그만하고요."

"내가 그때 무슨 수를 써서라도 수술시키고 쫓아냈어야 했는데……. 어차피 유산될 거, 수술로 애 지우게 하고 저걸 갖다 버렸어야 했는데. 아이고."

"그때 얘기는 그만하라니까!"

"어쨌든, 그냥 넘어가지 마라. 제대로 본때를 보여 줘. 다시는 말대꾸 하지 못하게. 배운 게 없으면 눈치라도 있거나……."

계속 이어지는 민 여사의 모진 소리를 들을 수가 없어 민정은 힘겹게 다시 침실로 돌아왔다.

자존심, 자존감은 결혼과 동시에 사라졌다. 하지만 비수 같은 말이 가슴에 꽂혔을 때는 그런 감정이 없더라도 아플 수밖에 없다. 쓰라리도록 아파서 가슴을 부여잡아야만 했다.

아무것도 하지 못하고 침대에 앉아 있는데 침실 문이 벌컥 열렸다.

"뭐 해? 정리 안 하고."

현구가 난장판이 되어 있는 침실을 둘러보며 인상을 구겼다. 민정이 대답 없이 현구를 바라보았다.

"왜? 또 입 다물라고 한마디 하지 그래?"

지금 꺼낸 현구의 말과 거실에서 들은 대화로 인해 침실이 엉망이 될 만큼 현구가 화를 낸 이유를 알 수 있었다.

'그 여자가 저 남자에게 진짜로 대들었구나. 그런데 입 다물라고 했단 말이야?'

방금 전까지 미어질 듯 아팠던 가슴이 갑자기 시원해졌다. 그리고 그 말을 들었을 때 현구의 기분이 어땠을지 상상해 보니 통쾌하지 않을 수 없었다.

"정리할 테니까 나가요."

"경고하는데, 한 번만 더 그런 식으로 대들면 그때는 이 정도로 안 끝내. 엄마한테도 까불지 마라!"

말을 끝낸 현구가 마지막 협박을 하듯 험악하게 눈을 부라렸다. 그리고 몸을 돌려 나가려는데 민정이 그를 불러 세웠다.

"여보."

"왜?"

"우리 결혼할 때 당신이 어머니한테 거짓말했잖아요. 부잣집 외동딸이니까 결혼 허락해 달라고."

"엿들었어? 이젠 무식한 짓을 대놓고 하냐?"

"청소기 가지러 가다 들었어요."

"그래서, 뭐? 네가 한 게 아니고 내가 한 거라고 엄마한테 말하면 뭐가 달라질 것 같아? 야, 엄마 말대로 배운 게 없으면 눈치라도 좀 있어."

민정을 한심하다는 듯 바라보며 혀를 찬 현구가 밖으로 나갔다.

'달라진 건 없었겠지. 하지만 적어도 사기죄라는 말은 듣지 않았을 거 아니야. 나쁜 놈.'

민정은 자리에서 일어났다. 엉망인 침실을 깨끗하게 정리하고 나니 새벽 1시가 넘어 있었다.

'한숨 자고 일어나면 이 지옥에서 나가는구나.'

탈출할 수 있다는 기쁨도 잠시. 민정은 연화가 걱정되었다.

'여기 생활을 버티실 수 있을까? 저 사람이 난리를 쳤을 텐데, 그걸 어떻게 보고 있었을까? 저 두 사람 만만치 않아서 힘들 텐데…….'

동병상련으로 연화를 안타까워했다. 자신이 겪었던 그 모든 아픔과 고통을 그녀가 겪는다고 생각하니 안되고 안쓰러웠다. 그러면서도 한편으로 걱정이 되었다.

나리로 살다가 갑자기 민정으로 변해 이 집으로 소환되어 왔을 때, 지금과 같은 황당한 일들을 예고 없이 겪게 되면 어떻게 대처해야 할지.

'이렇게는 둘 다 힘든데…… 연결될 만한 무언가 필요한데…….'

연화를 향한 걱정, 나리로 살게 될 미래, 그런 것들을 생각하느라 쉽게 잠을 잘 수 없었다.

하지만 시간은 흘러 6시가 되었고, 민정은 나리로 돌아갔다.

"신나리, 굿모닝."

크게 기지개를 켜며 거실로 나오는 세영이 자연스럽게 나리라는 이름을 부르며 아침 인사를 했다. 나리라는 이름으로 불리는 게 어색했지만 싫지는 않았다.

"너도 굿모닝."

"굿모닝이기는 한데, 너 나한테 맞먹으면 안 되는 거다!"

"……?"

"신나리, 너 내 동생이거든!"

짓궂게 웃는 세영의 말에 민정이 피식 웃음을 흘렸다.

"둘이 있는데…… 굳이 언니라고 할 필요까지는 없잖아."

"그렇긴 하지만……. 밖에서는 무조건 언니다. 알았나, 신나리?"

"알았어."

"그럼 연습 한번 해 볼까? 언니라고 불러 봐!"

"……언……니."

친구인 세영에게 언니라고 호칭하는 게 어색했지만, 그래도 민정이 아닌 새 삶을 산다면 그런 호칭 따위는 중요한 것이 아니었다. 친구에게 언니라고 불린 세영 역시 지금의 상황이 재미있고 무엇보다 절친인 민정이 구질구질한 삶에서 벗어날 수 있게 되어 즐거웠다.

"세영아, 출근할 때 나도 같이 가자."

"왜?"

"여자들은 새로운 다짐을 할 때 헤어스타일을 바꾸잖아. 나도 철저하게 유민정을 버리고 신나리로 새로 살고 싶어서."

"오호! 그 다짐 아주 맘에 들어. 칭찬해! 그리고 끝내주게 변신시켜 줄게."

함께 준비를 마친 두 사람은 미용실로 나가기 전 은행부터 들렀다. 시부가 숨겨 놓았던 비상금의 일부를 넣고 나리가 사용하는 데 어려움이 없게 했다.

미용실에 도착한 나리는 제각각 원하는 스타일로 시술받고 있는 사람들을 보자 설레기 시작했다. 그녀는 한 번도 원하는 헤어스타일을 해 본 적이 없었다. 단아하고 지적으로 보여야 한다는 민 여사의 고집으로 염색도 해 본 적이 없다. 그리고 늘 차분한 보브단발 스타일만 유지해 왔다. 그러나 지금은 신나리로 길고 풍성한 생머리를 가지고 있으니 평소 하고 싶었던 펌과 염색을 할 수 있다는 생각만으로도 신이 났다.

세영이 수석 디자이너를 데리고 나리에게 다가왔다.

"정후 쌤, 우리 나리 좀 잘 부탁해. 요새 걸그룹 같은 자연스러운 웨이브를 원하니까 염색하고 클리닉까지 완벽하게 부탁 좀 할게."

"워낙 기본 외모가 훌륭하셔서 뭘 어떻게 해도 다 소화하실 것 같은데요."

세영이 원장실로 돌아가고 나리는 수석 디자이너의 안내를 따라 자리에 앉았다. 그는 태블릿을 보여 주며 그녀에게 원하는 스타일을 물었다.

평소 꿈도 꿀 수 없었던 스타일과 대담한 컬러의 헤어를 보자 선뜻 해 달라는 말이 나오지 않았다. 하지만 그녀는 거울 속 자신의 모습을 본 후 밝은 컬러와 자연스러운 웨이브의 헤어스타일을 선택했다.

"탁월한 선택을 하셨습니다. 그럼 클리닉 먼저 들어가겠습니다."

그렇게 시작한 헤어 손질이 끝난 시간은 그로부터 5시간 후였다. 머리를 만져 준 디자이너는 물론이고 나리의 변한 헤어를 본 세영에게서도 감탄사가 연발로 튀어나왔다.

"신나리, 너 우리 미용실 전속 모델 하자. 시즌별로 현수막 만들어서 벽에 붙이는 거 봤지? 거기 네 사진 올리자."

"그래요, 원장님."

옆에 있던 수석 디자이너가 세영의 의견에 찬성을 했다.

"무슨 모델까지……."

하지만 자신이 봐도 헤어 컬러나 스타일이 어리고 예쁜 나리에게 너무도 잘 어울렸다. 새로 손질한 헤어는 그녀의 외모를 더욱 드러내고 빛나게 해 주었다. 모델을 해도 손색이 없을 만큼 완벽했다. 조금은 낯설고 쑥스러웠지만 그녀의 자신감뿐만 아니라 앞으로의 삶에 대한 기대감도 커졌다.

모든 걸 끝낸 나리는 퇴근하는 세영과 함께 강남의 곱창으로 유명한 집으로 향했다.

민정은 곱창을 좋아했다. 깻잎과 당면을 넣고 매콤하게 볶은 곱창볶음도 좋아했고, 담백하게 구워 먹는 소곱창도 좋아했다. 하지만 결혼 후 그 좋아하는 곱창을 먹었던 기억이 거의 없다. 민 여사에게 있어 곱창은 냄

새조차 거북스러운 혐오 음식이었다. 그래서 집에서도, 외식에서도 그걸 먹는 건 꿈도 꾸지 못할 일이었다.

"곱창이 무슨 취약이라도 된다니? 좋아한다는데 그거 하나 못 먹게 하고."

그 한을 풀자며 세영이 유명하고 맛있다는 곱창집으로 데리고 갔다.

입소문 때문인지 입구에서부터 사람들이 북적거렸다.

"진짜 맛있는 집인가 보다."

기대에 찬 나리의 눈빛이 반짝였다.

"너 그동안 못 먹은 한이 다 풀릴 만큼 맛있으니까 기대해도 돼."

세영이 먼저 들어가고 나리가 들어가려는데 밖으로 나오는 여자와 부딪치고 말았다.

"죄송합니다."

공손하게 사과를 하는 나리에 비해 여자의 반응은 무척이나 날카로웠다.

"좀 똑바로 보고 다녀요!"

앙칼진 목소리로 자신을 매섭게 노려보는 여자는 나리도 이미 알고 있는 여자였다.

만일 여자가 그녀와 똑같이 사과를 했다면 어쩌면 자신이 나리인 걸 잊고 여자에게 반갑게 알은체를 했을지 모른다. 그러나 나리가 알던 것과 너무 다른 여자의 태도에 당황하는 사이 여자는 이미 밖으로 나갔다.

"뭐야, 재? 들어오고 있는데 피하지 않고 나가는 제가 잘못했으면서 누구한테 짜증이야?"

상황을 본 세영이 인상을 찌푸렸다.

"나 아는 여자야."

"그래? 누군데?"

"얼마 전까지 이현구 병원의 간호사였어. 지금은 퇴사했고."

"퇴사했길 다행이네. 저런 성격으로 병원에 있었으면 환자들 다 떨어져 나갔겠다! 아닌가? 이현구 병원에 환자가 다 떨어져 나가야 우리한테 좋은 거잖아. 그냥 좀 더 다니지."

세영의 말에 나리가 피식 웃으며 그녀를 따라 식당 안으로 들어가는데, 한쪽에 혼자 앉아 있는 현구가 보였다. 그를 본 나리의 시선이 자연스럽게 출입문으로 향했다.

'설마…… 김 간호사하고?'

그럴 수는 있지만 부디 아니길 바랐다.

그러는 사이 곱창집 종업원의 안내를 받아 자리를 잡고 앉았다. 하지만 나리의 의식은 현구에게 가 있었다. 그는 절대 혼자서 이런 곳에 올 사람이 아니다. 아마도 방금 나간 김 간호사하고 같이 왔을 것이다.

세영이 종업원에게 주문을 하고 나리에게 물었다.

"술도 한잔해야지?"

현구로 인해 기분이 상한 나리가 고개를 끄덕였다.

"응. 한잔하고 싶어."

그리고 속에서 올라오는 뜨거운 화를 누르기 위해 얼굴에 찬물이라도 묻히고 싶어 자리에서 일어섰다.

"화장실 다녀올게."

나리가 일어나 화장실을 가는 길에 다시 안으로 들어오는 김 간호사가 현구의 맞은편 자리에 앉는 것이 보였다. 역시나 현구 혼자 온 게 아니었다.

화장실로 들어온 나리가 세면대를 붙잡고 숨을 몰아쉬고 있을 그때, 거울에 나리의 모습이 보였다.

'침착하자. 넌 유민정이 아니야.'

그때 마침 김 간호사가 화장실로 들어와 손을 씻었다. 그러면서 옆에서 있는 나리를 싸늘하게 바라보더니 밖으로 나갔다.

'둘이 그렇고 그런 관계였나?'

지금은 퇴사를 했지만 근무했을 당시, 도시락을 싸다 주는 그녀에게 '사모님' 을 입에 달며 상냥하게 굴었었다.

'얼마나 나를 비웃었을까? 얼마나 내가 못나 보였을까?'

또다시 가슴이 먹먹해져 왔다.

화장실을 나와 세영에게 가는데 현구의 모습은 보이지 않고, 이번에는 김 간호사와 친구로 보이는 여자가 앉아 있었다.

자리로 돌아와 앉자 세영이 흥분했다.

"야! 나, 이현구 봤어. 눈이 딱 마주쳤는데 나 보더니 아주 기겁해서 도망가더라. 알은체를 해야 하는 거 아니야? 와이프의 하나밖에 없는 친구한테. 미친놈."

"여자하고 왔으니까."

"뭐라고? 너한테 곱창은 혐오 식품이라고 사 주지도 않던 놈이 여자하고 여기를 왔단 말이야? 진짜, 해도 해도 너무하네."

"아까 나하고 입구에서 부딪쳤던 간호사, 그 여자하고 온 거야."

나리보다 세영의 속이 더 타는지 소주 한 잔을 단숨에 마시곤 한숨을 푹푹 내쉬었다. 그리고 차분하다 못해 멍해 있는 나리대신 세영이 화를 냈다.

"그럼 가서 뒤집어엎었어야지!"

"내가…… 유민정이 아니잖아. 무슨 명목으로."

"유민정이었으면 그렇게 했고?"

아니, 못했다. 그냥 멍하니 바라만 보고 지금처럼 아무렇지 않게 이 자리에 앉았을 게 빤하다. 어쩌면 이 자리에 앉지도 못하고 도망갔을지도 모른다. 그리고 아무 일도 없었던 것처럼 현구를 대하고 시모를 모셨을 것이다.

"너 신나리야! 이젠 누구 눈치 볼 필요도 없고, 누구에게 구속당해서 사는 유민정이 아니라 신나리라고. 그러니까 그렇게 주눅 든 것처럼 움츠러들지 말라고! 그리고 앞으로 다르게 살겠다고 오늘 변신했거든? 자존심 챙겨!"

틀린 말이 아니었다. 하지만 16년 동안 하찮고, 쓸모없고, 어디를 내놔도 부끄럽기만 한 존재라고 낙인찍혀서일까? 세영의 말처럼 그리고 마음먹은 것처럼 자존심, 자존감이 쉽게 채워지지 않는다. 친구에게 독한 말을 들으니 그마저도 가슴이 찌릿하게 아파 왔다.

"바람 좀 쐬고 올게."

친구 앞에서 눈물을 보일까 싶어 민정은 밖으로 나왔다. 출입문 옆에서 몇몇 사람들이 흡연을 하고 있었다. 그 연기와 냄새가 싫어 좀 떨어진 곳으로 와서 서 있는데 한쪽에 서서 친구와 흡연을 하는 김 간호사가 보였다. 병원에서 봤을 때하고는 전혀 다른 모습이었다.

'착실하고 싹싹한 줄 알았는데…….'

사람은 겉만 보고 알 수 없다는 생각을 하는 그때.

"와이프가 병신이라며?"

"애를 못 낳아서 이 원장이 병신이라고 하잖아. 그리고 되게 맹해. 그러니까 이 원장이 그렇게 바람을 피우고 다녀도 잘 모르는 거겠지. 그리고 알아도 한 마디 못하는 사람이라 병신 소리 들을 만도 해."

"아무리 그래도 그렇지. 니네 원장도 그렇고, 그 와이프도 그렇고. 둘 다 좀 심한 거 아니야? 어떻게 남편이 바람피우는 걸 그냥 두고만 봐."

"나 같으면 이혼하지. 그런데 그 주제에 이혼해 봐야 뭐 해 먹고 살겠니?"

"위자료 받고 끝내면 되는 거 아니야? 재산도 어마어마하다며?"

"이 원장이 안 놔줄 거야. 그 여자처럼 데리고 살기 만만한 여자가 없거든. 집에 파출부 안 써도 되고, 운전기사 없어도 되고, 바람피워도 아무 말 안 하고. 돈을 안 줘도 찍소리도 안 하고. 부려먹기도 딱 좋은데 뭘 더 바라?"

"네 말 듣고 나니 진짜 병신이네. 그러고 왜 사냐?"

"내 말이. 그렇게 여자가 병신이니까 이 원장이 나 말고 만나는 여자가 또 있어. 아주 문어발이라고. 너무 열 받아서 차하고 오피스텔 하나 받고 끝내려고."

두 여자가 민정을 지나쳐 다시 음식점 안으로 들어갔다.

'병신…….'

집에서 그런 취급을 해도, 밖에서 자신의 아내를 '병신' 이라고 하면 안 되는 거다. 그런 생각을 했다고 해도 그걸 내연녀들 앞에서 내뱉어서는 안 되는 거다.

'아무리 그래도 그러면 안 되는 거지.'

발가벗겨진 채 난도질당한 치욕스러움이 느껴졌다. 그리고 그 치욕이 가슴에서부터 뜨겁게 치고 올라왔다. 정말 왜 살았는지 알 수 없게 자신의 삶이 부끄러워지기까지 했다.

하지만 이제는 그런 삶을 사는 유민정이 아니다.

'이제는 병신이 아닌데 어쩌지?'

나리가 이를 악물고 음식점 안으로 들어갔다. 그리고 곧바로 그녀들이 앉아 있는 곳으로 걸어갔다. 가깝게 다가온 낯선 여인을 본 김 간호사가 무슨 일이냐고 물었다. 그때 나리가 테이블 위에 놓인 컵의 물을 김 간호사 얼굴에 뿌렸다.

"아악! 뭐야? 이게 미쳤나?"

느닷없는 물세례를 받은 김 간호사가 일어나 나리의 머리채를 잡으려 했다.

"전 직장 병원장하고 불륜을 저지르는 네가 미친 거지."

아무도 모른다고 생각했던 불륜을 알고 있는 나리를 보며 김 간호사가 흠칫 놀랐다. 그리고 말까지 더듬으며 물었다.

"……뭐, 뭐, 뭐라고?"

"난 네 이름, 나이, 전화번호, 그리고 사는 곳까지 다 알고 있거든. 네가 지금 만나는 이현구 원장에 대해서도 다."

"너…… 누, 누구야?"

나리가 김 간호사를 쏘아보며 차분하면서도 차가운 목소리로 충고했다.

"병신 되기 전에 정신 차리고 살아. 이현구는 너 같은 거한테 차하고 오피스텔 같은 거 사 줄 남자가 아니야. 그 남자한테 너는 딱 이런 곱창 수준밖에 안 되는 존재야."

"야!"

김 간호사가 나리를 잡았다.

"너, 누군데……."

"이봐, 아가씨! 유부남하고 불륜을 저질렀으면 창피한 줄 알아야지. 사람들 앞에서 개망신당해 볼래?"

어느새 옆에 와 있는 세영이 민정의 옷깃을 잡고 있는 김 간호사의 손을 떼어 냈다. 세영의 말투나 행동에서도 무서운 분노가 보였다.

수군거리는 사람들 사이에서 김 간호사는 견디지 못하고 친구와 밖으로 나갔다.

"가자!"

세영도 부들부들 떨고 있는 나리를 데리고 곱창집을 나왔다. 그리고 가까운 커피숍으로 데리고 가서 뜨거운 커피를 주문해 주었다.

"야, 유민정. 너…… 아니, 신나리. 너 진짜 멋있었어! 사이다, 사이다, 이런 핵사이다는 드라마에서도 못 보는 건데. 어디서 그런 용기가 생겼어, 갑자기?"

그건 용기가 아니었다. 그동안 가슴에 짓눌리고 억눌려 온 울분들이 터져 나온 것이었다. 참고 눌러 담은 한이 많아 그 폭발력이 너무도 컸던 것이다.

그 순간은 정말 아무것도 보이지 않았다. 자신을 인간으로 봐 주지 않는 못된 악마들로 보였고, 그대로 놔두면 자신을 짓밟아 버릴 것 같아 먼저 달려들었을 뿐이다.

참고 살아야 하는 유민정이 아니고 신나리이기에 가능했는지도 모른다. 하지만 세영처럼 그녀도 그 통쾌함에 마음이 시원해졌다.

'참지 않고 터뜨리는 게 이런 거였구나. 너무 시원해.'

❖

12시. 1초의 오차도 없이 민정은 본래의 모습으로 돌아왔다.

눈을 뜨니 벽에 걸린 TV를 보는 자세로 침대 헤드에 등을 기대고 있었다. 오늘도 TV는 드라마 채널에 맞춰져 있었고 화면에는 작년 드라마가 나오고 있었다.

'연화라는 이 여자는 드라마를 꽤 많이 좋아하나 보네.'

민정은 일어나 TV를 껐다. 그리고 현구가 돌아왔는지 확인하기 위하여 현구의 침실로 가 보려다 그만두었다. 그의 얼굴을 보면 가슴에서 뜨거운 것이 치고 올라와 그에게도 물을 뿌릴지 모른다는 생각이 들었다.

'그래, 나가서 누구를 만나든 상관없어. 나는 나리의 삶만 신경 쓰면 되니까.'

침실의 조명을 모두 끄고 침대에 누웠다. 그러나 곱창집에서 들었던 김 간호사의 말이 계속 떠올랐다. 그러자 심장이 벌렁거려 잠이 오지 않았다.

크게 숨을 내쉬며 호흡을 고르는데 도어록 열리는 소리가 들렸다.

'이제 오는 건가?'

분명 김 간호사와 헤어졌던 시간은 8시가 좀 넘어서였는데 현구는 12시가 넘은 지금 귀가하고 있었다.

그의 표정이 궁금했다. 병신 아내를 집에 두고 밖에서 자신이 데리고 있던, 그리고 민정도 잘 알고 지내던 김 간호사를 만나고 오는 사악한 표정은 어떤 것인지 보고 싶었다.

밖으로 나오자 자신의 침실로 향해 가는 현구와 맞부딪쳤다.

"안 잤어?"

현구는 그 한마디만 심드렁하게 던지고는 제 침실로 들어갔다. 그에게서는 다른 여자를 만나고 온 미안함이나 죄책감 같은 건 보이지 않았다. 하긴, 그런 감정을 아는 인간이라면 애초부터 바람피우는 짓 같은 건 하지 않았겠지.

'양심도 없는 인간.'

현구가 들어간 침실을 무섭게 노려보는데 문득 새로운 사실 하나를 알았다. 곱창집에서 입고 있던 그의 양복이 아니다. 그가 입고 다니는 양복은 수백만 원짜리 고가의 명품 양복이다. 쉽게 사서 바꿔 입을 만한 것이 아니다.

4시간 가까이 그는 집이 아닌 밖에 있었고 김 간호사도 만나지 않았다.

'이현구, 두 집 살림이라도 하는 거니? 아니, 세 집?'

이제는 너무 기가 막혀 웃음이 나오려 한다.

한숨을 내쉬고 침실로 들어가려는데 마주하고 있는 그의 침실 문이 벌컥 열렸다.

"너……."

화가 단단히 난 모습으로 무언가를 말하려던 현구가 갑자기 입을 다물었다.

민정은 조용히 그를 응시했다. 현구도 그녀를 뚫어지게 보기만 했다.

"너, 쓸데없는 짓 하고 다니는 건 아니지?"

"……."

"네가 무슨 꿍꿍이로 요새 자꾸 까부는지 모르겠는데, 얌전히 살던 대로 살아라. 까불다 다치지 말고. 알았어?"

눈을 부라려 가며 협박 투로 말을 끝낸 현구가 제 할 말만 하고 들어가 버렸다.

쓴웃음이 나왔다.

'미안하지만 난 이제 네가 아는 유민정이 아니야. 네 맘대로 되지 않을 거야. 다치게 한다고 해서 고이 당할 내가 아니라고. 맘대로 해 봐. 나도 내 맘대로 할 거니까.'

4장

통장으로 어마어마한 돈이 입금되었다. 친일파가 땅속에 숨겨 놓았던 보물 상자 안의 몇 가지를 팔았다. 금과 은은 시세가 있어서 돈으로 환산하기 쉬웠고, 팔기도 쉬워 제일 먼저 일부를 처분했다. 그리고 유물로 보이는 도자기 작품들은 세영의 단골손님이 알려 준 골동품 가게에 감정을 의뢰했었다.

그러다 브로커가 붙을 만큼 대단한 가치의 중국 유물이라는 것을 알았다. 세 개를 넘겨 수십억을 받았는데 아직도 유물은 남아 있다. 경매에 넘기면 중국 부호들은 그보다 더한 가격을 쳐서 가지고 간다는 브로커의 말을 들었다.

어쨌든 거래는 깨끗하게 성사되어 입금까지 완벽하게 끝났다.

나리는 세영의 집을 나와 1년 동안 '숙소'의 개념으로 사용할 호텔 룸을 잡기 위해 〈드림시티〉 내에 있는 호텔 '디.시티'로 향했다.

호텔 체크인은 태어나서 한 번도 해 본 적이 없지만 나리는 자신감을 가지고 프런트 앞에 섰다.

"장기 투숙을 하려고 하는데요……."

룸을 달라고 해야 하는 건지, 룸이 있냐고 물어봐야 하는 건지.

처음인 것에 익숙하지 못해 결국 말끝을 흐렸다.

"어서 오십시오. 예약 도와 드리겠습니다."

호텔에서만 느낄 수 있는 직원의 서비스 매너로 인해 나리는 어려움 없이 체크인할 수 있었다.

강남의 끝자락에서 '핫스팟'으로 뜨고 있는 곳인 만큼 호텔 수준은 최신식과 최고급이 만난 최상의 공간이었다. 그곳에 주니어스위트룸을 장기 투숙한다고 하니 체크인하는 순간부터 나리는 이미 VIP 대우를 받았다. 매일 하녀만도 못한 대우를 받으며 살다 특별한 대우를 받는다는 것이 쑥스럽고 어색하기는 해도 나쁘지 않았다.

Trrrrr—

혼자 호텔로 보내는 걸 불안해하던 세영에게 전화가 왔다.

"어, 세영아."

— 체크인 잘 했어?

"응. 지금 룸이야."

— 좋아?

"너무 좋아. 저녁에 놀러 와."

— 집들이처럼 룸들이라도 하려고? 그런데 어떡하지? 나 저녁에 약속 있는데.

"애인하고?"

— 응. 내일 갈게. 그리고 혼자 나가서 밥 먹기 그러니까 룸서비스로

맛있는 거 시켜 먹어. 굶지 말고.

"그럴게."

— 신나리, 파이팅!

"파이팅."

통화를 끝낸 나리는 콘솔 위에 놓인 호텔 가이드를 들고 꼼꼼하게 읽어 내려갔다. 호텔 서비스나 이용에 조금이라도 실수를 하고 싶지 않은 마음에서였다.

여기에서까지 작은 실수로 인해 무식한 여자로 보이고 싶지 않았다.

'무식한 여자' 라는 그 말을 제일 싫어하기 때문이다.

신혼 초, 오븐 사용법을 잘 몰라 시모에게 '무식한 것' 이라는 말을 들었다. 그때부터였다. 무식하다는 말을 피하기 위해 매뉴얼이나 가이드 책자부터 챙겨서 꼼꼼하게 읽게 된 건.

호텔 가이드를 끝까지 읽은 나리는 핸드백에서 A4용지를 꺼냈다. 빼곡하게 무언가를 적어 놓은 맨 아래쪽에 그녀가 하나를 더 추가해서 적었다.

—수영 완전 정복.

호텔 수영장 내에서 레슨을 받을 수 있다는 걸 알고 바로 등록을 해야겠다는 생각이 들었다.

"수영복 사야겠다."

나리는 바로 룸을 나와 호텔 옆에 있는 백화점으로 향했다.

스포츠용품 매장으로 올라가 수영복을 보려고 하는데, 골프웨어 매장으로 보이는 곳이 무척 소란스러웠다.

'누가 싸우나?'

정말로 싸움이 났는지 소란이 일어난 곳에 사람들이 모여 있었고, 어떤 싸움인지 궁금한 나리의 발걸음이 그쪽으로 향했다.

"왜 못 바꿔 줘? 내가 이 옷 입고 필드 나갔다가 개쪽을 당했다고! 손해배상까지 청구하려고 하는데 교환을 못해 줘?"

50대로 보이는 여인이 어린 직원의 얼굴에 대고 옷을 흔들며 행패를 부리고 있었다.

"고객님, 세 번이나 교환하신 상품이 맘에 들지 않으셨다니 환불을 해 드리겠습니다."

"넌 뭐야?"

"매니저입니다. 저희 브랜드 디자인하고 고객님하고 맞지 않는 것 같아 환불을 해 드리는 게 나을 것 같습니다."

"매니저 필요 없고! 환불도 필요 없고! 당장 사장 불러! 내가 손해배상금까지 받아 내야 하니까, 사장 부르라고!"

사람들의 눈살을 찌푸리게 하는 진상 고객이었다.

"고객한테 뭐가 어울리는지도 모르는 너 같은 무식한 직원을 쓰는 니네 사장 부르라고!"

여자가 직원의 얼굴로 들고 있던 옷을 던졌다. 직원의 얼굴을 정확하게 강타한 옷이 바닥에 떨어졌다.

나리는 그 모습에서 시모와 자신의 모습이 겹쳐 보였다.

괜한 트집을 잡아 모욕을 주며 함부로 하는 시모에게 한 마디도 하지 못하고 그저 고개만 숙이고 있던 그녀의 모습. 더욱이 무식하다는 그 말이 나리의 아픈 상처를 건드렸다.

나리가 안쪽으로 들어가 바닥으로 떨어진 티셔츠를 주워 들었다.

"매니저님이라고 하셨죠? 여기 매장에 있는 이 사이즈의 티셔츠들을 모두 다 가져다주시겠어요?"

“네?”

심각한 상황에 끼어들어 이상한 요구를 하는 나리를, 매니저는 물론이고 직원과 진상의 여인까지 모두 쳐다보았다.

“계산은 제가 할 테니, 그 티셔츠들 모두 이분한테 드리고 돌려보내세요.”

나리가 진상 여자를 무표정하게 바라보았다.

심술이 덕지덕지 붙은 얼굴이 딱 그녀의 시모와 같은 이미지였다. 다른 게 있다면 시모는 밖에 나와서는 이런 교양 없는 행동은 절대 하지 않는다. 그렇다고 이 여자보다 더 낫다는 건 아니다. 둘 다 무고한 사람을 괴롭히며 상처 주는 건 똑같다. 똑같이 당하게 해서 그 상처가 어떤 것인지 알려 주고 싶었다.

그 순간, 민정이 아닌 나리는 그렇게 하고 싶었다.

“구걸을 너무 교양 없이 하시는 거 같아서요.”

“뭐, 뭐, 뭐라고? 구, 구걸? 너 뭐야? 나이도 어린 것이…….”

“아주머니! 나, 나이 먹을 만큼 먹었거든요. 그리고 이거 사 드릴 테니까 그냥 돌아가세요. 애먼 사람 잡지 말고.”

“아주머니? 야! 누구를 지금 거지 취급 하는 거야? 너, 내가 누군지 알아? 내가 여기 백화점 VIP야!”

“아주머니. 백화점 VIP는 매장에서 쇼핑하지 않아요. 그리고 여기 브랜드는 VIP들이 찾지도 않는 거예요. 그리고 무엇보다 VIP 고객들은 이렇게 무식하게 행동하지도 않죠.”

여자의 얼굴이 벌겋게 달아올랐다. 콧김을 내뿜으며 씩씩거렸다. 그런 여자를 보며 나리가 매니저를 재촉했다.

“뭐 하세요? 옷 담아 드리세요.”

나리가 핸드백에서 카드를 꺼내 매니저에게 주었다.

"계산은 제가 할게요."

"야! 이게 진짜 사람을 거지로 만들려고 하네! 야! 손님은 왕이야! 직원들이 손님 알기를 우습게 알고 서비스가 엉망이라서……."

"왕이면 왕답게 행동해야죠. 아주머니는 그냥 갑질을 한 거예요. 직원들보다 본인이 갑이라고 생각하고 막 행동하고 있잖아요. 그걸 모르는 거 같아서 내가 아주머니한테 갑질이 뭔지 보여 주는 건데, 뭐 잘못됐어요?"

"뭐?"

여자가 당황하며 아무 말도 못할 때 주위에 몰린 사람들의 수군거림이 들려왔다.

"맞네, 맞아."

"진상도 적당히 부려야지."

"저 아줌마 저번에도 저랬는데. 상습범이야."

여자가 나리의 손에 들린 옷을 거칠게 빼앗았다.

"살다 살다 별 거지 꼴을 다 당하네. 다시는 여기 오나 봐! 그리고 니들 각오해! 직원들 기본 서비스 교육도 안 된 이런 백화점, 당장 문 닫게 만들 거니까!"

여자가 계속 큰 소리를 내며 매장을 벗어났다. 모여서 구경하던 사람들도 흩어졌다.

"감사합니다, 고객님."

상황이 정리되자 매니저가 나리에게 인사했다.

"아니에요."

나리의 시선이 여자에게 당하고 있던 직원에게로 향했다. 붉어진 눈으로 애써 울음을 참고 있는 모습이었다.

'얼마나 아프고 치욕스럽고 서러울까?'

직원의 마음을 잘 알고 있는 나리가 그녀에게 다가갔다.

아주 어린 아가씨도 아니었다. 서른 전후로 보이는 나이였다.

"힘내요, 아가씨."

"……네."

조금은 당황해하는 것 같은 얼굴로 직원이 대답했다. 나리는 매니저에게 자신의 카드를 건네받고 수영복 매장을 찾아갔다.

직원의 추천을 받아 수영복과 모자, 수경까지 구입하고, 같은 층에 있는 커피숍으로 들어갔다. 시원한 아이스커피를 주문하고 마시면서 나리는 피식 웃음을 흘렸다.

'진짜로 나, 신나리가 됐네.'

예전 같으면 그 자리에 나설 용기도, 마음도 들지 않았을 것이다. 그저 멍하니 자신의 상처만 들여다보며 아파만 했을 게 빤했다. 하지만 당하고 있는 여직원이 마음을 헤아리고 당당하게 나서서 해결해 준 자신을 생각하니 뿌듯하기도 하고 대견하기도 했다.

'이렇게 살았어야 했는데…… 왜 이렇게 못했을까? 그동안 난…… 유민정이었으니까.'

생각이 깊어지고 복잡해질 것 같아 나리가 자리에서 일어섰다. 그리고 두 잔의 아이스커피를 사서 골프웨어 매장으로 다시 갔다.

매니저는 보이지 않았고 여직원 혼자 매장의 옷들을 정리하고 있었다.

"여기요."

나리가 두 잔의 아이스커피가 들어 있는 캐리어를 내밀었다.

"속 많이 탔죠? 시원하게 풀라고요."

"이러지 않으셔도 되는데……. 고맙습니다."

"그럼 수고해요."

싱긋 웃어 주고 나오는 길에 전신 거울이 눈에 들어왔다. 그리고 거울 안에 어린 나리의 모습이 보였다.

나리는 아차 싶어 뒤돌아서서 여직원에게 다시 인사를 했다.

"수고하세요, 언니."

"……네. 안녕히 가세요."

에스컬레이터로 향해 가는 길에 매니저가 보였다.

"매니저님, 제가 아이스커피 사다 놨어요. 가서 드시고 속 좀 식히세요."

"감사합니다. 많이 곤란한 상황이었는데 도와주셔서 감사해요. 그 고객님은 저희 대표님도 알고 있는 블랙리스트 고객이시거든요."

"그래요? 다시는 안 온다고 했으니까 이젠 볼 일 없겠죠."

그러나 매니저의 얼굴은 안심하는 표정이 아니었다.

"그랬으면 좋겠지만…… 어쨌든 감사드립니다. 그리고 성함하고 연락처 좀 알려 주시겠어요? 본사에 보고해서 감사의 보답이라도 해 드리고 싶은데."

"보답받으려고 그런 거 아니었어요. 괜찮아요."

"그래도……."

"수고하세요."

매니저와 서둘러 인사를 나누고 수영장에 들러 등록을 마쳤다. 그리고 그녀는 서점에 들렀다. 그녀의 목표 중에 책 300권 읽기가 있다. 마음의 양식과 지혜를 쌓기 위해 독서를 해야겠다는 마음으로 세운 목표다.

베스트셀러 중 소설책과 수필 몇 권을 사서 룸으로 올라가는 엘리베이터를 탔다.

그 안에서 뷔페 레스토랑의 이벤트 홍보 전단이 눈에 들어왔다.

[프랑스 셰프와 함께 하는 미각여행]

오늘 뭔가 해낸 것 같은 뿌듯함 때문이었을까?

나리는 룸서비스가 아닌 뷔페에 가서 혼자 식사를 해 보고 싶다는 생각이 들었다. 완벽하게 신나리로 변화가 되었는지 테스트 같은 것을 해 보고 싶었다.

룸이 아닌 뷔페가 있는 층으로 올라가 레스토랑 앞에 섰다. 하지만 쉽게 들어가지 못하고 그 앞에서 우물쭈물하다가 다시 엘리베이터에 올랐다.

'아직은 아니구나. 내가 너무 앞서갔어. 오늘 겨우 한 걸음 뗐을 뿐인데.'

언젠가 혼자서도 뷔페에 가서 음식을 먹을 수 있을 만큼 완벽한 독립을 이룰 날이 오리라 믿었다.

룸으로 돌아온 나리는 A4용지에 내용 하나를 더 추가했다.

—뷔페에서 혼자 식사하기.

그걸 쓰고 난 후의 나리가 야무진 미소를 짓고는 사 온 책을 펼쳤다. 그리고 그녀는 '독서' 라는 새로운 행복 하나를 알게 되었다.

❖

새벽 6시.

나리로 돌아오자마자 바로 연화에게 문자를 보냈다.

[그쪽이 어떻게 하루를 보내는지 몰라 민정으로 돌아간 후 곤란할 때가 있어

요. 대책이 필요하다고 봐요. 만나서 얘기하고 싶어요.]

문자로 답이 올 줄 알았는데 전화가 걸려 왔다.

"여보세요?"

— 내가 할머니라고 했을 텐데, 그쪽이라니? 너무 버르장머리가 없네?

"네?"

— 나도 대책이 필요하다고 생각했는데, 그럼 한 번 더 만나자꾸나. 어디서 볼까?

"디.시티 호텔 아세요? 드림시티 내에 있는 호텔인데."

— 알지.

"로비 라운지에 있는 카페에서 보죠."

— 오냐. 2시쯤 보자.

그녀의 자연스러운 반말 때문인지 나리에게서 존댓말이 자연스럽게 나왔다.

'진짜 할머니인 건가?'

오늘 만나면 할머니라는 정체에 대해 자세하게 물어보기로 했다. 휴대폰을 내려놓은 나리는 어제 못 잔 잠을 더 자기 위해 침대 속으로 들어갔다.

연화가 누구이든 지금은 행복하다는 말이 절로 나올 만큼 모든 게 만족스러웠다.

❖

매달 재하로 인해 블랙컨슈머 리스트의 순위가 바뀌고 있다. 한때 하위에 있어 매니저와 CS 팀장 선에서 끝났던 고객이 오늘은 1위로 등극을 하려는지 본부장의 출동도 안 먹힌다는 보고가 들어왔다.

"그 고객, 소문 듣고 온 거 아닙니까?"

최 비서와 함께 매장으로 출동하기 위해 자리에서 일어선 재하가 중얼거렸다.

"네? 소문이라니요?"

"진상 부리면 잘생긴 드림시티 대표하고 차 한 잔 할 수 있다는 소문 말입니다."

"그럴 수도 있겠네요."

재하의 말에 최 비서가 표정 관리를 하며 대답을 했다.

'뭐지? 매장마다 도청 장치를 해 놨나?'

농담처럼 재하가 던진 말은 실제로 여직원들 사이에 돌고 있는 소문이다.

'나도 회사 그만두고 여기 와서 진상 한번 떨까 봐. 그래야 겁나 잘생긴 우리 대표님하고 차 한 잔이라도 마셔 보지.'

—하는 말이 돌고 있다.

그걸 어떻게 들었는지 돌려서 말하는 본새가 마치 나는 뭐든 다 알고 있다는 걸 우회적으로 알려 주는 것 같아 최 비서는 바짝 긴장을 하며 재하 뒤를 따랐다.

오늘도 재하의 미소와 정중한 태도에 블랙리스트에서 VIP 리스트로 전환될 고객을 만나기 위해 매장으로 내려왔지만 의외로 매장은 조용했다. 앙칼진 목소리가 떠들썩하게 들려야 정상인데 고요하고 평화로울 뿐이었다.

"끝난 것 같지 않습니까?"

"그런 것 같습니다만……."

두 사람은 문제가 일어났다고 보고된 액세서리 매장으로 향했다.

"고객님은요?"

최 비서가 담당 매니저에게 물었다.

"진상 헌터가 해결해 줬어요."

대답하는 매니저의 표정은 수호천사의 도움을 받은 것처럼 밝았다.

"진상 헌터요?"

"네."

"그게 누굽니까?"

"아! 저희들 사이에 유명한 여자가 있는데요……."

최 비서가 매니저에게 이야기를 전해 듣는 동안 재하는 다른 매장 여직원들의 인사를 받느라 정신이 없었다.

"안녕하세요? 대표님."

"아, 네. 안녕하십니까?"

재하는 일일이 인사에 답을 해 주느라 매니저의 이야기를 제대로 듣지 못했다.

"알았어요. 혹시 매장에 다시 나타나면 연락 줘요."

"네. 알겠습니다."

최 비서와 매니저의 대화가 끝나면서 재하가 매장을 벗어나기 위해 몸을 돌렸다. 오늘도 여직원들의 눈에서는 하트가 쏟아져 나왔다. 그런 여직원들을 뒤로하고 집무실로 올라온 재하는 최 비서에게 '진상 헌터'에 대한 이야기를 들었다.

재하 다음으로 백화점 여직원들 사이에서 인기를 차지하고 있는 인물 '진상 헌터'. 진상 손님을 역으로 몰아붙여 쫓아내는 고객. 예쁘장한 외모와 어린 나이에도 불구하고 거침이 없다는 내용이었다.

"그런 고마운 고객이 있습니까?"

심각한 얼굴로 보고하는 최 비서에 비해 재하의 얼굴엔 재미있어하는 미소가 스몄다.

재하는 자신을 대신해서 진상 고객을 물리쳐 줄 헌터가 나타나 주길 바랐었다. 하지만 그런 인물이 실제로 나타났다는 게 흥미로웠다.

"블랙컨슈머를 해결하기 위한 백화점 측의 치사한 수단이라는 소문이 날 수도 있습니다. 대표님이 나서서 직접 해결하시는 게 회사 이미지를 위해서도 낫습니다."

"물론이죠. 하지만 궁금하잖습니까? 진상 헌터라……. 닉네임부터가 범상치 않고. 우리 백화점 진상 고객님들치고 외모에 넘어가지 않는 고객들이 없으니, 얼마나 미인인지도 궁금하고 말입니다."

최 비서에게는 농담처럼 가볍게 던졌지만 재하는 진심으로 어떤 여자가 그렇게 대범하고 무모한지 궁금했다. 그리고 한편으로는 불순한 저의가 있어서 그렇게 행동하고 다니는 건 아닌지 의심이 갔다.

"일단 만나서 왜 나섰는지 알아보고 잘 타일러서 다시는 나서지 않게 하겠습니다."

"아닙니다. 그렇게 할 때 하더라도 고맙다는 인사 정도는 해야 하지 않겠습니까? 어떻게 보면 무고한 직원들의 입장이나 상황을 정리해 준 고마운 존재이기도 하니 한 번 만나는 걸로 하죠."

"그럼, 그렇게 하겠습니다."

묵례를 하고 최 비서가 재하의 집무실을 나가려는데 휴대폰 벨이 울렸다.

"최한영입니다."

몇 마디 하지 않고 통화를 끝낸 최 비서가 다급하게 말했다.

"드림 스트리트 플라워 숍에 그 진상 헌터가 떴다고 합니다."

헌터와 꽃은 어울리지 않는 조화로 보였다. 그래서 재하는 그녀가 더욱 궁금해졌다.

"일단 내려가 보죠."

재하가 서둘러 일어났다. 그리고 최 비서와 함께 개인 브랜드 숍이 몰려 있는 드림 스트리트로 향했다. 동시에 최 비서에게 지시했다.

"플라워 숍에 전화해서 내가 간다는 말은 하지 말고 시간 끌면서 잡아놓으라고 하십시오."

"알겠습니다."

재하는 긴 다리를 성큼성큼 빠르게 내딛어 플라워 숍에 도착했다. 그러나 매장 직원들을 뒤흔들었던 주인공을 바로 눈앞에 두고 재하는 멈춰 섰다.

'어? 저 여자는…….'

재하는 플라워 숍 안에서 꽃을 고르고 있는 여자를 보자 그녀가 누구인지 알 수 있었다.

〈드림시티〉의 딱 맞는 모델이라 생각했던 키다리의 그녀, 꽃집 아르바이트생이라고 해서 찾아갔지만 곧바로 그만두어서 그에게 물을 먹인 그녀였다. 여자라기보다는 학생이라는 표현이 더 맞을 만큼 앳되지만 그녀가 맞았다.

그때 보았던 검고 긴 생머리 대신 부드러운 컬러의 웨이브를 넣은 헤어와 좀 더 세련되고 화사한 옷을 입고 있지만 그녀를 몰라볼 수는 없었다.

"설마 저기 있는 저 여학생이 그 진상 헌터라는 주인공일까요?"

그의 입에서 학생이라는 말이 절로 나올 만큼 그녀는 오늘따라 더 어려 보였다.

"맞는 것 같습니다. 직원들 말이, 대학생 같다고 했으니까요."

재하도 그 얘기는 들었다. 하지만 말로 들었을 때와 눈으로 확인했을 때 느낌은 달랐다. 어린 티를 벗지 못한 앳된 학생의 모습에 헛웃음이 나왔다.

진상 고객들에게 단련된 CS 팀장도 상대하기 힘든 고객들을 척척 처리해 준 주인공이 이제 갓 스물을 넘긴 것 같은 어린 여학생이라니.

'철이 안 들어 겁도 없고 무모한 건가?'

재하은 일단 천천히 플라워 숍으로 들어갔다.

"어서 오십시오."

플라워 숍 사장의 인사에 재하가 눈짓으로 답을 해 주고는 계산을 하고 있는 진상 헌터 옆으로 다가갔다.

"안녕하세요?"

혹시나 자신을 기억하나 싶어 재하가 먼저 인사를 건넸다. 그러나 그녀는 그를 한 번 힐끗 쳐다볼 뿐, 어떤 반응도 보이지 않았다.

'어?'

자신의 인사에 이런 무반응을 보인 여자는 없었다.

"카드하고 영수증."

"감사합니다. 그리고 다시 한 번 죄송해요, 갑자기 알바를 그만두어서."

"다시 일할 생각은 없어? 나리 씨 오면 언제든 환영인데."

"다른 일을 해 보려고요. 대신 꽃은 꼭 여기에서 살게요. 그럼 수고하세요."

자신에게 철저하게 무표정, 무반응이었던 헌터는 숍 사장에게는 친절함에 숙련되어 있는 백화점 직원들보다 더 상냥한 인사를 하고는 밖으로 나갔다.

재하가 한 대 얻어맞은 것 같은 얼굴로 멀어지는 헌터의 뒷모습을 바라보다 밖으로 나왔다.

'뭐지? 많이 특이한 여학생일세.'

그녀는 볼 때마다 분위기가 바뀌어 있었다.

처음 부딪쳤을 때는 세상을 무서워하는 것처럼 재하 자신을 향한 눈빛은 물론이고 주위에 대한 경계심이 많아 보였다. 두 번째, 프런트로 꽃 배달을 왔을 때는 이제 갓 사회생활을 하는 사회초년생처럼 씩씩해 보였다. 표정과 말투에서 단단한 의지 같은 것이 느껴졌었다. 그런데 지금은 또 도도하고 자신감 넘치고 당차 보인다.

하긴, 진상을 몰아내는 헌터라면 도도하고 당차고 겁도 없어야겠지.

'아무리 그래도 그렇지. 저렇게 어려서는 어른들 무서운 줄 모르고 진상들을 막 대한단 말이야? 진짜 무서운 학생일세.'

그러나 사실 그보다 그를 기가 막히게 만든 건 그에 대한 그녀의 반응이었다. 어느 여자든 그가 웃으며 알은체해 주면 화사한 미소로 반응을 하는 게 다반사였다. 그런데 그 어린 학생은 밥 먹고 할 짓 없어 말을 걸어 오는 동네 백수를 바라보는, 딱 그런 시선으로 그를 보았다.

재하는 여자들이 주는 시선을 즐기지는 않는다. 오히려 그런 시선과 관심이 부담스러운데, 이상하게 그런 그녀의 반응은 왜 이렇게 마음을 허하게 하는지.

하지만 헛웃음을 흘리던 재하는 이내 냉정을 찾았다.

회사 입장에서 블랙컨슈머를 처리해 주는 건 고마운 일이지만 그래도 그런 일을 하기에 그녀는 너무 어리다. 최 비서의 생각과 마찬가지로 자칫 이 소문이 밖으로 나간다면 드림시티 이미지에 좋지 않은 영향을 미칠 수도 있다.

재하는 최 비서를 불러들였다.

"CS 팀장에게 전해 주십시오. 헌터를 만나서 일단 잘못도 없이 당하는 직원을 대신 나서 준 점에 대해 회사 측에서 진심으로 감사하고 있다고 말하고, 그런 일은 CS 팀 업무이니 앞으로는 회사에서 처리하겠다고 잘 타이르라고 하세요. 괜히 밖으로 이상하게 소문나 봐야 우리한테 좋을 거 없으니까요."

"네, 알겠습니다."

재하는 모델과 헌터로 그의 마음을 한동안 사로잡았던 그녀를 털어 냈다.

❖

꽃을 산 나리는 연화와의 약속 장소인 호텔의 카페에 들어섰다. 첫 만남 때와 다르게 오늘은 연화가 먼저 와서 그녀를 기다리고 있었다.

연화의 맞은편 자리에 앉으며 나리가 꽃을 내밀었다.

"이건?"

"고마워서요. 나에게 이런 삶의 기회를 주고, 나 대신 힘든 삶을 살고 있어서."

"사실 내가 더 고마운데……."

연화가 나리에게 받은 꽃다발을 환하게 웃으며 바라보다 그보다 더 따뜻한 미소로 나리를 바라보았다.

"내가 저번에는 이름과 네 할머니라는 사실을 알려 줬고, 오늘은 또 하나 알려 주마. 내가 왜 너한테 고마운지. 사실 난 그 나무 안에서 5백 년을 갇혀 있었거든."

"네? 그게 무슨……?"

"그 나무에서 내가 목을 맸거든. 자살해서 저승에도 가지 못하고 그 나무 안에 갇혀 살았다고. 그런데 네 시모가 그놈의 부적을 가져다 묶는 바람에 저승에 갈 수 있는 기회를 놓치고 말았지."

막연하게 나무의 부적을 태워 버려 이런 일이 벌어진 건 아닌가 싶었던 예감이 맞았다.

"내년에 또 한 번의 기회가 있는데 그것마저 놓치고 세상을 떠돌지도 못한 채 나무에 갇힌 영혼으로 있을 줄 알았다. 그런데 네가 그 부적을 태워 줘서 내년에 저승에 갈 수 있게 됐지, 뭐니. 그 고마움으로 내가 너한테 선물을 준 거다. 네가 원하는 삶을 살 수 있는."

이제야 모든 퍼즐이 맞춰졌다. 연화가 할머니라고 했던 이유까지도.

시모에 대한 미움으로 태워 버렸던 부적이 이런 놀라운 기적을 가져왔다는 게 신기했다.

"자, 앞으로 못된 모자는 나한테 맡기고 넌 즐겨라."

"감사해요…… 할머니."

"이제부터 무슨 일이 생기면 그때마다 문자를 하마. 아니면 내 휴대폰에 메모를 남기든 하마. 넌 그걸 보고 대처해라. 그래서 어제 같은 일이 생기지 않게 하자."

"어제 같은 일이라고 하면……? 밤에 일어났던 일을 알고 계세요?"

"그럼. 하지만 더는 묻지 마라. 영업 비밀이니까."

5백 년 전 여인답지 않게 연화는 그녀보다 더 요즘 사람 같았다. 드라마 마니아여서 그럴 수 있지만.

"1년 동안 우리 잘 살아 보자. 넌 네 삶을, 난 유민정의 삶을."

이제는 연화가 동병상련이 아닌 한배를 탄 공동 운명체로 느껴졌다.

"그래요, 할머니. 우리 잘 살아 봐요."

나리의 목소리가 단단했다.

❖

다음 날 오전 8시 30분. 재하는 각 사업부 본부장들과의 조찬 회의를 마친 후 호텔 라운지로 내려갔다. 호텔의 조식 뷔페에서 본부장들과 아침 식사를 하기로 예약되어 있어 한쪽에 마련된 테이블에 앉았다.

그는 푸드 테이블을 돌며 평소 아침으로 챙겨 먹는 프렌치토스트와 과일 몇 쪽을 챙겼다. 그리고 커피를 가지러 음료 테이블로 가는 길에 낯익은 얼굴이 눈에 들어왔다.

'저 키다리 여학생이 왜 아침부터…….'

어제 본 진상 헌터였다. 그녀는 아주 자연스럽게 조식 뷔페로 나온 음식들을 접시에 담았다. 그리고 재하보다 먼저 커피를 뽑아 창가 쪽 테이블에 자리를 잡고 앉았다.

행복한 표정으로 식사를 하는 그녀를 보다가 재하는 커피를 가지고 자신의 테이블로 돌아왔다. 식사를 하는 중에 창가에 앉은 진상 헌터에게 종종 시선을 던졌다. 그녀는 끝까지 혼자서 식사를 하고 밖으로 나갔다.

'어린 학생이 혼자서 호텔 조식을……?'

편안한 옷차림으로 봐서는 투숙객으로 보였다. 그런데 어린 나이에 혼자 호텔 조식을 즐기고 가는 그녀가 이상했다. 하지만 이내 그녀에 대한 생각을 털어 내고 본부장들과 담소를 나누며 아침식사를 즐겼다. 그리고 식사를 끝낸 후에 나가면서 직원에게 물었다.

"좀 전에 창가에서 혼자 식사하던 분, 혹시 투숙객입니까?"

"네. 주니어스위트룸에 장기 투숙하는 분으로 알고 있습니다."

주니어스위트?! 그것도 장기 투숙으로?!

속으로 무척 놀랐지만 재하는 아무렇지 않게 알았다는 듯 고개를 끄덕였다.

"알았어요. 수고해요."

집무실로 가는 길 내내 재하의 머릿속에는 진상 헌터라 불리는 그녀 생각뿐이었다.

'나이는 어린데…….'

호텔 스위트룸에 투숙해 있다. 나이 상관없이 진상 고객에게 쓴소리를 해 대며 겁도 없이 덤벼든다. 호텔 조식을 혼자서 먹는다. 그리고 지극히 주관적인 관점이지만 이성을 향한 관심이 전혀 없어 보인다. 그 나이에 어울리지 않게 그녀는 아줌마들이나 할 수 있는 행동들을 거침없이 하고 있었다. 자신에 대한 반응만 빼고.

'대단한 집안의 망나니 딸인가 보네.'

재하는 그렇게 결론을 내렸다.

집안의 돈이나 권력을 자기 것으로 착각하며 제멋대로 사는 막돼먹은 것들이 있다. 남의 시선이나 눈치 따위는 아랑곳하지 않고 제멋대로 사는 부류들. 멀리 갈 필요도 없이 가장 가까운 친구의 여동생이 그렇게 살고 있다.

그 여동생뿐 아니라 그런 녀석들을 여럿 봐 온 재하는 나리를 그런 부류라고 여겼다.

그들의 사고방식이나 생활 방식이 어떤지 잘 알고 있기에 재하는 그녀가 드림시티의 모델이 되지 않았음을 다행으로 생각했다.

❖

수영이라는 운동이 이렇게 재미있을 줄 몰랐다. 비록 초보라 킥 판을 들고 팔을 휘젓고 있지만 물 위에 떠 있는 것도 신기했고, 물살을 가르며 전진하는 것도 즐거웠다. 어쩌면 20대 때 하지 못했던 것들을 할 수 있다는 것에 더욱 행복하고 즐거운 것일 수도 있다.

수영 강습을 끝내고 가벼운 마음으로 룸으로 올라가고 있을 때였다. 나리의 눈에 호텔과 백화점이 동시에 기획했다는 경매 포스터가 띄었다.

〈소년, 소녀 가장 돕기 자선경매〉

'재미있겠다.'

또 다른 흥분이 그녀를 즐겁게 하고 있었다.

드림시티 주관으로 이루어지는 경매 행사는 1부와 2부로 나뉘어져 있었다.

1부가 생활용품이나 취미용품들이 주를 이루어 일반인들이 즐길 수 있는 행사였다면, 2부는 유명 브랜드의 리미티드 에디션들만 나오는 제대로 된 경매 행사라 볼 수 있다.

수익금 전부가 기부되는 좋은 의미의 행사인 만큼 나리도 경매에 참가하기 위해 접수를 하고 번호 팻말을 받아 행사장 안으로 들어왔다.

빈자리에 앉으려는 그녀의 눈에 바로 앞줄에 앉아 있는 민 여사와 현구가 눈에 들어왔다.

'여, 기에…… 왜?'

그들과 마주칠까 걱정이 된 나리가 다시 밖으로 나가려다 멈춰 섰다.

'그래, 난 유민정이 아니라 신나리야. 저 사람들하고 아무 상관 없는 신나리. 기죽을 거 없어. 떨 것도 없어.'

심호흡을 한 나리가 일부러 현구와 민 여사 바로 뒷자리에 앉았다. 그러자 모자의 대화가 들려왔다.

"뭐 사시려고?"

"이거."

민 여사가 경매 팸플릿을 펴서 현구에게 보여 주었다.

"또 그릇이야?"

"그릇이라니? 도자기 장인이 만든 작품을 가지고. 내가 이거 때문에 여기 온 거니까 이건 무조건 잡아야 해."

"어쩐지. 자선에 관심 없는 분이 자선경매에는 왜 가자시나 했네."

"자선이 별거니? 이렇게 하면 자선이지."

"그럼 집에서 놀고 있는 애를 데리고 와야지, 왜 나를? 내가 시간이 남아도는 것도 아닌데."

"그런 무식한 거 데리고 다니면 내 체면도 깎여."

두 사람의 대화에 나리의 얼굴이 심하게 굳어졌다.

'무식한 거?'

밖에까지 나와 자신을 깔아뭉개는 그들의 대화에 화와 울분을 주체할 수가 없었다.

'그래, 나는 집에 있는 그릇만도 못한 존재지.'

집 안 가득 도자기로 된 찻잔과 그릇들 천지다. 민 여사는 그것들을 며느리보다 더 소중하게 아낀다.

아무것도 모르던 신혼 때, 예쁜 그릇이 있어서 밥을 비며 먹었다가 눈물 쏙 빠지게 혼났다. 찻잔 하나 깼다가 그녀의 정신이 가루가 될 만큼 깨지기도 했다.

신줏단지 모시듯 모셔 놓고만 있는 그릇이 넘쳐나는데 또 그릇이라니. 그것도 밥 한 끼도 제대로 먹지 못하면서 가족까지 부양해야 하는 어린아이들을 위하는 순수한 마음으로 온 것도 아니고.

'저러고는 어디 가면 자선경매에 가서 좋은 일 하고 왔다고 생색내겠지.'

두 사람을 따갑게 바라보고 있는 그때, 현구가 갑자기 고개를 돌렸다.

'헉!'

현구와 눈이 마주쳤다. 하지만 그녀는 그를 쏘아보듯 그의 시선을 받아 냈다. 그런데 그가 고개를 돌리지 않고 계속 바라보고 있는 게 아닌가.

'설마……?'

자신이 유민정인 걸 알아본 건 아닌가 싶을 때 현구가 다시 앞으로 고개를 돌렸다.

'그럴 리 없지.'

안도의 한숨과 함께 웃음이 새어 나올 때 경매가 시작되었다. 나리는 모자를 향한 억하심정을 가라앉히고 경매에 집중했다.

처음에 나온 물품은 하이힐이었다. 사이즈의 한계에도 불구하고 화려한 디자인과 디자이너의 명성 때문인지 시작부터 뜨거웠다.

'세영이한테 어울릴 것 같은데…….'

여기저기 가격을 부르는 사람들 사이에서 나리도 조심스럽게 가격을 불러 보았다. 그러자 앞에 있던 현구가 또 고개를 돌리고 그녀를 바라보았다.

'그렇게 봐도 당신 눈에는 내가 유민정으로 안 보이고 그냥 어리고 예

쁜 여자로 보이겠지. 바보, 멍청이, 등신.'

그러는 사이 하이힐의 가격이 정해져 낙찰되려 했다. 마지막으로 나리가 다시 가격을 불렀고, 결국 하이힐은 그녀의 것으로 낙찰되었다.

그렇게 몇 개의 경매품이 팔리고 민 여사가 눈독을 들인 그릇이 나왔다.

시작 가격에서 5만 원을 더 붙이며 현구가 팻말을 들었다. 도자기 수집에 취미를 가진 사람이 별로 없을 것 같았지만 의외로 욕심내는 사람들이 많았다.

"크게 한번 불러 버려."

민 여사가 현구에게 속삭였다.

"백!"

현구가 외치자 사람들이 술렁였고, 민 여사의 입꼬리가 올라갔다. 자신의 여유를 뽐내려는 것 같은 그 미소를 나리는 비웃어주고 싶었다.

현구와 민 여사가 서로 마주 보며 흐뭇하게 웃는 모습을 보는 순간.

"백십!"

그릇을 사겠다는 마음은 없었지만 민 여사의 미소가 거슬려 입이 먼저 움직였다. 나리는 자신이 가격을 불러 놓고도 당황했다. 하지만 더 당황한 모습으로 현구와 민 여사가 뒤를 돌아보았다. 민 여사가 미간을 잔뜩 찌푸린 채 나리를 노려보더니 나이에 맞지 않는 앙칼진 목소리로 직접 소리쳤다.

"백삼십!"

그리고는 '감히 네까짓 게 누구한테 덤벼?' 라는 얼굴로 다시 한 번 나리를 노려보았다.

'잘못 보셨어요. 전 바보 같은 유민정이 아니라 무서울 게 없는 신나리

예요.'

나리가 민 여사를 향해 살짝 미소를 보이고는 가격을 불렀다.

"백오십!"

며느리가 아닌 다른 사람들 앞에서는 늘 우아함과 고상함으로 무장하고 있는 민 여사의 얼굴이 험악하게 변했다. 원하는 도자기를 손에 넣지 못해서 화가 난다는 이유도 있겠지만 어린 여자에게 돈으로 밀리고 있다는 게 자존심 상하고 분한 모양이었다.

민 여사가 부들거리는데 현구가 한마디 했다.

"엄마, 그만하지."

"뭐?"

"그만합시다. 집에 그릇도 많은데."

그러면서 힐끔힐끔 나리를 훔쳐보았다.

"내가 저것 때문에 일부러 여기에 왔는데, 미쳤니? 그만하게. 얼마가 들든 내가 낙찰받고 말 거야. 2백!"

민 여사가 여봐란듯이 자만심과 오만함이 가득한 표정으로 나리를 돌아보았다. 어디 한 번 더 불러 볼 테면 불러 보라는 눈빛이었다.

나리는 그런 민 여사를 향해 코웃음을 치고 여유 있게 팻말을 들어 올리며 금액을 불렀다.

"3백!"

경매장이 술렁거리기 시작했다. 모두가 나리와 민 여사의 가격 경쟁을 흥미롭게 지켜보는 듯했다. 사람들의 시선이 두 사람에 향한 것을 모르는 민 여사가 흥분한 목소리로 또다시 외쳤다.

"5백!"

씩씩거리며 나리를 쳐다보는 모습이 꽤나 흥분하고 화가 난 모양이었다. 그리고는 나리가 했던 것처럼 그녀를 향해 코웃음을 쳤다. 도자기가 자신의 것이 된 것처럼.

그러나 나리는 화사한 미소를 보이며 민 여사에게 팸플릿의 첫 장을 펴 보였다.

—본 경매의 최고 가격은 3백만 원입니다—

진행과 주의사항에 대한 내용 중의 한 부분을 민 여사에게 확인시켜 주듯 손가락으로 정확히 짚어 주었다. 그러자 진행자가 그 사실을 확인시켜 주는 멘트를 했다.

"죄송합니다. 번호표 받으실 때 말씀드렸고, 팸플릿에 나와 있는 것처럼 최대 3백만 원은 넘을 수 없습니다. 그러므로 25번 고객님께 낙찰이 되었습니다."

부르르 떨며 자신을 바라보는 민 여사의 시선을 느낀 나리가 한껏 행복한 미소를 지었다.

"어린 게 저게 뭐 필요 있다고, 저걸 사? 돈이나 있긴 있나?"

끝내 민 여사의 입에서 좋지 못한 소리가 나왔다. 남들 앞에서 체면 유지를 하지 못하는 걸 보니 민 여사의 심기가 보통 불편한 게 아닌 모양이었다.

그렇다면 더 불편하게 해 줘야지!

"할머니, 좀 조용히 하세요. 교양 없고 무식하게 왜 이러세요?"

나리가 타이르듯 차분하게 말을 건넸다. 그러자 민 여사의 얼굴이 붉으락푸르락 휘황찬란하게 변하며 흥분을 했다.

"뭐? 뭐라고? 교양 없고, 무, 무식?"

"엄마, 그만합시다. 사람들이 쳐다보잖아."

민 여사를 달래는 현구를 보며 나리는 그들을 무시하고 그 자리를 벗어났다.

'재미있어. 나를 못 알아보고.'

나리의 입가에 번진 미소가 사라지지 않았다. 그 미소는 어느새 킥킥거리는 웃음소리로 변해 갔다.

나리는 세영에게 전화를 걸어 지금의 상황을 설명해 주었다.

— 어머, 어머. 야, 그 두 사람 얼굴 볼만했겠다. 킥킥킥.

"16년 사는 동안 나도 어머님이 밖에서 나 말고 다른 사람에게 그런 표정 보이는 거 처음 봤어. 거기다가 내가 어머님한테 무식하다는 소리를 했다고. 이런 날이 올 줄 누가 알았겠니?"

— 그러게. 야, 그 도자기 현구 씨한테 큰돈 받고 팔아 버려.

"응?"

— 어차피 그 도자기 가져가도 너 쓸데도 없잖아. 그러니까 현구 씨한테 되팔라고. 두 배 받고.

"그럴까?"

세영과 웃으며 통화를 끝낸 나리는 낙찰받은 물품을 받기 위해 사무실로 찾아갔다. 그런데 그 안에서 기다리고 있던 민 여사가 다짜고짜 나리에게 다가왔다.

민 여사는 민정이 매일 봐 오던 매서운 눈빛을 쏘아 대며 나리를 꾸짖었다.

"이봐, 어린 게 어른한테 함부로 말을 하는 그런 버르장머리는 누구한테 배운 거야? 네 부모가 그렇게 가르쳤어?"

며느리를 혼냈던 때와 똑같이 매섭게 나리를 야단쳤다. 16년을 보고 들어 온 표독한 눈매와 목소리다. 무서울 것도 없고 놀랄 것도 없었다. 오히려 나리는 그 말을 가볍게 받아쳤다.

"아닌데요. 제 시어머니 보고 배웠는데요."

"뭐? 아니, 지금 어른하고 농담을 하나?"

나이 어린 나리에게 시모가 있을 리 없어 보이니 민 여사의 화만 더욱 커져 갔다.

"농담 아니고요, 할머니께서……."

"누가 할머니야?"

"그럼 할아버지세요?"

자신이 말을 꺼내 놓고 말도 안 되는 질문에 웃음이 새어 나왔다. 나리가 그 웃음을 참지 못하고 피식 웃자, 민 여사가 노여움을 터뜨렸다.

"이런 발칙한 게 있나!"

민 여사의 말투가 험악해지고 큰 싸움으로 번질 것 같은 분위기가 되자 현구가 나섰다.

"저기, 죄송합니다. 저희 어머님이 도자기에 워낙 관심이 많으신데, 원하는 걸 놓치셔서 그런지 좀 예민하게……."

아들이 제 편을 들지 않고 어린 여자 편을 들자 민 여사가 아들인 현구에게까지 큰소리를 내고 말았다.

"넌 지금 누구 편을 드는 거야?"

"엄마가 좀 예민하게 반응하셨잖아."

두 사람을 보고 있으니 웃지 않을 수가 없었다. 민 여사는 제 감정을 숨기지 못하고 어린 여자한테 막말을 하고, 제 엄마 편을 들어야 하는 현구는 어린 여자 편을 들고.

'하긴, 안에서 새는 바가지가 밖에서 안 샐 수 없지.'

나리는 더는 두 사람을 보고 있을 수가 없어 도자기와 하이힐을 받기 위한 절차를 밟았다. 그때까지 민 여사는 현구를 향해 역정을 내고 있었다. 나리는 그대로 사무실을 나왔다. 그리고 엘리베이터 앞에 서 있는데 그녀 앞으로 현구가 급하게 뛰어왔다.

"제가 그 도자기를 사면 안 될까요?"

"도자기를 사신다고요?"

"어머님이 포기가 안 되시나 봐요. 원하시면 낙찰받은 금액보다 더 드리겠습니다. 지금 당장 답을 주시지 않아도 돼요. 여기 제 명함."

현구가 나리에게 명함을 건넸다. 성형외과 원장이라고 박혀 있는 명함을 보면 상대가 자신을 다른 시선으로 봐 줄 줄 알았나 보다. 건네는 표정에서 우쭐함이 느껴졌다.

그가 성형외과 의사인 걸 누구보다 잘 아는 나리는 일부러 명함에 관심도 보이지 않은 채 단번에 거절해 버렸다.

"저는 팔 생각이 없습니다."

그리고는 매몰차게 돌아서서 도착한 엘리베이터에 올라탔다.

"그럼 마음 바뀌시면 연락을 꼭 좀……."

들은 체 만 체하며 나리가 승강기 문을 닫았다.

'처음 보는 어린애한테 '바뀌시면'? 쓸데없이 공손하구나? 등신.'

약이 오르고 열이 나려했지만 손에 들고 있는 도자기를 보니 위로가 되었다. 지금 겪고 있을 민 여사의 노여움을 생각하니 오히려 웃고 싶어졌다.

'오늘 밤 잠들기 힘드시겠네.'

나리에게서 미소가 떠나지 않은 하루였다.

5장

⚜

오전 8시. 호텔 32층, 자신의 집무실로 출근한 재하는 어제의 각 매장별 매출 상황을 확인했다. 그리고 곧바로 백화점 건물로 건너가 지하 매장부터 돌며 매장 상태를 점검했다.

"안녕하세요, 대표님."

"네, 안녕하십니까?"

백화점 여직원들은 회사 대표임에도 불구하고 스스럼없이 재하에게 인사를 건넸고, 그 역시 친근한 미소를 보이며 일일이 답례를 해 주었다.

재하의 인기가 하늘을 찌르는 이유는 연예인 못지않은 외모에도 있지만 이러한 다정함에도 있었다. 금수저를 물고 나와 세상이 제 것인 것처럼 안하무인으로 구는 황태자가 아니라 늘 직원들과 함께하는 인간미 넘치는 대표를 누가 안 좋아하겠는가. 게다가 외모적으로도 완벽한 싱글남이니 말이다.

"최 비서님, 진열 상품들 프라이스 태그 없는 것들이 많은 거 보셨습니까?"

"……네. 부서장들한테 체크하라고 전달하겠습니다."

"그리고 아동 의류 매장은 상품 진열 상태하고 청소 상태가 불량하던데. 그것도 보셨습니까?"

"네. 그 사항도 전달하겠습니다."

"이왕 전달하시는 김에 다시는 똑같은 지적이 나오지 않게 해 달라고도 전해 주십시오."

"네."

사람 좋을 것 같은 미소가 늘 입가에 배어 있지만 일을 함에 있어서 그는 완벽하고 날카로웠다. 허튼 것 하나 그냥 지나가는 법이 없었다.

그걸 아는 최 비서는 재하의 지시사항을 바로 각 층 부서장들에게 전달했고, 재하가 드림시티 전체를 다 돌 때까지 긴장의 끈을 놓지 않았다.

집무실로 돌아온 재하는 어제 있었던 경매 행사에 대한 보고를 받았다. 진상 헌터, 주니어스위트룸의 장기 투숙객인 어린 학생이 경매에 나타나 최고가를 기록하면서 도자기를 낙찰받아 갔다는 소식에 눈가가 굳어졌다.

'나이에 맞지 않는 물품을 경매에서 가져가다니. 수상한데……. 뭐 하는 애지?'

수상한 마음에 그녀가 정확하게 언제 투숙을 시작했는지, 예약 기간은 언제까지인지, 체크인 카드와 룸 사용 전반에 관한 내용을 가지고 오라는 지시를 내렸다.

시간이 얼마 지나지 않아 최 비서가 재하에게 나리에 대한 보고서를 내밀었다.

"나이는 24세, 이름은 신나리……. 뭐가 그리 신나서 신나리일까? 예약도 아니고 워크인으로 체크인한 지 보름이 넘었고……. 매일 아침은 호텔 조식으로 하고 저녁은 가끔 룸서비스 이용."

다른 고객에 의해 주니어스위트룸이 미리 예약되어 있던 날짜에 그녀는 아예 그랜드스위트룸으로 업그레이드하여 룸을 옮겨 지냈다. 그렇게 룸을 옮길 때마다 체크아웃을 하며 룸 값을 지불했다. 그 룸 값만도 상당한 상태다.

재하는 백화점 본부장에게 연락하여 고객 VIP나 VVIP 고객 명단에 '신나리' 라는 24세의 여성 고객이 있는지 알아보라는 지시를 내렸다. 신나리라는 여자는 백화점 매장에서 진상 헌터이기도 하지만 쇼핑 헌터라고도 소문이 나 있다.

'이 정도의 재력이면 명단에 있겠지.'

하지만 본부장의 대답은 '없다.' 였다.

"없을 리가……. 쇼핑도 그렇고, 호텔에서 지불한 룸 값이 얼만데……."

단순한 수상함을 떠나 이제는 짙은 의혹이 들었다.

'범죄자? 아니면 정신 이상자? 아니면 진짜 또라이인 건데…….'

무표정이던 재하의 인상이 심각하게 굳어졌다.

재하는 CS 팀장을 호출했다.

"팀장님, 진상 헌터라는 그 고객 만나 보셨습니까?"

"네. 대표님 말씀대로 전달했습니다. 저희 쪽 입장을 생각 못했다고 하면서 흔쾌히 알았다고 대답하던데요."

"뭐 이상한 점은 없었습니까?"

"이상한 점이요? 글쎄요……. 나이보다 어려 보이는 외모에 비해 마음이나 생각은 지나치게 성숙한 느낌……? 그거 빼고는 뭐 다른 이상한 점은 없었습니다.”

“마음이나 생각이 성숙하다고요?”

“네. 잠깐이었지만 차를 마시면서 얘기하는데 어린 학생이 아니라 친구나 옆집 아줌마하고 대화를 나누는 느낌이었어요. 보통 그 나이대의 어린 친구들 말투나 용어도 쓰지 않더라고요.”

“알겠습니다.”

CS 팀장이 돌아가고 재하가 최 비서를 불러들였다.

“최 비서님, 신나리라는 스위트룸 투숙객, 주의해서 관찰해야 할 것 같습니다. 뭔가 좀 석연치 않은 게 많습니다.”

“알겠습니다.”

“그리고…… 아닙니다. 됐습니다.”

최 비서가 묵례를 하고 집무실을 나갔다.

사실 재하는 그녀에 대해 뒷조사를 해 보라는 말을 하고 싶었었다. 하지만 그 말은 차마 꺼내지 못했다. 수상한 점은 몇 있지만 그걸로 남의 뒤를 캔다는 것이 우스워 보였다. 그것도 호텔 투숙객을. 그리고 그런 어린 여자애 때문에 한 번도 해 본 적이 없는 뒷조사를 지시한다는 것도 우스웠다.

‘다른 호텔로 옮길 생각은 없는 건가?’

이상하게 시한폭탄 하나가 굴러들어 온 기분이었다.

어느새 퇴근 시간이 다가왔다. 재하가 시간을 확인하고 책상 위를 정리하고 있는데 휴대폰 벨이 울렸다. 발신인을 확인한 재하의 인상이 구겨졌다. 받지 않는다고 해서 포기할 성격이 아니라는 걸 알기에 재하는 수신 버튼을 눌렀다.

"여보세요?"

— 오빠, 퇴근 시간이지?

"사장이 퇴근이 어디 있냐? 일이 끝나야 퇴근이지."

— 사장인데 아무 때나 퇴근하면 되는 거지, 뭐. 나 로비에 와 있는데 저녁 사 주면 안 돼?

24세의 신나리가 나이에 비해 지나치게 성숙했다면, 이제 막 서른이 된 이 아가씨는 나이에 비해 지나치게 철이 없고 유치해서 문제였다. HJ 그룹의 장녀이자 절친이라 할 수 있는 친구의 여동생으로 무시하고 싶어도 무시할 수 없는 존재, 예린이었다.

"기다려 봐, 그럼."

재하는 최 비서를 먼저 퇴근시키고 로비로 내려갔다.

'빨리 저녁 사 먹여서 보내야지.'

골치 아픈 존재의 빠른 처리 방법이라 생각하며 예린이 서 있는 곳을 향해 걸어가는데, 그곳에 신나리라는 여자와 예린이 대치 상태로 서 있는 게 아닌가.

그 살벌한 분위기가 멀리서도 느껴질 만큼 서로를 바라보는 눈빛이 험악했다.

'두 사람이 왜 저러고 있지?'

예린이 신나리에게 가까이 다가가 앙칼진 소리를 냈다.

"너 지금 뭐라고 했니?"

"돈 주워서 너 가지라고."

"이게 지금 누구한테 까불어! 너 내가 누군지 알아? 내가 5백만 원 여기에 뿌려 줘? 누구 앞에서 돈 지랄을 하고 있어!"

소리를 지르며 흥분하는 예린에 비해 나리는 무덤덤해 보였다. 그런 모습이 예린을 더 흥분하게 만들고 있었다.

“이게 돈 지랄로 보여? 아줌마가 흘린 화장품 주워 달라기에 난 흘린 내 돈 주워서 가지라고 한 건데.”

“너 진짜 혼나 볼래? 내 앞에서 무릎 꿇고 눈물 흘려 볼래? 내가 전화 한 통만 하면 네 인생 끝나게 해 줄 수도 있어.”

예린이 핸드백에서 휴대폰을 꺼냈다. 재하는 일이 더 커지기 전에 그 상황을 정리하기 위해 두 여자에게 다가갔다.

“예린아, 그만해.”

“오빠! 오빠, 잘 왔어. 이 애가 말이야, 내가 화장품을 떨어뜨려서 좀 주워 달라고 부탁했는데 나를 갑자기 거지 취급 하면서 저 5만 원을 확 던지더니 주워 가지라는 거야! 뭐 저런 상또라이가 있어?”

다섯 살짜리 꼬마가 제 보호자에게 상대의 잘못을 고자질하듯 쫑알거리는 모습이 너무도 유치해서 재하는 나리 보기 창피할 정도였다.

그런데 나리는 어린아이보다 못한 예린에 비해 너무도 차분했다.

“아줌마, 입도 안 삐뚤어졌는데 왜 말은 삐뚤어지게 하지? 내가 아줌마 흉내 내 볼까? ‘야! 그것 좀 주워 와 봐!’ 이게 부탁인 건가?”

“내, 내가 언제? 야, 너야말로…….”

“내가 아줌마 같은 인간 딱 질색이거든. 가진 것 좀 있다고 사람 함부로 깔보고 얕보면서 남의 수족을 제 수족보다 못하게 마구 부리는 거. 그럴 거면 숨 쉬는 것도 남보고 해 달라지, 왜 살지?”

따끔하게 야단치는 모습이 제법 인생을 살아 본 자의 포스다. 스물넷이라는 나이에 나올 법한 충고도 아닐뿐더러 말본새도 20대라고 보기 힘들었다. 그 모습이 의아해 재하가 잠시 넋을 빼고 있는데 이번에는 나리가 그에게 충고를 해 왔다.

“저기요! 이 아줌마 오빠 되시는 분 같은데, 동생 교육 잘 시키세요. 저렇게 안하무인으로 평생 사람 노릇 못하면서 살게 하지 말고.”

그리고는 바닥에 떨어진 자신의 돈 5만 원을 주워 들고 나리는 사라져 갔다.

예린이 옆에서 길길이 뛰고 소리를 지르며 난리를 쳤지만 재하는 그저 멀리 사라져 가는 나리의 뒷모습을 보고 있었다.

청순하고 여리여리한 모습에서 저런 자신감과 노련미가 어떻게 나올 수 있는지, 그녀의 모습이 너무도 황당했다. 하지만 방금 전 그 모습으로 백화점의 블랙컨슈머들을 상대했다고 상상해 보니 웃음이 새어 나왔다.

‘특이하네.’

“오빠!”

예린이 부르지 않았으면 계속 넋 놓고 서 있을 뻔했다.

“보고만 있으면 어떡해? 내가 이 수모를 당했는데 저걸 그냥 보내면 어떻게 하냐고! 뜨거운 맛을 보여 줘야 한단 말이야. 아빠한테 얘기해서 저런 거 손 좀 봐 줘야 하는데…….”

“예린아, 여기가 어디니?”

재하의 무표정과 낮은 목소리에 예린의 흥분도 가라앉았다.

“여기……? 호텔…… 오빠…… 회사.”

“조용히 따라와.”

“미안, 오빠. 내가 너무 화가 나서 오빠 호텔인 것도 잊어버리고…….”

재하가 로비를 가로질러 걸어가자 예린이 그 뒤를 쪼르르 따라갔다.

“오빠…… 화났어?”

어리광을 부리듯 애교스럽게 물었지만 재하는 대답하지 않았다.

조용히 라운지 커피숍으로 예린을 데리고 온 재하는 그녀에게 주스를 주문해 주었다. 예린은 긴 다리를 꼰 채 무표정으로 앉아 있는 재하의 눈치만 살폈다.

"오빠……."

"싸움 구경 잘했다, 예린아."

"그게…… 미안해. 오빠 호텔에서 소란을 떨어서. 그렇지만."

"세상에서 제일 재미있는 구경이 싸움구경하고 불구경이라고 하는데, 나는 그게 제일 보기 싫거든. 그래서 오늘 너한테 밥은 못 사 주겠다."

"왜? 미안하다고 했잖아!"

"철 좀 들어. 아까 그 애 말 틀린 거 없어. 지금처럼 살면 사람 구실 못 하고 아버님 얼굴에 먹칠하는 존재밖에 안 돼."

재하의 화를 풀어 보기 위해 애처로운 눈빛으로 그를 보던 예린의 표정이 순식간에 싸늘하게 변했다.

"어떻게 나한테 그런 말을 할 수 있어? 그래도 난 오빠 친구라고 해서 오빠를……."

"그러니까, 오빠 친구니까 해 주는 말이야. 그마저도 아니었으면 네 인생이 골로 가든 말든 신경 안 쓰지."

예린이 인상을 쓰며 재하를 노려보고는 자리에서 벌떡 일어섰다.

"오빠하고 밥 먹기 싫어졌어. 갈래."

"나도 너하고 밥 먹을 마음 없어졌어. 잘 가."

분하고 억울한 일을 당한 것처럼 숨을 거칠게 내쉰 예린이 쌩하니 자리를 떠났지만 재하는 한동안 그곳에 앉아 신나리를 생각했다.

아주 잠깐이었지만 그가 본 신나리는 CS 팀장이 말한 대로 나이나 외모에 비해 지나치게 성숙했다. 거기에 솔직함과 당당함까지 갖춘 듯했다.

재하는 자신의 감정을 있는 그대로 드러내지 말라고 배웠다. 기업을 이끌어 갈 경영인이라면 필요에 따라 화가 나도 참으며 웃어야 하고, 웃고 싶어도 정색을 할 줄 알아야 한다고 했다. 또한 감정보다는 이성이 앞서야 한다는 강박관념에 사로잡혀 편하게 제 감정을 표출해 본 적이 없다.

그런데 신나리는 재하에게 신선한 충격을 주고 있었다.

철딱서니 없는 예린을 그토록 무섭게 꾸짖은 사람은 없었다. 워낙 거칠 것이 없는 예린의 안하무인 태도와 당당한 기에 모두가 질리거나 눌리는 편인데 신나리는 전혀 밀리지 않았다. 아니, 오히려 더 무서운 기를 뿜어냈다. 할 말도 참지 않고 다 내뱉었다.

비록 자신을 예린의 오빠라고 오해하기는 했지만 신나리가 해 준 충고의 말은 틀린 게 아니었다.

'감정대로 인상 쓰며 화를 내고 모진 소리 하는 모습이 멋있어 보였어. 어느 대단한 집안이 뒤에 있는 거 같기는 한데…….'

그렇지 않고서는 그런 자신감이나 당당함 그리고 재력 역시 그냥 나오는 게 아니라는 생각이 들었다.

❖

룸으로 올라온 나리의 분은 아직도 가라앉지 않고 있었다. 제 손 놔두고 제가 흘린 화장품을 주우라고 한 여자의 얼굴과 말투도 지워지지 않고 있다.

민 여사와 현구를 보는 듯했다. 민 여사에게 딸이 있었다면 딱 그 여자였을 것이라는 생각까지 들 정도였다.

그 말을 전화로 전해 들은 세영이 더 흥분을 했다.

— 아주 제대로 신나리가 되어 가는구나! 어제 경매에서도 그렇고. 멋있어, 우리 나리.

“네 말대로 1년밖에 못 사는 인생이라고 생각하니까 겁날 게 없더라고. 그리고 한 번씩 이럴 때마다 속이 후련해.”

— 그래. 잘했어. 네가 법을 어기는 범죄행위를 하는 것도 아니고, 오히려 개념 없이 사는 인간들에게 제대로 된 충고를 해 주는 거니까, 잘하고 있는 거야.

“너 구두 가지러 와야지.”

— 지금 갈까? 약속도 없는데.

“그래, 와서 같이 저녁 먹자.”

세영과 통화를 끝내고 나자 연화에게 문자가 들어왔다.

[네 시모 입원했다.]

갑자기 입원이라니?

놀란 나리는 연화에게 전화를 걸었다. 이제는 서로의 존재에 대해 다 알아서 그런지 처음과 다르게 연화가 그녀의 전화를 받았다.

— 여보세요?

“나리예요.”

— 나리? 민정이?

“아, 신나리라는 신분으로 살고 있어요. 그래서…….”

— 그렇구나. 그런데 왜?

“어머님이 왜 갑자기 입원을 하신 거예요?”

— 아들하고 싸우고는 분이 안 풀리는지 아니면 아들한테 시위하는 건지, 몸은 아파 보이지 않는데 낼모레 죽을 사람처럼 끙끙거리다 입원

했다.

"아들하고 싸웠다고요?"

그들 모자야 쉽게 싸우고 쉽게 화해한다. 그만큼 별것도 아닌 걸로 싸우는데 입원을 할 정도라면 큰 싸움일지 모른다는 생각이 스쳤다. 무슨 일로 싸웠는지 연화에게 물어보려다 문득 떠오르는 상황이 있었다.

"그럼 진짜 아프신 건지도 몰라요. 어제 저 때문에 혈압도 좀 오르셨을 건데."

— 왜?

나리는 어제 경매에서 있었던 일을 알려 주었다. 그 얘기를 들은 연화가 까르르 웃어 댔다.

— 아이고, 속이 다 시원하네. 어쨌든 네가 민정으로 돌아왔을 때, 병원일 수 있다. 그러니 당황하지 말라고.

"네."

통화를 끝낸 나리의 속도 시원했다. 나리로 사는 새로운 삶도 즐겁고 행복했지만, 민 여사와 현구가 그녀와 연화에게 당하는 것도 짜릿한 즐거움으로 다가왔다.

❖

나리의 이야기를 들은 연화는 통화를 끝내고도 한참을 웃어 댔다.

어쩌면 민 여사의 입원 이유는 모자의 싸움이 아닌 나리로 인한 분이 풀리지 않아 혈압이 올라서인지도 모른다.

'어제 그 어린 여자가 제 며느리 민정인 줄 알면 정신을 아예 놓아 버리겠지? 그러게 이 노인네야, 평소에 맘 좀 곱게 쓰지. 얼마 살지도 못하

고 갈 한 번뿐인 인생인데.'

민 여사의 눈을 피해 밖으로 나리와 통화를 한 연화가 다시 병실로 돌아오자마자 날카로운 목소리가 울렸다.

"놀러 왔니? 물 한 잔도 못 넘기는 시애미 팽개치고 어딜 돌아다녀?"

물도 못 넘기고 내는 역정치고는 기력이 왕성했다.

"어머님, 이 수액이 참 좋은가 봐요? 아무것도 못 드셨는데 기운 좋아 보이시는 거 보면."

연화가 일부러 생글생글 웃으며 상냥하게 말했다.

"또 말대꾸!"

민 여사가 연화를 무섭게 노려보고는 앵돌아져 침대에 누워 이불을 뒤집어썼다. 그리고는 꾀병도 저런 꾀병이 없다 싶을 만큼 심하게 앓는 소리를 냈다.

'눈꼴 시려 못 봐 주겠네.'

어려도 한참 어린 민 여사의 잔소리와 함께 수발까지 들자니 치사하고 아니꼬운 게 한두 가지가 아니었다. 당장이라도 민 여사 앞에서 자신이 민정의 26대 조모이며 귀신이라는 것을 밝히고 무릎 꿇리고 싶고, 머리를 조아리게 만들고 싶다.

하지만 민 여사의 고얀 성질머리를 그렇게 쉽게 고치고 싶지 않다.

'너도 좀 당해 보고 땅을 치고 후회도 해 봐야지.'

머리를 쥐어박고 싶은 마음을 간신히 참으며 연화가 침대 옆자리에 앉았다. 민 여사가 정신 사납다고 TV도 켜지 못하게 해서 휴대폰에 이어폰을 꽂고 TV를 보았다. 그러다 걸리면 심한 잔소리를 들을 것 같아 중간중간 민 여사의 상태도 살폈다. 다행히도 민 여사는 일찍 잠들었다.

'꼴같잖아서. 한 주먹거리도 안 되는 게.'

민 여사의 뒤통수를 향해 한 대 쥐어박는 시늉을 하고 자리에서 일어섰다.

'보던 드라마나 계속 봐야지.'

연화는 스마트 폰을 들고 밖으로 나와 병실 창밖으로 보이던 정원으로 향했다. 맛있는 자판기 커피를 마시고 TV를 맘 편하게 보기 위해서는 그곳이 딱이었다.

❖

산소 호흡기에 생명줄을 의지하고 있는 윤 회장은 더 이상 마를 수 없을 만큼 앙상하게 말라 있었다. 여든이 넘도록 정정했던 윤 회장이 쓰러지지 않았다면 재하는 미국에서 건너오지도 않았을 것이다. 정신을 놓는 마지막 순간에 자신을 찾았다는 말이 생각나 재하의 가슴이 저려 왔다.

윤 회장을 이해하고 싶지 않았다. 하지만 산송장으로 누워 있는 조부의 모습을 보는 건 괴로웠다.

'할아버지…… 죄송해요.'

아무런 반응도 없는 윤 회장의 손을 잡고 1시간 넘게 있던 재하가 자리에서 일어섰다.

'주말에나 올 수 있을 것 같아요. 그때 뵐게요.'

마음속으로 인사를 한 재하가 병실을 나왔다. 무거운 발걸음으로 복도를 걸어가는데 반대편에서도 무거운 발걸음 소리가 들려왔다.

'이 시간에 누가…….'

우뚝 멈춰 선 재하의 얼굴이 심하게 굳어졌다. 재하의 앞에서 멈춰 선 중년의 남자 역시 굳은 표정이었다.

"애비한테는 인사도 안 오는 녀석이 할아버지는 자주 찾아뵙나 보구나?"

"어머니의 남편이 아니었는데 어떻게 아버지라고 할 수 있습니까? 그리고 저는 아버지 없이 자라서 그 존재조차도 몰랐는데 말입니다. 당연히 인사 가는 건 쉬운 일이 아닌 거죠."

"윤재하! 이제 그만 적당히 해도 되는 거 아니냐?"

"노여워 마십시오. 아버지는 저한테 그리고 어머니한테 그 적당히도 하지 않으셨으니까요. 그냥 주는 대로 받는다고 생각하십시오."

"못된 놈!"

"제가 아버지 같았으면 그런 말, 양심에 찔려 못했을 텐데 말입니다."

재하의 입가에 비틀어진 미소가 번져 갔다. 하지만 그 미소는 오래 머물지 않았다. 차가운 얼굴로 돌변한 재하는 빠르게 그 자리를 벗어나 버렸다.

그의 온몸에서 차가운 오라가 뿜어져 나왔지만 그의 속은 뜨거운 것이 치밀어 올라오고 있었다. 이대로 운전을 했다가는 과속과 신호 위반, 그리고 난폭 운전으로 이어질 것 같아 주차장과 가까이 있는 병원의 정원 벤치에 자리를 잡고 앉았다.

"후우."

길고 깊은 한숨을 내뱉고 나니 뜨겁고 답답했던 속이 조금 나아지는 기분이었다.

'못된 양반, 마지막 양심은 남아 있었나 보네?'

❖

시모 수발드느라 걸러야만 했던 커피를 자판기에서 뽑아 정원에 도착했을 때였다. 한 남자가 벤치에 앉아 하늘을 바라보는 모습이 눈에 들어왔다. 그 모습을 본 연화의 심장이 쿵쾅거리기 시작했다.

'에구머니! 가슴이 왜 이리 설레지?'

연화가 남자의 모습을 살폈다. 자정에 가까운 밤의 어둠 속이었고, 두 사람의 거리가 가깝지는 않았지만 연화는 그의 속눈썹까지도 선명하게 볼 수 있는 능력이 있었다.

'거참 트집 하나 잡을 수 없을 만큼 잘난 사내로고.'

5백 세가 넘었어도 잘난 사내에게 반응하는 것은 어쩔 수 없는 일인가.

자꾸만 빨라지는 심장박동이 남우세스러워 얼굴이 붉어지려는 그때, 연화의 머릿속에 나리가 떠올랐다.

사람의 과거는 속속들이 알아볼 수 있지만 연화에게 미래를 보는 능력은 없었다. 그런데 지금의 설렘이 마치 나리와 연결되어 있는 기분이었다.

'나리의 연분인가? 그런데 왜 내가 이리 설레는 걸까? 나리가 아니고 민정이의 연분인가? 이 몸은 민정의 몸이니까.'

나리인지 민정인지 정확하게 알 수는 없지만 분명한 것은 단순하게 스쳐 지날 인연은 아니라는 것이었다.

'슬쩍 떠볼까? 민정이 인연이라면 나를 보는 순간 저 사내의 가슴도 설레겠지?'

연화는 남자에게 가까이 다가갔다. 남자는 깊은 생각에 빠졌는지 그녀가 다가오는 것조차 모르고 정면을 응시하고 있었다.

"저기요, 나하고 커피 한잔하실래요?"

드라마를 열심히 본 보람이 있었다. 이럴 때 사내에게 어떻게 말을 걸어야 하는지 고민하지 않고 드라마에서 본 대로 말을 걸었다.

'맛도 좋은 커피가 효자구나. 이럴 때 이렇게 이용할 수도 있고.'

흐뭇한 미소를 보이며 연화가 자신이 마시기 위해 뽑은 커피를 남자에게 내밀었다.

"앗! 깜짝이야!"

세상에서 제일 맛있는 커피를 건네고 가장 상냥한 미소로 말을 걸었건만 남자의 반응이 심상치 않았다.

"누구세요?"

"여기 입원하고 있는 환자의 보호자예요."

"그런데요?"

"아…… 그러니까…… 저를 보는 순간…… 설레거나…… 연분으로 느껴지거나 아니면……."

"그쪽을 보는 순간 놀라서 심장 떨어져 죽는 줄 알았습니다. 환자 보호자가 아니라 본인이 환자 아닙니까?"

"이보시오!"

"정신과 병동 관리가 엉망이군."

남자가 벌떡 일어나 연화를 무시하고 지나쳐 갔다.

"이보게! 어이!"

멀어져 가는 남자의 모습에 연화의 표정이 멍해졌다.

"인연이 아닌가? 그럼 요상하게 두근거리는 이 마음은 뭐지?"

고개를 갸웃거리며 남자가 앉았던 자리에 앉았다.

"민정이가 아니고 나리인가? 아니면 그냥 잘생긴 사내라 요상하게 떨린 건가?"

눈을 깜빡이던 연화의 표정이 갑자기 굳어졌다.

“민정이든 나리이든, 저 남자 별로일세. 사내가 따뜻하고 다정해야 하거늘, 저리 차갑고 성급해서 제 여자를 어찌 챙길까?”

나리하고도 인연이 아니길 바라면서 연화는 커피 한 모금을 삼켰다.

“이리 좋은 걸 양보하고 줬는데도…….”

커피 한 모금에 절로 미소가 떠올랐다.

“저승에는 커피가 없겠지?”

오늘따라 유난히 커피 맛이 좋았다.

❖

출근을 하면 최 비서가 바로 커피 한 잔을 가져다주며 하루 일정을 브리핑한다. 특별한 오찬 회의가 없는 경우 매일 이루어지는 일상의 시작이다. 오늘도 다른 날과 다름없이 최 비서가 가져다준 커피를 마시며 일정 보고를 들으려는 순간, 커피에 겹쳐지는 여인 한 명이 있었다.

어젯밤 병원의 정원에서 만난 의문의 여인.

단정하게 보이는 고급 브랜드의 원피스와 그에 못지않게 비싼 샌들, 강남의 흔한 청담동 며느리룩이 아니었다면 정신병동에서 탈출한 환자라고 확신했을 것이다.

‘힘든 결혼생활에 잠시 정신이 어떻게 된 청담동 며느리인 건가?’

체면과 품위 유지를 위해 쇼윈도 삶을 사느라 정신적으로 지친 유부녀들.

멀리서 찾을 것도 없이 자신의 어머니가 그런 삶을 살아서인지 시간이 지날수록 그 여인에 대한 동정심이 생겨났다.

‘그래서 자꾸 생각나는 건가?’

어제 본 여자의 얼굴과 어머니가 떠올라 재하는 최 비서의 보고에 집중할 수가 없었다.

"오늘 하루 특별한 건 없는 거죠?"

최 비서의 말을 자르고 물었다.

"네."

"알았습니다. 나가 보세요."

최 비서가 나가고 재하가 자리에서 일어섰다. 이대로 있다가는 오늘 하루 종일 업무에 집중을 하지 못할 것 같다.

'아이스 에스프레소가 필요해.'

자신이 마실 음료 한 잔을 비서를 통해 받고 싶지 않아 재하는 직접 호텔에 있는 커피숍으로 내려가기로 했다. 그런데 출근 때도 멀쩡했던 임직원 엘리베이터가 그사이 고장이 났단다.

할 수 없이 고객용 엘리베이터에 올라타려는데 그 안에 신나리가 타고 있었다.

재하는 먼저 알은체를 해야 하는지 잠시 망설였다. 하지만 어제 예린과 좋지 않은 상황으로 엮여서인지 자신을 바라보는 그녀의 눈빛이 예사롭지 않았다. 단순하게 안 좋은 시선으로 보는 것이 아니라 치한을 바라보는 그런 시선이었다.

'어제 일 가지고 저런 시선으로 쳐다보는 건 좀 너무한데?'

그렇다고 어린 여자에게 시비를 걸 수 없는 일. 그녀를 무시하고 한쪽에 섰다.

"저기요, 우리 인연인가 봐요?"

함께 타고 있던 또 다른 남자가 뜬금없이 나리에게 말을 걸었다. 그녀에게 작업을 걸려고 하는 것 같다. 하지만 그 시선은 재하도 거슬릴 만큼

능글맞았고 말투는 빈정거리는 투였다. 최고급 슈트를 챙겨 입은 남자치고 교양 없는 모습에 재하가 눈살을 찌푸렸다.

그런데 그 남자의 입에서 기가 막힌 말이 튀어나왔다.

"경매에서 막 부르는 게 어쩐지 좀 수상하다 했지. 하루에 얼마 벌어?"

남자의 말에 재하가 당황해서 두 사람을 번갈아 보았다. 남자는 여전히 같은 시선으로 나리를 보았고, 나리는 무섭게 남자를 쏘아보았다.

'설마…….'

신나리가 아무래도 수상했지만 거기까지는 생각해 보지 못했다.

'성숙한 게 아니라 닳고 닳은 거였나?'

하지만 신나리에 대한 생각보다 자신의 호텔을 싸구려로 떨어뜨리는 남자의 말이 재하의 기분을 상하게 했다.

"고객님, 죄송합니다. 이분은 저희 호텔 스위트룸에 투숙하고 계시는 VIP 고객이십니다."

재하의 말에 놀라는 사람은 남자만이 아니었다. 옆에 서 있던 나리도 황당한 시선으로 그를 보았다.

"당신이 뭔데 그걸 알아?"

불쾌한 얼굴로 따져 묻는 남자에게 재하가 상냥하게 대답했다.

"저는 객실 지배인입니다. 저희 VIP 고객님에 대해 오해를 하시는 것 같아서 나섰습니다. 다른 의도는 없으니 불쾌하셨다면 양해 바랍니다."

남자가 헛기침을 두어 번 하더니 이내 아주 부드러운 미소를 지으며 나리에게 사과했다.

"죄송합니다. 아무것도 모르고 제가 실례를 범했군요. 제가 좀 결벽증 같은 게 심해서 그런 부분에 민감한 편입니다. 지금 저지른 실례를 사과하고 만회할 기회를 꼭 갖고 싶습니다. 저번에 드린 명함의 연락처로 꼭 전화 한 번 주십시오."

하지만 나리는 남자에게 대꾸를 하기는커녕 눈길 한 번 주지 않았다.

그사이 엘리베이터가 지하에 도착해 문이 열렸다.

로비 층을 누르지 못해 내리지 못한 재하가 내리려 하자 그보다 먼저 나리가 서둘러 내렸다. 그리고는 빠른 발걸음으로 주차장 방향을 향해 걸어갔다.

"도대체 뭐지?"

커피숍에서 사 온 아이스 에스프레소를 가지고 집무실에 올라온 재하의 머리가 복잡했다.

남자 앞에서 그녀를 보호해 준 건 거지 같은 고객에 의해 자신의 호텔이 싸구려로 전락한 것 같아서였다. 하지만 백화점 VIP 고객 명단에도 없고, 연고를 알 수 없는 신나리가 호텔이나 백화점에 뿌리고 다니는 비용이 재벌과 맞먹는다. 남자의 말을 아주 무시할 수는 없었다.

재하는 일단 최 비서를 호출했다. 혹시라도 남자의 말처럼 불순한 일이 호텔에서 일어나면 드림시티 전체가 흔들리는 대형 사고다. 짚고 넘어갈 필요는 있었다.

"부르셨습니까?"

"신나리 투숙객이 있는 스위트룸 있지 않습니까? 그곳으로 투숙객 이외에 드나드는 사람이 있는지 지켜봐야 할 것 같습니다."

"무슨 문제가 있습니까?"

"문제가 있는지, 없는지 지켜보는 겁니다."

"오늘부터 바로 지시하신 대로 하겠습니다."

최 비서가 집무실을 나갔다.

재하는 생각했던 불상사가 없기를 바랐다. 호텔이 치명타를 입을 일이 발생하면 안 된다는 것만은 아니었다. 신나리가 어린 나이에 불나방 같은 삶을 사는 게 아니길 바라는 마음도 있었다.

별다른 감정은 아니었다. 20대 청춘이 벌써부터 그렇다는 건 다른 이들이 느끼기에도 슬픈 일이 아닌가.

'나이에 맞게 살아야지.'

재하는 단지 그뿐이라 생각했다.

❖

아침에 엘리베이터에서 현구와 마주쳤던 불쾌감이 쉽게 사라지지 않았다. 밤새 자신은 민 여사를 간호했는데 그는 제 모친이 병원에 있음에도 외박을 했다. 이른 아침 호텔에서 마주쳤다는 건 밤새 그곳에서 무엇을 했을지 빤한 이야기다.

나리는 혼자 호텔 룸에 있는 것이 답답하고 화가 나서 차를 몰아 세영의 미용실로 향했다. 친구와 함께 맛있는 점심을 먹고 수다를 떨면 기분이 좀 나아질 것 같았다.

'뭘 먹을까?'

기분 전환하기에 좋은 음식이 뭐가 있을까, 심각하게 고민하느라 길을 잘못 들어 우회전을 하지 못하고 직진을 하게 되었다.

"어떡해? 이러면 한참 돌아가야 하는데."

자신의 실수에 짜증이 나려 했지만, 진짜 짜증나는 일은 길을 돌아가는 것보다 그 길에 현구의 병원이 있어 그 앞을 지나가게 되는 것이었다.

현구로 인한 불쾌감을 떨쳐 버리기 위해 나온 외출이다. 그의 병원 근처조차도 가고 싶지 않은 마음인데 이미 저 멀리 현구의 병원이 보였다. 병원이 현구라도 되는 것처럼 힐끗 노려보고 길을 지나쳐 가려는데 병원 주차장에서 나오는 그의 차가 보였다.

시간을 보니 점심시간이 되었다.

"매일 도시락을 싸 바치게 만들어 놓고 밥은 다른 데 가서 먹는다? 진짜 너는……."

나쁜 새끼라는 욕을 하려는데, 비상 깜빡이를 켜고 길가에 잠시 멈추더니 여자를 태우는 것이 아닌가.

'어제 호텔에서 밤을 함께 보낸 여자인가?'

질투에 눈이 먼 것도 아니고, 남편의 바람피우는 현장을 처음 목격하는 것도 아닌데 왜 이리 가슴속에서 울화가 치밀어 오르는지 모르겠다. 16년 노예 생활을 한 자신에 비해 황태자보다도 더 화려하고 사치스러운 삶을 산 그가 죽도록 미운 순간이었다.

그 분노가 차의 액셀을 더 밟게 만들었고, 결국 그의 차를 향해 돌진하게 됐다.

꽝! 차가 추돌하는 소리는 요란했지만 소리만큼 차의 파손 정도는 심하지 않았다.

운전석까지 구겨졌으면 하는 바람과 달리 현구의 차는 범퍼가 찌그러지고 후미등 한쪽이 깨져 버린 것에 그쳤다. 더 심하게 망가뜨리지 못한 걸 아쉬워하고 있는데 차에서 뒷목 잡고 내리는 현구의 모습이 보였다.

"쇼하고 있네."

나리는 현구가 운전석 차창을 두드리기까지 그를 계속 노려보았다.

"문 열어 봐!"

험악한 인상을 쓰며 반말까지 하는 그에게서는 이 사고를 그냥 넘기지 않을 거라는 의지가 엿보였다.

나리가 차창을 내렸다.

"어?"

보통 이런 경우, 사고를 낸 측에서 죽을죄를 지은 것처럼 꼬리를 팍 내려야 하는 게 다반사다. 더구나 어마어마한 가격의 외제차를 박았으니 사과부터 하고 나서야 하는데 나리는 그러지 않았다. 하지만 그런 나리보다 현구의 반응은 이보다 더했다.

뒷목 잡고 내렸으니 병원 치료비, 차량 수리비, 그리고 합의금까지 제대로 한몫 챙겨 보겠다는 피해자들과 달리 험악했던 얼굴이 금세 밝아졌다.

"오늘 또 이렇게 만나네요?"

기가 막혀 헛웃음도 나오지 않는 상황에서 현구는 나리에게 계속 친절했다.

"많이 놀란 것 같은데, 괜찮아요?"

마치 현구가 사고를 내고 나리가 피해 입은 것 같은 모양새였다.

"우리 병원 아래에 정형외과 있는데, 괜찮은지 가서 사진 찍어 볼까요?"

'네가 아니고 나?'

"지금은 괜찮은 것 같아도 이런 사고 후유증은 언제 어떻게 나타날지 모르거든요. 지하 주차장에 차 대고 올라갑시다."

'이 인간 지금 뭐라는 거지? 생각보다 내가 세게 박았나? 충격에 머리가 어떻게 된 거 아니야?'

현구는 앞으로 가서 자신의 차에 올라탄 여자를 내리게 했다. 불만으로 가득 찬 표정의 여자가 차에서 내리며 나리의 차를 무섭게 노려보았다.

차에 오른 현구가 따라오라는 손짓을 보이며 주차장 입구로 차를 몰았다.

이대로 그냥 가고 싶었지만 이현구가 끝까지 따라붙어 일을 더 어렵게 만들 수 있다는 생각이 들었다. 차라리 이쯤에서 빨리 해결하고 끝내는 것이 나은 일이다.

나리는 긴 한숨을 쉬고 현구 차를 따라 주차장으로 내려갔다.

"이게 아니었는데. 그냥 돈 다발 얼굴에 뿌리고 해결하려고 했는데."

예상과 다르게 일이 꼬여 현구의 성형외과 아래층에 있는 정형외과에서 엑스레이까지 찍는 일이 발생하고 말았다.

"이상 없다니 다행입니다."

자신의 성형외과로 데리고 와 친히 커피까지 타 주는 친절이 어이없어 웃음이 새어 나오려 했다.

'이렇게 여자들을 홀리고 다녔구나? 네가. 네 와이프는 몸이 부서지고 마음이 썩어 문드러질 정도로 함부로 대하면서 아무 상관도 없는 여자에게는 지극정성을 다하는구나. 미친놈.'

"우리 진짜 인연이가 봐요? 경매 행사에서 보고, 오늘 아침에 보고, 지금 또 이렇게. 이건 인연보다 강한 운명인 것 같은데."

아주 강한 운명이지. 악연으로 부부가 되어 버린 더러운 운명.

"아침에 실수한 건 정말 미안해요. 진심으로 사과할게요. 받아 줘요."

"……."

"전화번호하고 이름 알려 줘요. 차 수리 끝나는 대로 연락할 테니까."

그제야 나리는 제가 쳐 놓은 덫에 걸린 기분이 들었다. 열 받아서 들이받으면 시원할 줄 알았는데, 현구에게 이런 작업 기술과 바람기가 있다는 걸 간과했다. 그러니 이제 와 되돌릴 수도 없을뿐더러 꼼짝없이 그에게 이름과 연락처까지 알려 줘야 하는 상황이 되고 말았다.

한참을 고민한 끝에 신나리라는 이름과 휴대폰 번호를 알려 주었다.

"나리 씨? 이름도 얼굴만큼 예쁘네요."

"그럼 수리비 견적 나오면 연락 주세요. 바로 입금해 드릴게요. 바빠서 저는 가 봐야겠습니다."

나리는 현구가 건네준 커피에 입도 대지 않고 자리에서 일어섰다.

"나리 씨, 아침 일 때문에 아직도 화났어요?"

나리는 대답하지 않고 그대로 현구의 병원을 빠져나왔다. 긁어 부스럼이라는 말을 실감하며 나리는 세영의 미용실에 도착했다. 그리고 세영과 함께 점심을 먹으며 오늘 아침에 호텔의 엘리베이터에서 현구와 맞닥뜨린 일을 이야기해 주었다.

"하여튼 인간이 아니야. 어쨌든 제 엄마가 병원에 입원해 있는데 호텔에? 그놈은 천벌을 받을 거야."

"그래서 호텔에서 나오려고. 그 인간 만난 게 찜찜해. 다음에 다시 만날 수도 있잖아."

"그래야겠다. 요새 호텔만큼 시설 좋은 레지던스도 많아. 나 시간 괜찮은데, 알아보러 다닐까?"

"그래 주면 고맙고. 아, 그리고 네 이름으로 렌트한 그 차…… 앞이 망가졌어. 미안해. 괜히 너 귀찮게 해서."

"왜? 사고 났어? 어디 안 다쳤고?"

나리는 한숨을 내뱉고는 오다가 그의 병원을 지나쳐 오게 되었다는 이야기부터 꺼냈다.

"그런데 세영아, 이현구가 신나리한테 반했나 봐."

"뜬금없이 무슨 소리야? 이현구는 어리고 예쁜 여자면 무조건 반하는 인간 아니야?"

"여기 오는 길에 내가 그 인간 차를 들이받았어. 여자 태우는 모습을 보는 순간, 울화가 치밀어서 확 죽여 버리고 싶은 마음에."

"헐! 신나리 점점 대차지는데? 그래서?"

"수리비하고 병원비 얘기 꺼내면 얼굴에 돈을 뿌려 주려고 했는데……."

"신나리 얼굴에 반해서 됐대? 아니면 병원비 수리비 안 받을 테니 연애하재?"

"차라리 그렇게 나오면, 여자라면 환장하는 인간이니까 그러려니 하겠는데……."

나리는 주객이 전도되어 어이없던 그때의 상황을 이야기해 주었다. 세영도 기가 막혀 할 말을 잃었는지 멍하니 나리만 바라볼 뿐이었다.

"돌아가시겠다, 정말. 아주 가지가지 하면서 사는구나, 그 인간!"

"집구석에 갇혀서 노예처럼 살 때는 몰랐는데……. 내 눈으로 그 인간 밖에서 하고 다니는 꼴을 보니까 내 지난 시간이 너무 아깝고, 내가 불쌍해서 못 견디겠어. 인생은 한 번인데…… 제 인생 편하자고 남의 인생 구정물로 처박아 놓은 그 인간을 정말 죽여 버리고 싶어."

"야! 민정아!"

나리의 말을 듣고 있던 세영이 뭔가 떠올랐는지 큰 소리로 나리가 아닌 민정의 이름을 불렀다.

"왜?"

"왜 너는 나를 만나서……."

세영이 갑자기 노래를 부르기 시작했다. 유명 드라

마의 주제가를.

"드라만 한 편 찍자."

"응?"

"드라마에서는 얼굴에 점 찍고 나와서 남편을 무너뜨렸지만 넌 완벽하게 다른 여자잖아. 이현구를 유혹해서 빈털터리 거지로 만들어 버리는 거야!"

"그 얼굴 마주하기도 싫은데 유혹은 무슨?"

"복수를 위해서는 뭘 못해? 앞으로 그 인간도 16년 동안 딱 너처럼 살게 만들어 버려. 당장 눈앞만 보지 말고 큰 그림 한번 그려 봐."

듣고 보니 세영의 말이 틀리지 않았다. 16년의 시간을 돌려받을 수 없지만 그렇게라도 해야 그 시간이 덜 원통할 것 같았다.

"이미 밥상도 다 차려져 있어. 숟가락만 얹으면 되는 상황이야. 줄 듯 말 듯, 넘어갈 듯 말 듯. 약 올리고 애태우면서 지갑을 탈탈 털고 마지막까지 다 벗겨 먹어."

"그렇게 벗겨 먹기에는 그 인간 가진 게 너무 많아. 털어도, 털어도 끝이 없을 만큼."

현구는 물론이고 시모가 가진 재산 또한 어마어마하다. 강남의 건물이 여러 채다. 그리고 현구가 벌어들이는 돈도 어마어마하다. 그걸 다 털기에는 무리가 있지만 16년 치 보상을 받아 낼 만큼은 털어야겠다는 생각이 들었다. 하지만.

"그러다 자야 되는 상황이 발생하면 어떡해?"

"어쩌긴? 안 자 본 사이도 아니고 자면 되는 거지."

"야! 신세영! 미쳤어?"

세영의 끔찍한 소리에 나리가 더 끔찍한 비명을 질렀다. 절대 말도 안 되는 생각이라 여겼다. 현구의 얼굴만 봐도 역겨워 토가 나올 것 같은데 잠자리라니. 그것도 십 년 넘게 스킨십도 없었던 그 인간과. 생각만으로 온몸에 소름이 돋는 기분이다.

괜히 일을 벌인 것 같은 심란한 하루를 보내고 자정이 되었다. 한 치의 오차도 없이 민정으로 돌아와 침실에 앉아 있었다.

연화가 민정의 앨범을 보고 있었는지 침대에는 그녀의 어릴 때 사진이 들어 있는 앨범과 결혼 앨범, 두 권이 펼쳐져 있었다.

"이걸 어디서 찾아내셨지? 난 어디에 있는지도 모르는데."

민정의 눈에 먼저 들어온 것은 결혼식 사진이었다.

스무 살의 어리고 예쁜 신부가 사진 속에서 웃고 있었다. 무서운 시모로 인해 앞으로 결혼생활이 어떨지 예감해서일까, 웃고 있지만 그 미소가 그리 해맑고 밝아 보이지만은 않았다.

"지금 나리도 예쁘지만, 이때 민정이도 지지 않을 만큼 예뻤는데."

홀어머니 아래서, 일가친척도 없이 외롭게 자랐다. 그런 그녀를 향해 따뜻하게 웃어 주는 현구에게 마음이 갔다. 너무 어리고 순진하고 남자를 모르던 그때, 그의 그런 다정함과 미소가 거짓일 줄은 꿈에도 몰랐다. 사랑한다고 속삭이는 그를 믿고 모텔로 따라 들어갔다. 그런 날이 많아지면서 어느 날 아이가 생겼다.

"결혼하자. 책임질게."

피하지 않고 당당하게 아이와 자신을 끌어안는 그가 믿음직스러웠다. 둘 다 어렸지만 가족을 만들 수 있어 행복했다. 스무 살, 그때 그녀의 마음은 그랬다.

하지만 이제 와 생각해 보니 그녀를 향한 따뜻한 미소는 음흉한 것이었고, 그가 말한 사랑은 주체할 수 없는 젊은 혈기의 욕망일 뿐이었다. 그녀와 아이를 책임지기 위해 결혼을 한 것이 아니라 스무 살의 욕망을 풀기 위해 여자를 하나 얻은 것이었다.

그것도 모른 채 모욕감 속에서 시달린 시집살이를, 그를 믿고 견뎠다. 그러나 그녀에게 돌아온 것은 배신이었다.

"결혼은 서로 원했으니까 내 잘못도 있다고 치자. 하지만…… 나를 이런 식으로 끝까지 잡고 있으면 안 되는 거지. 그건 너무 양심 없는 짓이지."

민정이 거칠게 앨범을 덮어 버렸다.

"이현구 씨, 어떡하지? 당신 아내 유민정은 이제 없고, 팔팔한 신나리가 유민정을 대신해서 당한 만큼 돌려주려고 하는데."

민정의 입가에 비틀어진 미소가 번져 갔다.

세영의 말대로 해 보기로 했다. 이제는 그녀에게서 우울하고 어두웠던 예전의 표정은 보이지 않았다.

6장

⚜

"안녕하십니까? 대표님."

출입구에 서 있는 안내 사원부터 시작해 비서실의 여직원까지 그에게 출근 인사를 하는 직원들의 표정은 늘 밝다.

"네, 안녕하십니까?"

일일이 답인사를 해 주고 재하는 집무실로 들어왔다.

"마케팅 강 팀장하고의 회의는 오후 2시에 잡아 놓았습니다."

"네."

자신을 따라 들어온 최 비서에게 하루 스케줄에 대한 보고를 들으며 방금 여직원이 가져다준 커피를 한 모금 마시고 머그잔을 내려놓을 때였다.

"그리고 스위트룸 장기 투숙객 신나리 씨 말입니다."

"네. 뭐 특별한 거 있습니까? 룸으로 드나드는 이상한 사람이 있었습니까?"

"없었습니다. 하지만 오늘 아침 체크아웃했습니다."

"네? 체크아웃이요?"

체크아웃이라니. 혹시라도 남자의 말이 맞았던 것일까? 그게 탄로 날 위기에 놓여 스스로 나간 것일까?

그 진실은 알 수 없지만, 이상하게도 인간적인 배신감이 느껴졌다. 그래도 자신의 직원들 편에서 블랙컨슈머를 퇴치해 주고, 예린의 갑질에 아랑곳하지 않는 그 무모한 용기가 가상하고 신선했는데, 정체가 수상한 여자였다니. 더욱이 그 어린 나이에.

'차라리 잘됐어. 수상한 정체의 여자가 장기 투숙해서 문제를 일으키는 것보다 이쯤에서 사라져 주는 게 낫지.'

또한 그녀를 모델로 쓰지 않았다는 것도 다시 한 번 천만다행이라 여겼다.

최 비서가 나가고 책상 위에 놓인 각 업장별 매출 파일을 펼칠 때, 친구 형우에게서 전화가 걸려 왔다.

"아침부터 무슨 일이야?"

흔하고 일상적인 인사조차도 생략할 만큼 막역한 사이기도 하지만, 나리로 인한 알 수 없는 마음의 불편함에 그의 안부가 궁금하지 않았다.

형우 역시 재하가 어떻게 나오든 상관하지 않고 자신의 할 말을 꺼냈다.

— 나 선본다.

"드디어 회장님 압박에 항복하는 거냐?"

— 압박 정도가 아니라 거의 인격 탄압 수준이다. 회사로 여자를 보내

시겠대. 그냥 말만 앞세울 양반이 아니라서 항복했다. 그래서 오늘 선본다.

"오늘? 축하해야 하는 건가?"

재하의 질문에 휴대폰에서는 대답이 아닌 한숨이 흘러나왔다.

— 모르지. 오늘 만남이 위로가 될지, 축하가 될지

"부디 위로가 아닌 축하를 받을 만한 만남이 이루어지길 바란다."

— 그거 오늘 밤에 해 주면 안 되냐? 축하든, 위로든. 선 자리 끝나고 보자.

또다시 들려오는 형우의 한숨. 재하는 현재 친구의 마음이 어떨지 이해가 갔다.

그 역시 한때는 매일 선보라는 말에 시달려 왔고 실제로 맞선을 본 일도 있다. 마음에도 없는 여자와 어색한 만남의 자리로 나가야 하는 그 심란함과 그 만남 후의 씁쓸함을 누구보다 잘 안다. 위로를 해 달라는 형우의 말을 이해하고 재하가 승낙했다.

"알았다. 뭐든 해 주마."

— 7시에 리버 호텔 라루나에서 만난다. 거기로 와.

재하의 성격대로라면 굳이 형우가 선보는 장소까지 가서 친구를 만나지 않고 약속 장소를 따로 잡았을 것이다. 그런데 지금은 그런 걸 따지고 싶지 않았다. 그저 그도 친구를 만나 마음 편하게 한잔하고픈 마음뿐이었다.

"알았다."

빠르게 대답하고 형우와의 통화를 끝냈다.

기분 좋게 출근한 오전이 이유도 모르게 갑자기 답답해져서인지 형우와의 약속이 있는 저녁이 기다려졌다.

❖

현구가 차량 수리비 영수증을 사진으로 찍어 보냈다. 입금 계좌를 알려 달라는 문자에 대한 답은 만나자는 것이었다.

딱 맞아떨어지는 현구의 반응이었다. 만나자고 해서 함께 식사를 하며 환심을 사려 할 것이다. 그러면서 어떻게든 가까워지려고 애쓸 것이라는 걸 나리와 세영은 예상하고 있었다. 현구는 그 예상에서 한 치의 어긋남이 없었다.

[그럼 만날 장소와 시간 알려 주세요.]

[리버 호텔 19층 라루나 레스토랑. 6시.]

수많은 레스토랑을 놔두고 호텔에 있는 레스토랑에서 만나자고 하다니.

"내가 보기에는 너 간 보려고 하는 거 같아."

세영이 현구의 꿍꿍이를 알아챈 것처럼 말했다.

"간을 본다고? 뭘?"

"얘가 쉽게 넘어올 애인지, 아닌지. 그리고 그냥 엔조이로 끝낼 것인지, 아닌지. 그러니까 바로 룸으로 데리고 가거나 아니면 예의 바르게 보내 주거나. 둘 중에 하나 하겠다."

"미친놈."

"절대 쉽게 넘어가지 말고."

"내가 그 인간한테 넘어가겠니?"

"그렇긴 하지. 너만큼 그 인간 앞에서 안전한 여자도 없긴 하지. 뭐, 여하튼. 만일 룸으로 데리고 가려고 하면 거시기를 한 대 차 버려. 욕도 한 바가지 퍼부어 주고. 원래 그런 바람둥이들은 쉽지 않은 여자들한테 더 목숨 거는 법이니까. 자, 이제 전투를 위해 무기를 장착하자."

"무기?"

세영이 나리를 데리고 메이크업룸으로 데리고 갔다.

"차 실장, 우리 나리 아이돌보다 더 예쁘게 해 줘. 최대한 자연스러우면서도 눈부시게."

메이크업 실장에게 나리를 부탁하는 세영의 말을 듣고 나리는 그녀가 말한 무기라는 것이 어떤 것인지 눈치챘다. 그리고 얼마 후 전문가의 솜씨로 변한 나리의 얼굴에서는 또 다른 아름다움이 드러났다. 청순미와 섹시미가 공존할 수 있다는 걸 보여 주는 아름다움이었다. 그건 현구를 꼼짝 못하게 만들 수 있는 핵무기와도 맞먹는 효과였다.

"드레스만 입으면 당장 레드카펫 밟아도 되는 여배우 비주얼이야. 이건 이현구뿐 아니라 다른 남자들한테도 치명적인데?"

나리는 세영이 코치해 준 대로 머리부터 발끝까지 명품으로 치장한 후 약속 장소로 향했다. 마주하기도 싫은 얼굴을 보러 가는 길임에도, 아무것도 모르는 현구를 속이고 놀리는 거라 생각하니 그 기분이 그리 불쾌하지 않았다.

레스토랑에는 현구가 먼저 와서 기다리고 있었다. 나리를 본 현구의 눈빛은 그녀가 한 번도 본 적 없는 것이었다. 반은 넋이 나간 것 같은 동공에 지진이 일어났다.

'두고 봐, 지금 그 눈동자 흔들리는 것보다 더 심하게 네 마음을 흔들어 줄게. 그리고 비참하게 밟아 줄 테니까, 기다려, 이현구.'

속마음을 숨긴 나리가 현구를 향해 살포시 웃어 주었다.

"오는 데 힘들지 않았어요? 차가 많이 밀리죠?"

"좀……."

현구가 자리에서 일어나 의자까지 빼 주는 매너를 발휘했다.

'진짜 가지가지 한다.'

그런데 힐을 신고 있는 나리에 비해 그의 키가 더 작다. 그를 아래로 내려다보는 그 느낌에 왠지 모를 승리감 같은 것이 느껴졌다.

"여기 와 본 적 있어요? 전망도 좋고, 음식 맛도 좋아서 여기에서 만나자고 한 건데. 집에서 너무 멀거나 힘든 건 아닌지 모르겠어요."

'와 본 적 있냐고? 내가 언제 와 봤겠니? 어머니하고 와 봤어도 기사 취급받아 주차장에서 기다렸었다, 이 자식아!'

생각하니 열이 받았다. 현구가 그런 표정 변화를 느꼈는지 그녀의 눈치를 살폈다.

"여기 별로 맘에 안 들어요? 나갈까요?"

"아니에요. 괜찮아요."

"다행이다. 뭐 먹고 싶은 거 있어요?"

"딱히……."

"혹시 알러지 있어서 먹으면 안 되는 음식 있어요?"

'네 와이프 복숭아 알러지 있는 건 아니? 그래도 너하고 어머니한테 복숭아 씻어다 바쳤던 건 아냐고!'

생각에 빠진 것 같은 나리에게 현구가 다시 물었다.

"없어요?"

"복숭아 빼고 괜찮아요."

"다행이네요. 나도 복숭아는 별론데."

'이런! 그래서 네 와이프 두드러기가 올라와도 꼭 먹어야겠다면서 복

숭아 가져오라고 시켰니?'

두고 보자니 화가 치밀면서 표정 관리가 어려워졌다.

"연어? 아니면 송아지 스테이크도 괜찮고. 어떤 걸로 할래요?"

"아무거나요."

현구는 스페셜 메뉴인 연어 스테이크를 주문했다.

"우리 진짜 인연인가 봐요, 나리 씨."

악연이라니까!

그런데 그의 입에서 예상치 못한 말이 나왔다.

"나리 씨 전화번호가 내가 아는 번호더라고요. 나리 씨, 최근에 휴대폰 개통한 거죠?"

나리는 그 말에 자신이 저지른 큰 실수를 깨달았다. 그녀가 민정으로 있을 때부터 가지고 있던 번호를 생각 없이 알려 주었던 것이다. 지금은 연화가 다른 번호로 새 휴대폰을 가지고 있지만 그것까지는 생각을 못했다. 혹시라도 현구가 이상하게 생각하는 것은 아닌지 걱정이 앞섰다.

"집에서 일하고 있는 아이가 있어요. 고아라 사는 게 가엾어서 어머니가 거둬 주셔서 집안일 도와주는 애가 있는데, 걔가 휴대폰을 잃어버렸다고 해서 새로운 번호로 개통해 줬거든요. 그런데 그 애 전 번호를 나리 씨가 가지고 있더라고요. 신기하죠? 이 정도면 우리 특별한 인연 아니에요?"

하마터면 특별한 인연이라고 하는 현구의 얼굴을 향해 물을 뿌릴 뻔했다.

고아? 가여워서 거둬 주고, 집안일을 도와주는 애?

자신을 향한 그 표현에 따귀라도 한 대 올려붙이고 싶은 심정이었다.

애써 부글거리는 화를 참아 내며 나리는 고개를 끄덕여 주었다.

"그럴 수도 있겠네요."

말을 그렇게 하고 넘겼어도 그녀의 표정이 좋지 않았다. 그래서인지 현구는 나리의 눈치를 보며 끊임없이 말을 걸었다. 중년 여성의 수다는 저리 가라 할 정도로 음식이 나올 때까지 쉴 새가 없었다.

밥맛 떨어지는 이현구와 마주 앉아 있으니 앞에 있는 음식 맛을 느낄 수가 없었다. 후식으로 나온 커피를 마실 때, 현구가 드디어 사적인 질문을 해 왔다.

"나리 씨는 아직 학생?"

"졸업했어요."

"그럼…… 취준생?"

"사업하려고요."

아무 생각이 없으니 마음에도 없는 아무 말이 막 튀어나왔다.

"오호! 무슨 사업?"

"비밀인데요?"

"비밀이라는 거 보니까, 꽤나 수익성 좋은 사업인 것 같은데. 뭘까? 괜찮으면 투자할 생각도 있는데 알려 줘요."

"됐고요. 여기요, 수리비."

나리가 핸드백 안에서 흰 봉투를 꺼내 현구에게 내밀었다.

"영수증에 찍힌 금액 그대로 다 넣었어요. 확인해 보세요."

현구는 나리가 내민 봉투를 바라만 볼 뿐이었다. 나리가 현구 앞으로 더 가까이 밀었다. 그러자 그가 봉투를 나리 앞으로 도로 밀어냈다.

"이건 됐고. 밥이나 사요."

"밥도 살게요. 하지만 이건 받으세요. 계산은 정확하게 해야죠. 한두 푼도 아니고."

나리가 다시 현구 앞으로 봉투를 밀었다.

"내가 없는 사람도 아니고, 나리 씨가 일부러 와서 박은 것도 아닌데. 이건 그냥 넣어 둬요."

그리고는 다시 봉투를 그녀 앞으로 밀었다.

'일부러 박은 거거든! 너 죽이고 싶은 마음에! 못 죽여서 안타까운데.'

"정 그렇게 계산을 정확하게 하고 싶으면…… 수리비만큼 나한테 밥 사요. 술을 사도 좋고."

'이런 개나리 십장생 같은 새끼! 보통이 아니구나, 너!'

결국 나리에게서 헛웃음이 새어 나왔다. 대신 현구에게서는 목적을 이룬 것 같은 뿌듯한 미소가 흘러나왔다. 이런 상황이 올 것이라는 걸 예상했고, 이렇게 흘러가야 계획대로 되는 것인데 처음과 다르게 기분이 나빠지려 했다.

'그래, 시작도 전에 이러면 안 되지. 이러면 내가 저 인간한테 지는 거야.'

마음을 다잡은 나리가 봉투를 자신의 핸드백 안으로 넣었다.

"그러죠, 그럼. 밥 사고…… 술도 살게요. 그쪽에서 원하시는 대로."

"그쪽이라뇨? 섭섭하다. 이현구예요, 내 이름."

'네 이름 이현구인 거 알아. 아주 징글징글한 그 이름.'

나리가 고개를 끄덕이며 자리에서 일어섰다.

"식사 끝났으니까 일어나시죠."

"아쉽지만 그래야겠네요. 저녁 잘 먹었어요, 나리 씨."

나리가 앞장서서 밖으로 나가려는데 순간적으로 따가운 시선이 느껴졌다.

자신도 모르게 그쪽으로 고개를 돌린 나리는 화들짝 놀라고 말았다.

❖

형우가 선을 보고 있는 라루나에 와서 그를 찾는 건 어려운 일이 아니었다. 전망이 제일 좋은 자리에 서로가 어색하게 앉아 있는 남녀 한 쌍이 바로 눈에 들어오니, 더 두리번거릴 필요도 없었다.

마침 형우의 뒤에 앉았던 남녀가 자리에서 일어섰다. 재하가 그 자리로 발걸음을 옮기려는데 익숙한 여자가 눈에 들어왔다.

'신나리……?'

그리고 그 뒤를 따르는 남자는 엘리베이터의 그 남자다.

'뭐지? 그때는 남자의 말에 반응도 없이 살벌하게 무시하더니 지금 여기에서 만난 건.'

결국 신나리는 성숙한 게 아니라 닳고 닳은 여자라는 걸 확인하는 순간이었다.

'왜 저렇게 살지?'

재하의 인상이 무섭게 변해 갔다. 나이답게 순수하지 못하고, 꿈과 열정으로 살아야 할 시기에 쾌락과 허영을 선택한 것 같은 그녀의 모습에 알 수 없는 분노가 느껴졌다. 그녀를 향한 자신의 시선이 어떤지 의식하지 못하고 있는 사이, 그녀와 눈이 마주쳤다.

지은 죄가 있어서인지 그녀가 움찔하는 모습이 보였다. 재하는 일부러 나리에게 다가갔다. 그리고 알은체를 했다.

"신나리 씨. 오늘은 매일 보던 우리 호텔이 아니라 여기서 만나네요?"

그녀는 그가 그렇게 다가와 알은체할 거라는 예상은 못했는지 그와 시선이 마주쳤을 때보다 더 놀란 표정이었다.

"갑자기 체크아웃을 해서 앞으로 못 만날 줄 알았는데, 이렇게 우연히 만나니 무척 반갑군요."

그녀를 향한 삐뚤어진 시선과 곱지 못한 말투 때문인지 나리가 그의 말에 대꾸를 하지 못했다. 오히려 현구가 나섰다.

"당신은 디.시티 호텔 지배인? 뭡니까? 나리 씨한테 용건 있습니까?"

연적을 노려보는 것 같은 현구의 시선에 재하가 어이없는 웃음을 흘렸다.

"VIP 고객을 만난 반가움에 인사를 했을 뿐입니다. 그럼."

두 사람을 지나쳐 간 재하는 형우가 맞선녀와 앉아 있는 바로 뒤 테이블에 자리를 잡고 앉았다. 뭔가 즐거워하는 형우의 표정이 보였지만 재하에게서는 한숨만 흘러나왔고 속에서는 뜨거운 것이 치고 올라오는 느낌이었다.

'신나리, 그렇게 살지 마라.'

당차고 솔직하고 용감했던 어린 여자에게 느꼈던 호감이 무너져 버렸다. 인간적인 배신감과 안타까움이 생각보다 커서 그런지 그의 마음이 상하고 아파 왔다.

재하는 맞선녀를 보며 웃고 있는 형우를 두고 그곳을 나왔다. 지금 당장 그를 달래 줄 무언가가 필요했다.

그는 집으로 돌아와 캔 맥주부터 들이켰다. 물론 그 속은 쉽게 가라앉지 않았다.

❖

현구와 어떤 시간을 보냈는지 궁금한 세영이 나리의 새로운 숙소인 레지던스로 찾아왔다. 그리고는 곧바로 질문부터 던졌다.

“뭐라던? 총각이라고 대놓고 사귀자고 하던?”

“그렇게 단순한 인간이 아니더라고. 아주 고단수야. 돈은 받지 않겠대. 대신 그 돈만큼 밥하고 술 사란다.”

“고수네. 무서운 놈. 그리고?”

“그러겠다고 하고 헤어졌어.”

“초반 탐색전이라고 룸으로는 안 데리고 갔네? 하긴, 첫날부터 그러는 건 고수의 자세가 아니긴 하지.”

“그런데 세영아, 문제는 이현구가 아니라…….”

나리의 시선이 갑자기 어두워졌다. 그녀를 따라 세영도 걱정스러운 표정으로 물었다.

“이현구가 아니라 뭔데?”

나리는 레스토랑에서 만난 재하가 신경 쓰인다는 말을 했다.

“객실 지배인이라는 남자가 나를 보는 눈빛이 무서웠어.”

“왜? 그 호텔에 네가 부은 돈이 얼만데? 별꼴이네. 그리고 그러면 안 되는데…….”

“뭐가?”

“아니…… 난 너를 통해 그 호텔 지배인한테 도움 좀 받으려고 했지.”

“무슨 도움?”

세영이 잠시 머뭇거렸다.

“엄마하고 아빠 좋아하시는 옛날 가수 박진관 디너쇼를 디.시티 호텔에서 하거든. 그런데 티켓을 못 구했어. 그거 보여 드린다고 큰소리쳐 놔서 되게 기대하고 계시는데……. 네가 스위트룸 VIP 투숙 고객님이었으니 지배인에게 부탁 좀 하면 들어주지 않을까 싶었지."

이럴 경우, 그동안 세영에게 받았던 위로와 그녀의 마음을 생각해서 걱정 말라고 하며 지배인을 찾아가야 한다. 그런데 이미 체크아웃을 한데다 조금 전에 보았던 그의 살벌한 눈빛으로 인해 그런 부탁은 할 수가 없었다.

처음으로 자신에게 도움을 요청하려 했던 세영의 부탁을 해결해 주지 못하는 미안함에 눈을 볼 수가 없었다.

"할 수 없지, 뭐."

세영은 쉽게 포기했지만 나리의 마음은 더욱 복잡하고 심란해졌다. 자신에게도 부모님과 다름없는 두 분을 위해 나리는 용기를 내 보기로 했다.

'유민정이 아니고 신나리인데 못할 게 뭐 있어?'

"알았어. 내가 만나서 말은 건네 볼게."

"진짜? 진짜 네가 그럴 수 있겠어?"

"당연하지. 신나리잖아."

세영의 얼굴에 미소가 가득했다. 자신으로 인해 그녀가 기뻐하는 걸 보니 나리의 마음이 뿌듯해졌다. 그리고 이제는 자신도 친구에게 무언가를 해 줄 수 있는 기쁨에 지배인을 만나는 일이 부담스럽지 않았고 오히려 자신감이 생겼다.

'안 되면 마는 거고.'

다음 날 나리는 디.시티 호텔 리셉션데스크로 찾아갔다. 오랜 시간 스위트룸에 장기 투숙을 해서인지 직원이 그녀를 알아봤다.

"안녕하세요?"

반갑게 인사해 주는 직원에게 나리도 인사를 건네고 객실 지배인을 만날 수 있는지를 물었다. 직원이 객실 지배인에게 전화를 걸어 스위트룸에 장기 투숙했던 고객이 만나기를 청한다고 하자 그가 곧바로 리셉션데스크로 내려왔다.

"고객님, 안녕하십니까? 객실 지배인 안수환입니다."

그런데 나리 앞에 선 지배인은 그녀가 아는 얼굴이 아니었다.

"저기⋯⋯ 다른 객실 지배인님이 또 계신가요?"

"아닙니다. 객실 지배인은 저뿐입니다. 왜 그러십니까?"

그럼 그 남자는 누구일까?

난감한 상황이 되어 버렸지만 어차피 찾아온 용건을 이야기해야 할 것 같아 낯선 지배인을 향해 티켓 부탁을 해 보았다.

"죄송합니다. 그건 제 권한에서 벗어난 문제라 제가 답을 드릴 수는 없고, 총지배인님에게 말씀드려 보겠습니다."

"그래 주시겠어요? 저 라운지 커피숍에서 기다리고 있을게요. 꼭 좀 부탁드려요."

사정하듯 부탁을 한 나리는 라운지 커피숍에 앉아 지배인의 답을 기다렸다. 그런데 그녀 앞으로 다가온 사람은 방금 전에 본 지배인이 아니라 그녀가 알고 있던 객실 지배인이다.

누가 진짜인 거야?

"또 만나네요? 신나리 씨."

"네. 그러네요. 그런데⋯⋯ 지배인님은 아니신 것 같던데⋯⋯?"

그가 나리의 맞은편 자리에 앉아 명함을 내밀었다.

"다시 인사드리죠. 드림시티 대표 윤재하입니다. 예전에도 대표라고 하고 이렇게 명함을 건넨 적이 있었는데, 기억에 없죠?"

대표? 그리고 명함을 건넨 적이 있었다고? 하지만 그녀가 그를 기억해 내기 전에 그가 할 말을 꺼냈다.

"티켓을 구해 달라고 하셨다던데, 그건 해 드릴 수 없습니다. 아무리 VIP 고객이라도 정해진 혜택 외의 것에 대한 부탁을 들어 드리지는 않습니다. 그리고 신나리 씨는 우리 호텔 VIP 고객도 아닙니다. 스위트룸에 장기 투숙한 후 체크아웃하고 간 고객일 뿐입니다."

"그래도 제가 이곳에서……."

"신나리 씨. 우리 호텔을 이용했던 투숙 고객이 아닌 동생같이 생각하는 마음으로 한마디 하겠습니다. 반말을 하더라도, 기분이 나쁘더라도 나이 많은 오빠가 동생을 위해서 하는 말이라 생각하고 들어요."

무섭도록 차가운 얼굴로 단호하게 거절하는 재하의 모습에 그녀는 자신이 나리라는 사실을 잊을 만큼 기가 죽었다. 그래서 입을 다물고 그의 말을 들었다.

"이제 갓 스무 살 넘은 것 같은데 세상을 그렇게 살면 되겠어? 뭔가를 이루려는 꿈과 열정도 없이 호텔에 틀어박혀 아무 남자나 만나면서 돈 벌고, 그 돈으로 나이에 맞지 않은 사치와 허영으로 돈으로도 살 수 없는, 다시는 돌이킬 수 없는 청춘과 시간을 헛되게 낭비하면 되겠냐고. 지금처럼 살지 말고 좀 생산적인 삶을 살도록 해."

그의 말대로 사는 여자라면, 따끔한 저 충고를 곱게 들어야 하는 것이 맞다. 하지만 나리는 그 충고를 들을 이유가 없다. 그녀는 아무 남자나 만나면서 돈을 번 적이 없다.

무엇보다 16년을 뭔가 이루려는 꿈과 열정을 가질 틈도 없이 노예처럼 살았다. 돌이킬 수 없는 청춘과 시간을 끔찍한 지옥에서 보냈다. 하지만 무슨 복인지 그녀는 청춘을 다시 얻었다. 비록 1년이지만 시간을 되돌린 것 같은 24세의 시간 안에 들어와 있다.

그녀의 잃은 청춘을 돌이키고 그때 이루지 못했던 것을 이루기에 1년은 짧다. 그래서 지금 수영과 영어를 배우고, 전시회를 다니고, 책도 읽으며 열심히 살고 있다.

남들은 해 본 것, 그러나 그녀는 못해 본 것을 하면서.

아무리 민정과 나리의 사정을 모른다지만 그의 말은 너무 심한 오지랖이었다. 아프게 따끔거리는 그녀의 마음에 거칠 것이 없어 나리가 무섭게 쏘아붙였다.

"아무 남자나 만나면서 돈 버는 거 봤어요? 그리고 본 게 전부라고 생각해요? 나이도 드시고 이렇게 큰 사업을 하시는 분이 말을 너무 경솔하게 하시네요. 지배인, 아니 대표님한테 동생 있는 거 알아요. 하지만 저보다 그 동생을 먼저 걱정해야 하는 형편이신 것 같은데. 지금은 그 성격 고치고 좀 착해졌나요?"

아직도 잊을 수 없는 싸가지 여동생을 떠올리며 한마디 했다.

"아, 그 동생. 사실 내 동생 아닌데. 친구 동생이지. 나리 씨의 충고는 친구한테 그대로 전해 줬어. 성격 고치고 좀 착해졌는지 모르지만…… 사실 그건 좀 불가능하지. 그때 봤던 그 녀석이 워낙 공주로 자라서."

친구 동생 때문에 괜한 덤터기를 썼구나 싶었지만 그에게 미안한 마음은 들지 않았다. 지금은 빨리 이 남자와 헤어지고 싶은 마음뿐이다.

"이번에는 제가 충고하죠, 대표님. 가진 게 많은 그쪽은 잘 모르는 것 같아서 하는 말인데요, 꿈과 열정을 가지고 싶어도 가질 수 없는 인생이 있다는 것도 좀 아셔야겠네요. 남의 인생에 대해 함부로 말하지 마요. 그쪽이 생각하는 모든 게 맞는 거라고도 생각하지 말고요."

나리가 그를 향한 차가운 시선을 거두지 않고 자리에서 일어섰다. 그리고 마지막으로 한마디를 날렸다.

"함부로 반말도 하지 말고. 나이가 어리다고 해도, 진짜로 당신보다 어린 게 아닐 수도 있으니까."

나리가 쌩하니 몸을 돌려 커피숍을 벗어났다.

그런 나리의 뒷모습을 보는 재하에게서 그녀를 볼 때마다 중얼거렸던 말이 튀어나왔다.

"쟤, 뭐지?"

호텔을 나온 나리는 그대로 세영에게로 향했다.

"세영아, 너 오늘 데이트 취소하고 나하고 한잔하자."

화가 단단히 한 얼굴로 씩씩거리며 들어오는 나리의 모습을 본 세영이 놀라서 일어섰다. 아무리 겉모습이 바뀌고 나리로 살아간다지만 아직까지 속은 민정이 남아 있다. 이현구 문제가 아니면 화를 내는 일이 없는 그녀가 저토록 열을 내는 이유가 궁금하기보다 걱정되었다.

"너, 왜 그래? 무슨 일이야? 이현구가 건드렸어?"

"나가자."

일하는 세영을 데리고 나가는 게 미안했지만 지금 자신의 마음을 받아줄 사람은 세영밖에 없었다. 민정처럼 참고 싶지 않았다. 부글거리는 속을 터뜨리고 싶은 마음이 더 급해 세영을 졸랐다.

"그래, 나가자. 뭐 마실래? 맥주? 소주?"

"아무거나."

"가자. 아무거나 마시러."

나리는 세영이 이끄는 대로 미용실 근처 작은 술집으로 들어왔다. 유일하게 믿고 의지하는 친구 앞이어서 그런지 나리는 연거푸 세 잔의 술을 마셨다.

그걸 가만 보고 있던 세영이 물었다.

"누가 널 건드린 거야? 누구야? 언니가 혼내 줄게, 말해 봐."

"미안하다, 세영아. 티켓은 포기해야겠다."

"응?"

"그 트로트 가수 디너쇼. 너한테 정말 해 주고 싶었는데. 너의 첫 부탁이기도 하고."

나리의 말을 듣고 조용히 생각에 빠져 있던 세영이 버럭 소리를 질렀다.

"그 남자, 네가 티켓 달라고 하니까 뭐라고 면박 주디? 우습게 취급해? 아니면…… 더러운 딜이라도 해 오디?"

"차라리 이현구처럼 더럽거나 못된 인간이었다면 상처를 안 받았겠지? 욕 한 마디 해 주면 끝이니까. 그런데…… 아, 몰라! 그냥 화가 났어. 나에 대해 아무것도 모르면서 너무 제멋대로 말해서."

말을 끝낸 나리가 다시 세 잔의 술을 급하게 마셨다. 그리고 호텔에서 재하와 있었던 일을 이야기해 주었다.

"웃긴 놈일세! 누구 앞에서 충고야? 나이도 어린 게."

세영이 흥분을 했지만 나리는 오히려 차분해졌다.

"그래도 너한테 이렇게 털어놓고 나니까 시원하다. 나 진짜 나리가 됐나 봐. 속으로 삭이지 않고 너한테 와서 이렇게 분출하는 거 보면."

"잘 왔고, 잘했어."

급하게 마신 술로 인해 그새 취한 나리가 기분이 풀린 듯 헤헤 웃었다.

기분이 풀린 탓도 있지만 자신이 민정의 껍질에서 벗어나고 있다는 기쁨 때문이기도 했다.

❖

집무실에 앉아 있는 재하는 나리가 던진 말로 인하여 충격에서 벗어나지 못하고 있었다.

사실 그녀의 말은 틀린 게 아니었다. 그녀의 사정을 잘 알지 못한 채 보이는 것만 믿고 심한 말로 충고한 건 자신이 경솔했다. 하지만 자신보다 더 살았을 연배의 인생 선배에게 들을 법한 충고를 24세의 어린 여자에게 들었다는 게 아직도 믿어지지 않고 있다.

'도대체 신나리는 어떤 삶을 살고 있는 거지?'

절대 평범한 20대 여자의 삶은 아니다. 그녀가 어떻게 사는지, 어떤 사연을 가지고 있는지 궁금해할 때, 최 비서가 노크를 하고 들어왔다.

"대표님, 보안 팀에서 연락이 왔습니다. 신나리 씨가 대표님을 만나야 한다고 약간의 소란을 피웠나 봅니다. 보안실로 일단 모셨고, 아시는 분이 맞는지 확인 콜이 왔는데 어떻게 처리할까요?"

제가 더 어른인 거처럼 매몰차게 충고를 하고 사라진 신나리가 왜 다시 온 걸까?

그녀가 자신을 찾아온 이유가 궁금했다.

"내가 내려가죠."

궁금증 해결을 위해 재하가 빠르게 보안실로 내려왔다. 그런데 그녀 혼자만 있는 것이 아니었다. 서른 중반으로 보이는 여자와 함께 있었다.

“어, 내려왔다.”

그를 보자마자 반응하는 나리에게서 심한 취기가 보이자 재하가 인상을 썼다. 자신에게 주사라도 부리러 온 건 아닌지, 걱정스레 그녀를 보는데, 옆에 있던 여자가 그에게 인사를 건넸다.

“안녕하세요? 나리 언니 신세영이라고 하는데요…….”

“세영아, 넌 나서지 마. 내가 할 수 있다고 했잖아!”

한참 언니로 보임에도 버릇없이 말을 자르는 것도 모자라 나리가 ‘너’라고 거침없이 말하자 찌푸린 재하의 인상이 더욱 진해졌다.

“나리야, 난 네 언니다. 정신 차리자.”

어린아이를 달래듯 나리를 살살 달래는 여자를 재하가 빤히 바라보았다.

“아, 그렇지! 너 지금 내 언니지! 일단 나 걔한테 할 얘기 있어 온 거니까, 가만있어.”

걔? 이 대목에서 나리가 말하는 ‘걔’가 자신이라는 걸 안 재하는 속이 부글거렸다. 하지만 술 취한 여자한테 따질 만한 거리도 되지 않아 그녀를 지켜보기만 했다.

그런 그의 속을 모르는 나리가 그에게 가까이 다가왔다. 술에 취해서 재하의 못마땅한 표정을 읽지 못한 나리가 제 할 말을 꺼냈다.

“어이, 대표 양반. 그렇게 살지 마요.”

“대표…… 양반?”

‘걔’에 이어서 ‘대표 양반’이라니. 아무리 취중이라지만 이건 너무 심한 거 아닌가. 그러나 그런 그를 아랑곳하지 않고 나리는 계속 제 말만 이어 갔다.

“당신이 삶에 대해 뭘 알아? 내가 신나리로 살 수 있는 시간이 딱 1년

밖에 안 남았거든! 1년 안에 난 다 해야 한다고. 36년간 못…….”

세영이 나리에게 다가가 그녀의 입을 막았다.

“어머, 어머! 얘가 진짜 취했네. 올 때까지만 해도 멀쩡했는데. 저기, 죄송해요. 동생이 대표님에게 꼭 이야기할 게 있다고 해서 데리고 왔는데, 본의 아니게 민폐만 끼치고 가네요. 죄송합니다.”

알고 있으니 다행이란 말은 생략했다. 그녀의 주정을 더 듣고 싶지 않았다. 두 여자가 빨리 사라졌으면 하는 바람뿐이었다. 다행히 언니라고 하는 여자가 상황을 정리하고 인사를 건넸다.

“나리가 하고 싶었던 말은 남들 모르는 사정이 있어서 그렇지, 자기가 누구보다 더 시간을 아끼면서 열정적으로 잘 산다는 거였어요. 대표님 말이 분에 겨웠는지, 얘가 이럴 애가 아닌데 꼭 따져야겠다고 해서 왔습니다. 그럼 안녕히 계세요.”

언니의 손에 의해 입이 막힌 채 끌려 나가면서도 나리는 그를 향해 따가운 눈빛을 쏘아 대며 뭐라고 주절거렸다. 괜한 궁금증에 내려왔다가 봉변을 당한 기분이다. 술 취한 어린 여자한테 농락당한 기분에 그는 완전히 썩은 표정이 되었다.

불쾌한 기분으로 집무실로 올라오는데 그녀가 한 말이 떠올랐다.

‘신나리로 살 수 있는 시간이 1년……? 무슨 뜻이지?’

그 말을 그녀가 꺼냈을 때, 언니가 입을 막았다.

왜지? 혹시 시한부?

썩었던 그의 표정은 풀렸지만 낯빛은 어두워졌다.

❖

세영에게 들은 자신의 주사로 인해 나리는 혼자 이불을 뒤집어쓰고 발을 동동 굴렀다. 술을 취할 때까지 마셔 본 적이 없어 자신의 주사가 어떤 것인지 모른다는 게 함정이었다.

친구와 기분 좋게 술 마신 걸로 끝냈어야지, 왜 윤재하 대표를 찾아갔는지.

앞으로 두 번 다시 볼 일 없는 사람이니 신경 쓰지 말라는 세영의 말이 위로가 되었지만 그래도 생각할수록 창피한 일이다. 그 일로 인해 마음 불편해 있는데 현구에게서 만나자는 전화가 걸려 왔다.

아무리 앙갚음하기 위해 만나야 한다지만 지금 순간은 그의 얼굴을 보고 싶지 않았다.

"죄송해요, 오늘 제가 시간이 안 나네요."

하지만 그는 하루 지난 후 또 전화를 걸어 왔다.

— 나리 씨, 오늘은 시간 괜찮아요?

"제가 몸이……."

— 어디 아파요?

"아프다기보다 컨디션이 좀……."

— 그래요? 혹시 지금도 호텔에 투숙해 있어요?

"아니요. 언니네 집이에요."

— 어디인지 알려 줘요. 죽이라도 사다 줄게.

민정이 앓을 때, 눈길 한 번 주지 않던 현구가 나리의 컨디션이 좀 안 좋다는 말에 과한 걱정을 하고 있다. 통화였으니 망정이지, 앞에 있었다면 울컥하는 감정을 드러냈을지도 모른다. 괜찮다고 해도 현구는 물러나지 않았고, 결국 세영의 미용실 근처에 있는 커피숍으로 약속 장소를 잡았다.

보고 싶지 않은 얼굴을 보러 가야 하는 괴로움을 참으며 도착한 그곳에 현구가 이미 도착해 있었다.

"컨디션이 어떻게 안 좋은데요? 나름 그래도 의사인데 말해 봐요."

나리는 현구의 시선과 말을 무시하고 허공만 바라보고 있자, 그가 그녀 앞으로 쇼핑백을 내밀었다.

"이거 받아요, 나리 씨."

"이게 뭐죠?"

나리의 질문에 현구는 대답 없이 미소만 보였다.

나리가 쇼핑백 안을 확인했다. 플라스틱 보관 용기가 몇 개 있었고, 각각 죽과 반찬들이 들어 있었다. 그러고 보니 용기들이 낯익었다.

'설마……?'

감격받아 좋아할 줄 알았던 나리의 표정이 일그러지자 현구가 걱정스럽게 물었다.

"왜요? 죽 안 좋아해요? 그래도 이건 시중에서 파는 그런 죽하고 달라요. 재료부터 자연산하고 유기농만 사용한 거고, 저희 집 도우미의 정성이 엄청 들어간……."

"도우미요?"

"……네. 저번에 말한 그……."

"가여워서 거둬 줬다는 그 애?"

날카로운 표정으로 무섭게 묻는 나리의 질문에 현구가 겨우 대답을 하며 그녀를 의아하게 바라봤다.

"맞아요."

"진짜 가여워서 데리고 있는 도우미 맞아요? 혹시……."

나리는 네 와이프가 아니냐고 묻고 싶은 말을 속으로 삼켰다. 화가 나면서도 가슴이 따끔거렸다.

'병신이라는 말도 들었는데 도우미는 양호한 거지.'

죽을 그의 머리에 들이붓고 싶었지만 나리는 웃으며 그것들을 쇼핑백에 다시 넣었다. 아무래도 연화의 정성으로 만들어진 것 같은 죽과 반찬으로 보였기 때문에 그냥 돌려보낼 수는 없었다.

"너무 감사하고 잘 먹겠다고 그 도우미님께 전해 주세요."

"내가 아니라 도우미한테? 그리고 도우미님은 뭡니까?"

"도우미님 정성이 엄청 들어간 거라면서요? 원장님은 배달만 해 주신 거잖아요."

"그렇죠. 난 배달만 한 거죠."

겸연쩍게 웃으며 쩔쩔매는 모습이 나리에게 밉보이지 않기 위해 애쓰는 걸로 보였다.

"이거 주셨으니 용건은 끝나신 거죠? 그럼 전 들어가 볼게요."

"그래요, 나리 씨. 몸도 안 좋은데."

나리가 자리에서 일어섰다.

"빨리 정상 컨디션 찾아서 맛있는 거 먹으러 갑시다, 나리 씨."

나리가 고개를 끄덕거리며 자리에서 일어섰다. 현구가 따라 일어서며 뜬금없는 말을 던졌다.

"아, 그리고 말이에요. 이건 나리 씨 걱정해서 하는 말인데……. 그 지배인이라는 남자 조심해야겠어요. 그 남자 나리 씨를 보는 눈빛이 아주 음흉하고……."

너만 조심하면 돼!

나리가 짜증스러운 표정을 지었다. 그러자 현구가 입을 다물었다.

현구는 집까지 데려다주겠다고 했지만 나리는 언니를 만나야 한다는 핑계로 그를 보낸 후 세영의 미용실로 향했다. 죽을 본 세영에게서 현구를 향한 욕이 튀어나왔고, 한참 동안 그에 대한 뒷담화를 풀어냈다. 그래도 그를 향한 분이 풀리지 않았다.

7장

고된 시집살이 중 민정의 가장 큰 소원은 세영과 함께 여행을 하는 것이었다. 별장으로 다녀오기는 했지만 진짜 여행다운 여행을 가고 싶었다. 나리로 사는 지금은 그 바람대로 어디든 떠날 수 있어 부산으로의 여행을 계획했다.

그날이 돌아오자 친구와의 부산행이 너무도 기대되고 설레었다. 나리로 돌아온 6시부터 세영이 오기로 한 정오가 되기까지의 시간이 너무 더디게 흘렀다. 부산행 KTX 티켓을 확인하고 또 확인하며 떨리는 마음을 진정시키기에 애썼다.

하지만 너무 기대가 컸던 탓일까.

— 나리야, 미안해. 우리 여행…… 못 가겠다.

세영이 전화를 걸어 슬픈 소식을 전했다.

"왜?"

기대와 설렘이 컸던 만큼 거대한 실망감이 그녀를 서글프게 했다. 아무리 세영이라고 해도 쉽게 넘어갈 수가 없었다.

"왜 못 가는 건데? 너 일부러 고객 예약도 안 잡았고……."

— 미용실이 넘어가게 생겼어.

"뭐? 미용실이 넘어가? 그게 무슨 말이야?"

— 정확하게 말하면 미용실이 아니라 이 건물이 잘못된 거지만. 여하튼 이거 넘어가면 보증금도 어떻게 될지 모르고, 시설금, 권리금은 고스란히 날리는 거고……. 아, 몰라. 일단 상가 입주자들 대책 회의해야 해서, 부산행은 나중으로 미루자.

"지금 부산이 문제니? 어서 가 봐. 잘 해결돼야 할 텐데."

— 아니, 이런 건물에서 나오는 임대료가 얼마인데, 뭐가 아쉬워서 돈을 끌어다 쓰냐고? 미친 새끼! 내 돈! 내 돈 잘못되면 그 새끼 죽여 버릴 거야! 그 돈이 어떤 돈인데!

세영은 한참 울분을 토한 뒤 전화를 끊었다.

동네 미용실 잔심부름부터 시작해서 강남에서 알아주는 헤어숍 원장이 되기까지 세영이 얼마나 치열하게 일하고 고생했는지 나리는 누구보다 잘 안다. 그렇게 힘들게 이뤄 냈으니 이제는 편하게 연애하고 즐기며 사는 일만 남은 것 같았는데, 이 무슨 날벼락이란 말인가.

세영만큼이나 나리의 마음도 좋지 않아 우울해하고 있을 때 연화에게 전화가 걸려 왔다. 연화가 먼저 전화를 한 건 처음이었다.

"여보세요?"

— 뭐 하니? 나하고 점심 같이 할까?

"좋아요."

나리에게 있어 소중한 존재여서인지 연화의 전화가 반가웠고 식사를 같이 하자는 제안은 더 반가웠다.

레지던스 근처에 약속 장소를 정한 후 나리는 곧바로 약속 장소로 향했다. 먼저 도착해서 연화를 기다리는 마음이 연인을 기다리는 것처럼 설레었다.

얼마 후 연화가 그녀에게 다가왔다. 자신의 모습을 한 연화의 모습이 이제는 어색하고 불편하지 않았다. 이상하게도 자신의 모습이 아닌 진짜 할머니라는 생각으로 대하니 오히려 친근함이 더했다.

"먼저 전화 주셔서 너무 좋아요."

"네 시모 때문에 내 시간이 그렇게 호락호락하지 않다는 거 알 거 아니니. 그 인간들이 어떤지 알고 있었지만, 막상 내가 당하니까 왜 이리 네가 측은하고 애처로운지. 그래서 내가 이렇게 지내는 동안이라도 네 옆에서 외롭지 않게 해 주고 무슨 일이든 도와주려고."

그 진심이 나리의 마음에 와닿았다. 가족은커녕 일가친척 하나 없어 늘 외로웠다. 하지만 이제는 그녀를 지켜 줄 울타리와 버팀목이 생긴 것처럼 든든했다.

"고맙습니다."

"고맙긴. 내 손녀한테 이 정도는 당연한 거지."

내 손녀?

하지만 나리는 그 표현에 대해 자세하게 묻지 않았다. 그녀가 연화를 내 할머니라고 표현해도 이상하지 않을 만큼 친근한 것처럼, 연화도 그렇게 표현했을 뿐이라 생각했다.

두 사람은 식사를 하며 많은 이야기를 나누었다. 연화는 민 여사가 어떻게 지내는지 알려 주었고, 나리는 현구를 향한 복수를 준비 중이라고 말했다. 또한 나리에게 유일한 친구, 세영에 대한 이야기도 빠뜨리지 않고 했다.

"다음에는 세영이도 함께하자꾸나."

"좋아요. 당장은 힘들지만 세영이도 할머니 만나면 좋아할 거예요."

"그래? 그런데 왜 당장은 힘들어?"

"미용실을 운영하고 있는데 문제가 생겼어요."

나리는 세영의 사정을 연화에게 알려 주었다.

"무슨 해결 방법이 있을 테니 너무 걱정하지 말라 전해라. 내가 밤에 친구들을 좀 만나 보겠다고."

"네? 친구들이요?"

"응. 네가 민정으로 돌아오는 시간 동안 난 자유다. 영혼이 자유로우니 밤에 돌아다니면서 친구들을 좀 사귀었지. 말이 친구지, 사실은 내가 최고령 연장자다."

"혹시 그 친구라는 분들이……?"

"귀신."

연화에게 친구가 있다는 건 좋은 일인데 그 친구가 귀신이라니. 괜히 등골이 오싹해지는 느낌이었다.

"어쨌든 최악은 없을 테니 힘내라 전해라."

"네. 감사해요, 할머니."

연화가 걱정하지 말라고 하니 무조건적인 믿음이 생겼다. 어려운 상황을 도와줄 거라는 마음에 세영에 대한 염려가 사라졌다.

그런데 연화가 갑자기 예상치 못한 제안을 했다.

"네가 그 건물을 사지 그러니?"

"네? 제가 그 건물을 사라고요? 그 큰 건물을 무슨 돈으로……."

돈은 물론 있다. 팔 수 있는 보물들도 더 있고. 하지만 그런 큰 거래는 해 본 적이 없어 겁부터 났다. 더욱이 문제 있는 건물이라고 하니, 있는 돈마저 어떻게 되는 게 아닐까 걱정이 앞섰다.

"돈으로 묶인 건물, 돈으로 풀면 되는 거다. 그런 거 전문으로 해 주는 변호사도 있고. 너는 어떻게 요새 세상에 살면서 5백 년 전에 살던 나보다 더 모르는 게 많니? 나만 믿고 추진해. 돈은 가지고 있는 유물 몇 개 팔면 될 테니까. 그것도 모자라면 애들 풀어 어디 아무도 몰래 묻혀 있는 돈 찾아 달라고 하면 되고."

연화의 말이니 믿고 움직여야겠다는 생각이 들었다. 연화는 식사를 끝내고 헤어지는 순간까지 건물 매입을 추진하라고 했다.

나리는 그 길로 세영을 찾아갔다. 그리고 연화와 함께 식사를 하며 나눴던 이야기와 건물 매입에 대한 제안을 전했다.

"요새는 조물주 위에 건물주라는데. 우리 민정이가 건물주가 되는구나!"

"가능하겠지?"

"그 귀신 할머니께서 된다고 한 일이야. 뭐가 안 되겠니? 일단 저번에 일 처리해 준 골동품 브로커한테 연락해 놓을 테니까, 팔 물건들이나 정리해 놔. 난 변호사도 만나 보고, 건물주도 만나 봐야 하고, 은행도 다녀야 하고…… 좀 바쁠 것 같으니까, 브로커는 네가 만나 볼래? 혼자 만나기 어려우면 그 귀신 할머니하고 둘이 만나 봐."

번갯불에 콩을 볶아 먹을 기세로 세영이 몰아붙이기 시작했다. 나리도 덩달아 들떴다.

'1년 후 민정으로 돌아갈 텐데…… 그런 건물 하나 있으면 좋겠지.'

❖

드림시티의 월례 본부장 회의 시간. 늘 오찬을 겸해 아침 시간에 이루어진 것과 달리 오늘은 늦은 오후에 회의실에서 열렸다.

"공연사업본부 김 본부장님. 혹시 아이돌 팬이십니까?"

부드러운 미소를 지으며 묻고 있는 대표를 보며 각 본부장들은 긴장하기 시작했다. 아무렇지 않게 사적인 질문을 하는 것처럼 보이지만 그냥 묻는 것이 아니라는 걸 알기에 질문을 받은 김 본부장이 작은 목소리로 대답했다.

"아닙니다."

"저는 아이돌 팬이신 줄 알았습니다. 공연 일정이 거의 아이돌 콘서트로만 계약이 되어 있어서."

"아무래도 수익 부분에서 아이돌 콘서트만큼 좋은 대관이 없습니다. 그리고 한류 열풍으로 인해 외국인 팬들도 많아서 드림시티를 해외에 알릴 수 있는 기회이기도 하고요."

"그렇죠. 그런데 혹시 그 해외 팬들이 디.시티 호텔에 투숙을 합니까? 쇼핑을 하고 가나요?"

"아, 그건……."

"전달에 있었던 취리히 챔버 오케스트라 공연 당시 호텔 객실은 물론 식음료 파트, 그리고 백화점에서도 그 달의 매출 최고 정점을 찍은 건 아십니까?"

"……네."

"공연만 달랑 보고 가는 것보다 드림시티 곳곳에서 지갑을 열 수 있는, 경제와 문화 수준이 높은 고객들을 위해 공연사업부에서 많이 힘써 주시는 건 어떻습니까? 더불어 디.시티 아트센터의 수준도 클래식하게 높이면서 말입니다."

"그렇게 하겠습니다."

"백화점 서 본부장님."

다음 타깃은 백화점 영업본부장이었고, 이번에도 그는 매출과 영업력을 지적했다.

결국 회의실에 있던 사람들은 재하의 말에 '알겠습니다.', '그렇게 하겠습니다.', '시정하겠습니다.' 라는 답변만 해 댔다.

여유 있게 제 할 말 다 한 재하는 '본부장님들 덕분에 드림시티가 잘 굴러가고 있습니다. 계속 힘써 주시길 부탁드립니다. 감사합니다.' 하며 정중한 인사로 회의를 끝마쳤다.

집무실로 돌아온 재하는 차가운 커피가 간절했다. 아이스 에스프레소 한 잔을 부탁하기 위해 인터폰을 드는데 최 비서가 노크를 하고 들어왔다.

"인사동 오 사장한테서 연락이 왔습니다."

재하는 자신이 잘못 들었나 싶어 최 비서에게 되물었다.

"인사동 오 사장이요?"

"네. 물건이 들어왔다고 합니다."

3대조부터 백 년을 넘게 찾던 집안의 가보가 드디어 인사동 골동품 시장에 나왔다는 소식이다. 30대 넘게 물려 내려온 가보를 일제강점기에 잃어버린 후부터 윤씨 집안은 대가 끊길 위험에 처했다. 다른 건 몰라도 그건 찾아야 한다며 대대로 실사와 같은 그림을 간직하며 여기저기 수소문하며 찾았었다. 조부들의 유언도 그걸 꼭 찾으라는 것이었다.

그 과업을 재하가 물려받았을 때만 해도 별생각이 없었다.

대가 끊겨도 그만, 아니어도 그만.

다만 조부의 소원인 것 같아 골동품 브로커를 통해 실사 그림이 아닌 사진을 주며 혹시라도 시장에 물건이 나올 경우 연락이나 달라고 했을 뿐인데, 백 년 넘게 꽁꽁 숨어 있던 그 물건이 세상에 나오다니.

찾아도 그만, 못 찾아도 그만이라고 생각했던 이전과 달리 왜 이리 가슴이 뛰는지 모를 일이었다.

"그 물건이 확실하답니까?"

"사진을 보내왔습니다."

최 비서가 보여 준 사진은 윤 회장 강요에 의해 수도 없이 봐 왔던 그 물건이 맞았다.

옥으로 만들어진 봉황. 옥의 질은 물론이고 그 정교함으로 인해 값어치가 어마어마한 가보이다. 한 쌍의 봉황 중 한 마리가 사라졌고, 그 한 마리를 찾기 위해 대대로 애써 왔던 것이다.

"할아버지가 이 소식을 들으시면 벌떡 일어나시려나?"

3대에 걸친 과업을 이루었다는 뿌듯함에 진짜 웃음이 흘러나왔다.

"오 사장 말로는 물건을 내놓은 쪽에서도 집안 대대로 내려오는 가보라고 했답니다."

최 비서의 말에 재하가 코웃음을 쳤다.

"집안의 가보라?"

재하가 듣기로는 누군가 훔쳐 간 걸로 알고 있다. 일제강점기 시절, 집나간 머슴들이 몇 있고 그중 일본 앞잡이로 나서 머슴의 신분에서 벗어나려 했던 누군가가 훔쳐 달아난 것이라고 했다.

'훔쳐서 대대로 물려주었으면 그것도 가보라고 할 수 있지.'

문제는 그 물건이 절도에 의한 장물이라는 걸 증명할 수 없다는 것이다. 그래서 시장에 나온 옥봉황을 집안으로 다시 가지고 오려면 거금을 들여 구입해야 한다는 데 있다.

이미 각오한 일인 데다, 얼마가 들더라도 집안으로 다시 돌아오기만 하면 된다는 것이 조부들의 소원이었다. 하지만 친일한 사람들의 후손들에게 무작정 돈을 지불하고 싶지는 않았다.

그 속 좀 태워 보겠다는 생각을 하는데.

"건물을 급하게 매입해야 해서 내놓았으니 최대한 빨리 처리해 달라고 했다는데요."

"최대한 빨리요?"

최대한 뜨겁게 속을 태워야겠다는 생각에 재하의 입꼬리가 슬며시 올라갔다.

❖

5월 말, 공기도 따뜻하고 꽃들도 한참 예뻐 테라스에 앉아 차를 마시기 좋은 때이다.

나리는 꽃들로 장식된 카페테라스에 앉아 많이 친해진 연화와 커피를 마시고 있었다.

"집안일하고 어머니 시중들기 힘들지 않으세요?"

"힘들긴. 청소는 청소기가 하고, 빨래는 세탁기가 하고, 밥은 전기밥솥이 하고, 설거지는 식기세척기가 하고. 불 피워서 물 데울 필요도 없이 물만 틀면 뜨거운 물이 콸콸 나오고. 아주 좋다. 오만방자한 네 시모만 없으면 더 좋겠고. 그래도 예전에 눈물 콧물 빼던 시집살이를 해 봐서 그런지 요즘 시집살이도 뭐 할 만하다."

연화는 현구가 아내를 없는 사람 취급하고 있어 오히려 대하기 편하다고 했다. 더구나 요새 들어 외박이 잦아서 얼굴 볼 일도 많지 않으니 살맛 난다면서 웃어 댔다.

나리한테 마음을 다 빼앗긴 것처럼 보였는데 다른 여자도 만나고 다니나 보다. 외박이라니.

"그래, 너는? 사귀는 남자는 없니?"

"없어요."

"왜? 그렇게 예쁜데 왜 연애를 안 해? 너 그때 취해서 사랑도 하고 싶다고 했다."

"제가요?"

단단히 아쉬운 것 같은 얼굴로 커피를 한 모금 마시던 연화의 눈동자가 나리를 뚫어지게 봤다.

"왜요?"

"네 시모 병원에 입원했을 때 말이다."

"네."

"그때 어떤 사내를 봤거든. 그런데 어찌나 가슴이 설레던지."

"진짜요?"

"그렇게 놀라지 마라. 내가 설렌 게 아니라 네 몸이 설렌 거니까. 그래서…… 아무래도 그 남자가 네 인연이 아닐까 싶은 게……. 내가 그 녀석 좀 꼬셔 볼까 하는데, 네 생각은 어떠냐?"

농담인지 진담인지 알 수 없지만 5백 세의 할머니가 하는 생각이 귀엽고 깜찍해 나리가 큰 소리로 웃어 댔다.

"웃지 말고. 어차피 난 너하고 현구 놈하고 이혼하게 만들 거니까 잘 생각해 봐."

할머니가 아닌 어린 여동생을 보는 것 같은 시선으로 연화를 보고 있을 때 나리의 휴대폰이 울렸다. 세영이었다.

“어, 세영아.”

— 오 사장한테 전화 왔는데, 작자가 나섰대. 할머니하고 같이 있지? 함께 인사동으로 얼른 가 봐. 난 지금 변호사 만나서 얘기 중이라 못 갈 것 같거든.

“그래, 알았어.”

통화를 끝낸 나리가 자리에서 일어섰다.

“작자가 나섰대요!”

브로커 말은 고가의 귀한 물건이라 거래가 성사되기 힘들 수 있다고 했다. 그 말대로 쉽게 팔리지 않으면 어쩌나 걱정이었다. 하지만 그 염려를 뒤로하고 바로 연락이 와서 다행이었다.

“일이 착착 진행되는 걸 보니 그 건물이 무사하게 민정이 네 게 될 것 같구나.”

나리는 자신보다 더 기뻐하는 연화와 함께 인사동에 위치한 골동품 판매업자이자 브로커인 오 사장의 사무실에 도착했다.

하지만 예상치 못한 만남에 세 사람이 동시에 당황했다.

“어? 드림시티 대표님이 왜……?”

자꾸 만나 봐야 좋을 게 없는 재하를 만난 나리.

“총각은…….”

병원에서 이상하게 자신을 설레게 만들었던 젊은 사내를 다시 보게 된 연화.

“신나리…… 그리고 그쪽은…….”

여러 가지로 이상하고 궁금하게 만드는 나리와 정신적으로 조금 문제가 있는 것 같은 청담동 며느리룩의 여자를 본 재하.

세 사람은 서로를 번갈아 보며 뒷말을 잇지 못했다.

“아시는 사입니까?”

서먹하면서도 묘하고 복잡하게 얽혀 있는 것 같은 분위기에 오 사장이 나섰다.

“민, 아니 나리 너도 아는 사람이니?”

“……네. 그런데…… 할머니…… 아니, 언니는요?”

서른여섯의 여자에게 할머니라고 하는 것이 재하나 다른 사람 보기에 이상할 것 같아 연화를 향한 호칭을 언니로 바꾸었다.

“아까 말한 그…….”

연화는 ‘사내’라는 말은 나리의 귓가에 대고 속삭였다. 그리고 연화가 나리에게 물었다.

“너는 어떻게 알아?”

“호텔에서 지낼 때 어쩌다 알게 된…… 그 호텔 대표예요.”

그런 두 사람을 보고 있던 재하는 알 수 없는 불편함을 느꼈다.

‘저 애하고 왜 자꾸 이런 식으로 부딪치게 되는 걸까?’

우연이 세 번이면 인연이라는 말이 있다. 하지만 이런 인연은 사양이다. 보고 있으면 뭔가 기분이 좋아지게 만드는 상큼함이 느껴지는데, 사실 그녀는 뭔가 비밀을 안고 살고 있는 것 같아 대하기 거북스럽다.

그런 여자아이와의 인연이 뭐 그리 반가울까. 그것도 집안의 가보를 훔쳐 갔던 친일파 집안의 후손인 것을.

재하가 연화에게 물었다.

“혹시 이 물건 주인 되십니까?”

“내가 나리 자매한테 준 건데…… 왜요?”

“이 귀한 물건을 쉽게 주시는 거 보니 보통 가까운 사이가 아닌가 봅니다? 이게 친자매라도 쉽게 줄 그런 물건이 아닌데 말입니다."

"내 생명의 은인인데 그거 하나 못 주겠어요? 더한 것도 줬는데 겨우 이거 가지고 뭐."

밥 한 끼 사 준 것처럼 대수롭지 않게 말하는 여자를 보고 재하는 입이 벌어질 뻔했다.

'이게 인사동에서 흔히 볼 수 있는 몇 만 원짜리 골동품이라고 생각하는 건가?'

생글생글 웃고 있는 여자는 병원에서도 느꼈지만 겉은 멀쩡한데 정신은 좀, 아니 많이 4차원이 아닌가 싶다.

"건물을 사기 위해 이걸 내놨다고 들었는데, 그럼 이 물건의 값어치가 어느 정도 될 거라는 건 알고 주신 거 아닙니까?"

"물론이죠. 하지만 난 그거보다 더한 걸 나리한테 받아서 그게 수백억짜리어도 줬을 거예요."

하지만 대단한 걸 받은 기쁨에 방긋방긋 웃고 있는 여자에 비해 나리의 표정은 어둡다.

'신나리는 왜 저렇게 표정이 굳어 있는 것일까? 뭘 어떻게 해 줬기에 생명의 은인이라고까지 말하는 거지?'

재하가 두 사람을 번갈아 보며 혼자만의 생각에 빠져 있을 때였다.

"이봐요, 총각. 아니, 호텔 대표님. 뭐가 그렇게 궁금해서 자꾸 물어보는 거예요? 혹시 나한테 관심 있어요?"

어이없는 여자의 질문에 기가 막혀 헛웃음을 흘리는데 나리가 여자의 옆구리를 쿡 찌르는 게 재하의 눈에 들어왔다.

"그쪽한테 관심 없습니다. 관심 있는 건 이 물건입니다. 집안의 가보라고 들었는데 어느 대부터 내려온 가보인 겁니까?"

"어느 대부터인지 몰라도 집안 가보 맞아요."

당당한 여자의 표정이 꼴 보기 싫어 재하는 주머니에서 사진을 꺼내 여자 앞으로 내밀었다.

"원래 그 봉황은 쌍이었습니다. 저희 집안은 그걸 쌍으로 가지고 있었죠. 그런데 일제강점기 시절, 그 혼란한 틈을 타서 누군가에게 도난당했습니다."

여자의 표정에 균열이 생겼다. 동공이 흔들리고 입가가 굳어졌다.

"듣기로는 머슴이 훔쳐 간 걸로 알고 있습니다. 그 머슴은 일본의 앞잡이가 되었고……."

"잘못 알고 있네요, 대표님."

잠시 흔들렸던 여자의 표정이 다시 빳빳해졌다.

"아무래도 그쪽 선조분께서 수치스러움에 거짓을 알려 준 것 같아요."

"거짓이요?"

"그래요, 거짓이요. 내가 전해 듣기로는 양반가의 규수가 머슴하고 정을 통했어요."

"뭐라고요?"

황당해하는 재하를 아랑곳하지 않고 연화는 이야기를 계속 풀어 갔다.

머슴과 정을 통한 양반집 규수는 쌍으로 있던 옥봉황의 하나를 정표로 준 것이며, 그걸 들킬까 봐 머슴은 멀리멀리 달아났고, 부인은 마지막까지 그 정을 잊지 못해 병들어 죽기 전에 자신이 가지고 있던 나머지 옥봉황을 친구에게 주었다고 했다.

연화는 부인에게서 옥봉황을 받은 친구가 자신의 3대조 할머니라고 했다.

"그리고 그 옥봉황은 그쪽 집안이 아닌 시집간 우리 할머니 친구분의

친정집 가보였어요."

'할머니 드라마를 너무 보셨네. 어떻게 아무렇지 않게 이런 막장 드라마를 즉석에서 만들어 내실까?'

나리는 연화의 이야기에 혀를 내둘렀다. 그리고 한편으로 이 황당한 거짓을 재하에게 들킬까 싶어 심장을 졸였다. 하지만 연화는 그를 더욱 자극하는 말을 꺼냈다.

"그렇게 따지면 머슴이 가지고 사라진 봉황 하나를 가진 그쪽이 머슴 집안이라는 건데……."

여자의 입가에 야릇한 미소가 번졌다. 거짓을 진실처럼 둘러댄 것에 대한 뿌듯함으로 보였다.

"그렇게 꾸며낸 이야기를 내가 믿을 것 같습니까?"

불쾌함을 드러내며 물었지만 여자는 더욱더 당당하게 큰소리를 쳤다.

"믿지 않으면 어떡할 거요? 못 믿겠으면 무덤에서 당신 집안 조상들을 불러내서 확인해 보시든지."

볼수록 여자는 제정신이 아닌 것 같았다. 그렇다고 그런 어이없는 이야기를 두고 사실인지 아닌지를 싸우는 건 의미가 없었다. 특히나 정신이 온전하지 않은 4차원 정신세계를 가진 여자와 말을 섞는 것 자체가 시간 낭비밖에 되지 않는다.

"다행으로 아셔야겠습니다. 무덤에서 조상님을 불러내지 못하는 게. 안 그랬으면 그쪽이 절도범인 것도 모자라 친일파 후손이라는 진실이 밝혀졌을 텐데."

"우리가 아니라 그쪽 집안이라니까."

"금액은 맞춰지는 대로 오 사장님 통해 연락하겠습니다. 워낙 큰돈이라 시간이 좀 필요하니 이해해 주십시오."

"아니, 그 돈도 없으면서 왜 왔지? 호텔 대표라면서 그 돈도 없어요?"

"잃어버린 가보가 맞는지 확인하러 왔습니다. 동시에 이걸 가져간 친일 후손의 얼굴도 볼 겸. 어쨌든 금액 맞춰지면 연락하죠."

재하가 자리에서 일어섰다.

"그러세요. 오늘 만나서 반가웠어요."

"저는 별로 반갑지 않았습니다. 그리고 나리 양은 술버릇 좀 고쳐야겠더군요. 아무한테나 주사를 부리는 고약한 버릇 말입니다."

그의 말이 끝나는 순간, 재하는 정확히 보았다. 나리의 동공에 지진이 일어나고 얼굴이 붉어지는 것을.

그런데 부끄러워하는 그녀의 모습이 왜 그렇게 예뻐 보였는지 모를 일이었다.

❖

오늘도 윤 회장은 여전히 잠을 자고 있는 것처럼 의식 없이 누워 있었다.

평생을 고집 한 번 꺾지 않고 원하는 대로 살아왔다고 해도 과언이 아니다. 그럼에도 그 삶이 아쉬운 듯 생명을 놓지 않고 있다.

"할아버지, 옥봉황 찾았어요."

가장 기쁜 소식이라고 할 수 있는 말을 건넸지만 윤 회장은 꼼짝 못하고 있다.

"그런데 그게 말이죠……."

기가 막히게도 신나리라는 여자에게서 나왔다. 더 정확하게 따지자면 신나리와 아는 청담동 며느리룩의 어느 여자에게서 나온 거지만.

"이건 뭘까요? 그 아이와 나…… 왜 이렇게 계속 엮이고 꼬이는 걸까요?"

돌이켜 생각해도 믿어지지 않을 만큼 신기하다. 대대로 찾던 옥봉황 때문에 만난 주인공이 신나리라니. 가뜩이나 1년밖에 시간이 없다는 술주정 발언으로 인해 그 궁금증과 호기심을 놓지 못하고 있었는데, 우연찮은, 아니 우연으로도 만나기 힘든 이유로 그녀를 만나고 말았다.

인연인지, 악연인지 알 수 없지만 비밀이 많은 것 같은 그녀로 인해 그의 머릿속이 더욱 혼란스럽기만 했다. 살면서 이토록 그의 마음을 복잡하게 만든 여자는 없었다. 아니, 여자라고도 할 수 없는 어린 여대생에게 이 무슨 관심과 호기심인지.

딱히 뭐라고 정의할 수 없는 감정을 털어 버리지 못하고 계속 신경 쓰고 있는 자신이 맘에 들지 않아 더 힘들고 답답하다.

"할아버지, 옥봉황 문제를 해결하고 또 그 애하고 엮이게 되면 그건 진짜…… 뭐가 있는 거겠죠?"

인간에 대한 단순한 호기심도 아니고, 사랑도 아니다. 관심이라고 표현하기에는 자신의 마음이 단순하지도 않다. 오늘 만난 신나리로 인해 재하의 가슴과 머릿속에는 점점 더 복잡한 미로가 만들어지는 기분이었다. 어떻게 빠져나가야 할지 몰라 불안하기까지 했다.

'신나리, 너 도대체 뭐냐?'

❖

— 나리 씨, 몸은 좀 어때요? 걱정도 되고 나리 씨 만나서 할 얘기도 있는데, 시간 좀 내줘요.

요 며칠 건물 매입 문제로 정신이 없다 보니 현구에게 들어온 문자에 신경을 쓰지 않았다. 답을 하지 않았더니 결국 참지 못하고 만나자는 전화를 걸어 왔다.

"몸은 괜찮아졌어요. 그럼 오늘 저녁에 만나요."

— 그럼 저녁에 나리 씨 모시러 갈게요. 어디로 가야 할지 알려 줘요.

어린 여자한테 '모시러'?

끓어오르는 분노를 누르며 나리는 약속 장소만 알려 달라고 했다. 몇 번 더 현구가 제 고집을 피웠지만 단호한 나리의 말투를 듣고서야 고집을 꺾고 전화를 끊었다.

프렌치 레스토랑으로 예약해 놓았으니 절대 약속을 깨지 말라는 문자가 바로 들어왔다.

"프렌치 레스토랑? 나 데리고 중국집 한 번 가 본 적 없는 인간이. 그래, 어디까지 가나 두고 보자."

나리는 정성 들여 치장하고 약속 장소로 나갔다. 세영의 말로는 야경, 음식, 서비스, 분위기가 일품인 곳이라 했다. 그에 못지않게 가격 또한 만만치 않은 곳이니 바가지 옴팡 씌우고 오라는 세영의 말을 떠올리며 먼저 와 있는 현구에게 다가갔다. 오늘도 그는 벌떡 일어나 의자를 빼 주는 매너를 발휘했다. 또한 식사를 하면서 여전히 혼자서 떠들어 댔다.

'어머니 닮아서 말도 더럽게 많네.'

잔소리로 한번 입을 떼면 끝이 없는 민 여사처럼 현구의 수다 역시 끝 모르게 이어졌다.

디저트까지 다 먹어 갈 즈음, 이제 다 끝났다 싶을 때였다.

현구가 민트 컬러로 유명한 쥬얼리 박스를 내 앞으로 내밀었다.

"이런 말…… 믿을지 모르겠지만 나 이런 기분 처음 느껴 봤어. 우리 만난 지도 얼마 되지 않았고 무엇보다 나리 씨가 나보다 많이 어려서 마음 접으려고 했는데 안 되더라. 나…… 나리 씨 남자 되고 싶은데, 받아 줄래?"

예상했던 시나리오였지만 생각보다 빨리 고백해 왔다. 하지만 나리는 대답하지 않고 민트색 쥬얼리 박스만 내려다보았다.

"요 며칠 나 아무것도 못했어, 나리 씨 때문에. 서른여섯 되도록 결혼도 못하고 연애도 못한 이유가 나리 씨 때문은 아닌가 하는…… 그런 생각 들었어."

뭣이라? 결혼도 못하고, 연애도 못해? 이런 식으로 여자를 홀리고 다녔구나. 너는 내 운명, 이렇게 믿도록.

얼굴에 물을 뿌리고 싶은 마음을 억누르며 나리가 애매한 투로 대답했다.

"우리 언니가 남자들이 뭐 사 주고 그런 거 받지 말라고 했는데……."

그가 내밀었던 민트색 박스를 그에게로 슬쩍 밀었다.

"그리고 꼭 가족관계증명서 확인하라고 했어요. 요새는 총각 행세 하면서 사기 치고 다니는 유부남들이 많다고."

당연히 유부남이라고 이실직고하지는 않을 테지만 유부남이라는 말에 그의 반응이 어떨지 궁금했다.

"나리 씨 눈에 내가 그렇게 보여? 유부남이면서 싱글이라고 사기나 치는?"

오랜 기간 바람둥이로 지내더니 받아치는 말이 보통이 아니었다. 긍정도 부정도 하지 않은 채 상대에게 알아서 답을 찾으라는 식으로 돌리다니.

"좀 슬프다. 내 진심이 안 통했다는 게."

더 이상 그를 보고 있을 수가 없었다. 나리는 이현구의 속이 타기 전에 제 속이 더 타 버릴 것 같아 자리에서 일어나 버렸다. 하지만 그 속을 알지 못하는 현구는 나리를 집에까지 데려다주면서도 치근덕거렸다.

"나리 씨 향한 내 마음, 진지하고 신중해. 그러니까 나리 씨도 진지하게 고민해 줬으면 좋겠어."

그런 그의 모습을 보니 살 속으로 손톱이 파고들 만큼 그를 쥐어뜯고 싶은 마음이었다. 하지만 더 큰 그림을 위해 나리는 애매모호한 대답을 해 주었다.

"…… 고민해 볼게요."

그리고 현구와 헤어져 다짐했다.

'하나씩 망가뜨려 줄게. 그래서 네 체면부터 네 재산까지 모두 다 바닥이 되게 만들고 말 거야. 나쁜 자식.'

❖

재하는 집안의 가보를 가진 사람들의 마음을 애태워 보겠다는 생각을 바꿨다. 옥봉황 문제를 해결하면 나리에 대한 자신의 복잡하고 심란한 생각도 빨리 정리될 거라는 마음에서 오 사장에게 먼저 연락을 취했다.

"오늘 오후 2시까지 입금할 테니 물건 가지고 사무실로 나오라고 그쪽에 전해 주십시오."

— 안 그래도 막 저쪽에서 연락이 왔었는데 잘됐습니다. 그렇게 전하겠습니다.

모든 게 깔끔하게 정리되길 바라며 재하는 시간에 맞춰 인사동을 찾았다. 입금을 했으니 오 사장에게서 물건만 받으면 될 줄 알았는데, 의외로 사무실에는 보안실에서 보았던 나리의 언니가 앉아 있었다.

"안녕하세요?"

"네, 안녕하십니까?"

"세상 참 넓고도 좁죠? 이렇게 또 이어지고 만날 거라고는 상상도 못했는데."

재하는 세영의 말에 동의한다는 뜻으로 가볍게 웃어 보였다. 그리고 더는 그녀와 말을 섞지 않고 오 사장을 재촉했다.

"물건은요?"

"여기 있습니다."

귀한 보물인 만큼 소중하게 포장해 놓은 옥봉황을 오 사장이 재하에게 건넸다. 물건에 하자가 있는지 꼼꼼하게 확인한 재하가 오 사장과 세영에게 인사를 건네고 사무실을 나왔다.

"저기요, 윤 대표님."

뒤따라 나온 세영이 그를 불렀다. 자신을 부른 세영이 맘에 들지 않았는지 재하가 뭔가 불만 섞인 눈초리로 세영을 돌아봤다.

"어제 나리를 만난 건 우연인 거죠?"

그 말에 재하의 미간이 찌푸려졌다.

"아니, 다른 뜻이 있어서 그러는 건 아니고요……. 우연이 세 번이면 인연이라고 하는데…… 나리하고 대표님의 우연은 믿지 못할 만큼 기가 막혀서요."

"무슨 뜻으로 묻는 건지 모르겠지만 오히려 제가 물어보고 싶었습니다. 이렇게 엮이는 게 과연 인연인 건지, 악연인 건지."

"제가 보기에는 악연은 아닌 것 같은데……."

"인연도 아닙니다. 우리 집에서 도난당한 귀한 가보를 그쪽에서 가지고 있었던 걸 보면. 더 할 말 있습니까?"

재하가 몸을 돌려 내려가는데 세영이 재하를 다시 불렀다.

"윤 대표님!"

재하는 몸을 돌리지 않고 짜증스럽다는 듯이 물었다.

"또 뭡니까?"

"만일 또 나리와 다른 일로 만나게 된다면…… 혹시……. 아니에요."

세영의 말이 끝나자마자 재하는 빠르게 그곳을 벗어나며 중얼거렸다.

"또 만나고 싶지 않아 오늘 보자고 한 건데……. 그럼에도 또 만난다면……."

그건 그때 감정에 맡겨 보기로 했다. 반가울지, 아니면 부담스럽고 무서울지 모르겠지만.

❖

밀당을 잘해야 한다는 세영의 충고대로 연락을 두절한 채 3일을 보냈다. 걸려 오는 전화와 문자를 무시하다가 3일째 되는 날 현구에게서 걸려 온 전화를 받았다.

"여보세요?"

— 나리 씨? 어떻게 된 거야? 전화도 안 되고, 문자에 답도 없고. 왜 이렇게 내 속을 태워? 설마…… 나 말고 다른 남자가 있는 건 아니지?

뭐 눈에는 뭐만 보인다고.

"그냥 좀 머리 아픈 일이 있어서……."

— 왜? 설마 내가 한 고백 때문에 그런 건가?

"그건 아니고요……. 솔직히 원장님 고백을 따로 생각할 만한 여유도 없었어요."

— 뭔데? 내가 도와줄 수 있는 문제면 도와주고 싶은데.

"진짜요?"

나리가 그의 도움을 기다렸다는 듯한 반응을 보였다.

— 그럼. 내가 말했잖아. 나리 씨에 대한 내 마음 진지하다고. 뭐든 말해 봐. 아니, 우리 만나. 만나서 얘기해.

어떻게든 만나야겠다는 생각이었는지 현구는 안달복달 그녀를 몰아쳐 약속을 잡아 냈다.

— 그럼 디.시티 호텔 스카이라운지에서 저녁 7시. 이따 봐요.

'거기가 여자 데리고 가는 아지트니? 오늘 어떻게 해 보려고? 쳇. 네 맘대로 안 될 텐데.'

하지만 문제는 현구가 아니다. 드림시티, 그곳에 갔다가 윤재하를 만나면?

비록 옥봉황에 대한 건이 잘 이루어졌다고 해도 그 남자를 만나는 건 여러 가지로 불편하고 부담스럽다. 나리가 다른 곳으로 유도하려고 했지만 현구가 그곳을 고집했다.

나리는 현구와 드림시티에 있는 디.시티 호텔에서 만나기로 하고 통화를 끝냈다. 통화를 끝낸 나리에게서 조소가 흘러나왔다.

"기다려, 이현구. 네 통장을 털어 내 줄 테니까."

나리는 세영의 미용실에서 메이크업과 헤어 손질을 받은 후에 약속 장소로 향했다. 혹시라도 재하와 마주칠지도 모른다는 생각에 최대한 전방만을 주시하며 스카이라운지로 들어섰다.

예상대로 현구는 미리 와서 그녀를 기다리고 있었다. 환하게 웃으며 그녀를 맞이하는 현구에게 나리는 일부러 표정을 어둡게 했다.

"어려워하지 말고 내가 뭘 도와야 할지 알려 줘. 나리 씨 얼굴이 안 좋으니까 내 맘이 아프네."

'겨우 이거 가지고 아프다고 하면 어쩌니? 앞으로 더 아프고 괴로운 일이 많을 텐데.'

나리는 머뭇거릴 뿐 입을 열지 않았다. 그런 그녀의 모습에 현구만 애달아하며 안절부절못했다.

시간이 한참 지나도 나리가 입을 떼지 못하자 현구가 조심스럽게 먼저 물었다.

"혹시…… 돈 필요해?"

그 말에 나리가 움찔하며 놀랐지만 그렇다는 대답을 하지 않았다. 그러자 현구가 돈이 문제일 것이라는 확신을 하고 물었다. 돈이라면 자신이 쉽게 해결할 수 있는 것이라 그런지 다시 묻는 그의 목소리에 힘이 들어가 있었다.

"돈이구나?"

"……."

"얼마? 백? 2백?"

나리가 한숨을 내쉬었다.

"더 많은 돈이 필요한 건가? 천?"

이번에는 그녀의 고개가 아래로 꺾였다.

"나리 씨. 그러지 말고 정확하게 얼마가 필요한지 말해 줘야 내가 도와주지. 얼마? 부담 갖지 말고."

"저기…… 사실은 제가 카페를 오픈하려고 해요. 그런데 인테리어 비용이…… 생각보다 많이 들어서…… 건물주는 언니라서 보증금 없이 시작할 수 있지만 인테리어 비용은 알아서 하라고 했거든요. 능력 없으면 하지 말라고 하는데…… 난 커피숍이 너무 하고 싶은데……. 돈은 구할 수도 없고.”

“저번에 무슨 사업 구상한다고 하더니 카페 사업이었나 보네?”

현구가 커피 잔을 잡고 있는 나리의 손을 은밀하게 잡으며 미소를 보였다.

‘이런 미친! 대놓고 수작을 부리시네.’

“아이고, 이 예쁜 얼굴이 그 시답지 않은 고민으로 이렇게 어두워진 거였어? 난 또 뭐라고. 커피숍 인테리어 비용이라면…… 5천만 원이면 되려나? 좀 더 고급스럽게 하려면 억은 있어야 하나?”

그녀의 예상대로 현구는 아무렇지 않게 돈을 빌려주겠다는 말을 꺼냈다.

“내가 그때 투자하겠다고 한 것 같은데. 기억 안 나나? 필요한 만큼 투자할 수 있으니까, 얼굴 펴자, 나리 씨.”

“투자요?”

“응. 내가 말했잖아, 나리 씨에 대한 내 마음 진심이라고. 솔직하게 그냥 줘도 아깝지 않아. 그렇지만 그건 나리 씨가 원하지 않을 것 같아서 투자한다는 거야. 이익 부분에 대한 배당금은 나리 씨가 주고 싶은 만큼 줘.”

아내한테는 돈 천 원 주는 것도 아까워서 벌벌 떠는 인간이, 그냥 줄 수도 있다고? 그것도 몇 번 만난 적 없는 여자한테?

나리는 화가 난 마음을 가라앉히기 위해 그의 시선을 피한 채 침묵을 지켰다. 그녀의 침묵이 현구의 눈에는 돈을 받을지, 말아야 할지를 두고 고민하고 있는 모습으로 보였다.

“뭘 고민해? 부담 갖지 말고, 필요한 만큼 줄 테니까, 말해 봐.”

돈으로 나리의 환심을 샀다고 생각한 현구는 여유가 있어 보였다.

"생각 좀 해 볼게요. 적은 돈도 아니고, 덥석 받을 수는 없어요. 그리고 사실 돈보다는 원장님 마음을 받아들이는 게 순서인 것 같고요."

"나리 씨 진짜 순수하고 예쁘다. 다른 여자들 같으면 돈에 눈멀어 마음도 없으면서 날 좋아하는 척할 텐데. 내가 그래서 나리 씨를 포기하고 싶지 않은 거야. 그런데 그냥 내 맘 받아 주면 안 될까? 나 더 기다렸다가는 정말 죽을 것 같은데."

'그럼 죽든가!' 라는 말을 꾹꾹 눌러 담으며 나리는 고민스러운 표정을 지우지 않았다.

"내가 잘할게."

'잘하면 무릎이라도 꿇겠네. 돈 가져다 바치는 것도 모자라 무릎도 꿇으면 아주 볼만하겠다.'

갈수록 가관이라는 말을 실감하며 나리가 현구를 뚫어지게 바라보았다.

"제가 많이 어려요. 원장님이 감당 안 되고 힘드실 수도 있어요."

"다 맞출 수 있어. 그리고 나리 씨, 안 어려. 한 번도 어리다는 거 느끼지 못했어. 그 또래에 비해 성숙하고 마음이 깊어."

'어머나! 내가 너무 나이에 맞게 행동하지 못했나? 서른여섯 아줌마처럼 굴었나? 하긴, 나이를 속이는 게 쉬운 게 아니지.'

나리는 천천히 고개를 끄덕거렸다. 그 작은 행동에 현구는 또다시 미소를 지으며 나리의 손을 잡았다.

"역시 진심은 통하는 법인가 봐?"

나리가 옅은 미소를 지었다.

"우리 이러지 말고 한잔하자. 오늘부터 1일인데 기념해야지."

현구가 나리의 손을 잡고 무작정 지하에 있는 바로 데리고 갔다. 술을 마시자는 말에 동의하지 않았음에도 막무가내로 자리를 잡고 앉았다.

"저 술 잘 못해요."

"나도 술은 약해."

그러면서 현구는 독한 양주를 주문했고 첫 잔을 단숨에 비웠다.

"기분 좋으니까 술도 잘 들어가네."

그리고 또다시 자신의 잔을 채운 현구는 거침없이 두 번째 잔도 한 번에 비웠다. 그런 모습을 보며 나리는 16년 전의 이현구가 떠올랐다.

'16년이 지난 지금도 그 수법을 쓰니? 미안하지만 오늘 그 수법은 나한테 안 통하겠다.'

나리는 다음으로 이어질 현구의 행동이 빤히 보였다.

술에 취해 비틀거릴 것이고, 집에 데려다주기 힘들다며 룸 하나 잡아 술 깨고 가자 할 것이고, 그 룸에 들어가기까지 정신줄 놓은 것처럼 그녀에게 기대어 있을 것이고, 그리고 룸에 들어가서는 온갖 달콤한 말들도 유혹을 하며 하나씩 무너뜨릴 게 빤했다. 그런데 적당하게 마시고 취한 척할 줄 알았던 현구가 이상하게 주량 이상으로 마셔 대고 있었다.

현구는 나리가 자신에게 넘어온 것을 진심으로 기뻐하는 것처럼 미소가 떠나지 않은 얼굴로 수다를 떨며, 한 병 가까이를 혼자 마셨다.

'저러다 진짜 취해서 쓰러지는 거 아니야?'

아니나 다를까. 시간이 어느 정도 흐르자 그의 초점이 흐려지고 몸이 흐느적거리기 시작했다.

"나리 씨, 내가 너무 기분이 좋아서 술이 좀 과했나 보다. 이러면 안 되는데. 더 늦었다가는 데려다주지도 못하겠다. 일어나자."

이 멘트도 16년 전과 똑같았지만 그때와 달리 지금의 현구는 진짜로 취해 있었다.

"괜찮아요?"

"괜찮아. 내가 술에 약해도 좋아하는 여자를 옆에 두고 무책임하게 취하는 그런 남자는 아니야."

그러나 말과는 다르게 그는 몇 걸음 걷지 못하고 나리의 몸에 기대고 정신줄을 놓으려 했다.

"이봐요, 원장님!"

"미안, 미안……."

제정신이 아닌 것 같은 현구를 부축해서 로비로 올라온 나리는 결국 프런트로 향했다.

"체크인하려고 하는데요."

술에 취한 남자를 부축한 상태에서 체크인 카드를 쓰는 건 너무도 힘들었다.

"일단 룸에 이 남자 좀 눕히고 와서 체크인 카드를 쓰면 안 될까요?"

"네. 그렇게 하십시오."

직원이 건네주는 키를 받은 후 엘리베이터를 향해 가는데, 순간 현구로 인해 무거웠던 그녀의 어깨가 가벼워졌다.

"안녕, 신나리."

피하고만 싶었던 드림시티 대표가 현구를 그녀에게서 떼어 내듯 데려가고선 자신이 부축하고 서 있는 게 아닌가.

아무 말도 못하고 있는 그녀를 무섭게 바라본 그가 성큼성큼 앞서 걸었다. 일단 술 취한 현구를 룸에 눕히는 것이 급선무이기에 조용히 그의 뒤를 따랐다.

'저 남자는 왜 나타나서…… 그리고 왜 저렇게 인상을 써? 나하고 무슨

원수진 것도 아니고.'

엘리베이터에 오르자 그가 층수 버튼을 누르라는 듯 고갯짓으로 숫자판을 가리켰다. 나리는 19층을 눌렀다. 1층에서 올라가기까지, 그 좁은 공간에 흐르는 침묵의 분위기는 공기가 없는 곳에서 버티는 것과 맞먹을 정도로 괴로웠다. 끝없이 올라가는 것 같은 기분이 들 만큼 19층에 도착하기까지의 시간이 무척이나 길게 느껴졌다.

엘리베이터 문이 열림과 동시에 숨통이 트이는 것 같은 느낌으로 빠르게 빠져나와 룸을 찾아 키를 꽂았다. 그러자 나리보다 재하가 더 빠르게 문을 열었고, 현구를 침대에 내동댕이치듯 던져 버리고는 입구에 서 있는 나리의 손을 잡고 밖으로 나왔다.

"따라와."

나리의 손을 끌고 가는 재하의 발걸음은 무척이나 거칠었다.

'이 남자가 나한테 반말을…… 하네.'

현구의 반말이야 매일 들어왔으니 이상할 것도, 어색할 것도 없었지만 드림시티 대표의 반말은 다르게 다가왔다.

따지고 보면 민정보다 그가 더 어린 것 같은데 그녀의 모습이 20대의 나리어서 그런지 그 반말이 남자답게 느껴졌다. 반말의 느낌이 나쁘지 않아서인지 얼떨결에 그를 따라가는 꼴이 되어 버렸다. 정신을 차렸을 때는 방금까지 현구와 함께 있었던 스카이라운지에 와 있었다.

"여기는…… 왜?"

"신나리, 예쁜 얼굴로 예쁘게 살아야 하지 않겠어?"

저번처럼 또다시 뜬금없는 충고의 말에 나리가 멍해졌다.

"저기요, 대표님."

"아까, 그 남자…… 엘리베이터에서 명함을 건넬 때만 하더라도 관심도 없어 보이더니, 리버 호텔 라루나에서 만나고, 결국…… 특별한 관계가 된 건가?"

재하가 그때의 일을 정확하게 기억하고 있다는 사실이 놀라웠다. 하지만 자신을 현구에게 넘어간 여자로 보는 건 몹시 불쾌했다. 상간녀에게 혼을 내고 있는 것 같은 그의 말투와 표정은 더욱 불쾌했다.

"이보세요!"

"그 남자가 정말로 술에 취해 정신을 잃은 것 같나? 아니면 다 알면서 룸으로 데리고 올라간 건가?"

도를 지나친 참견과 비아냥거리는 미소, 한참 어긋난 그의 착각을 그냥 보고 있을 수가 없었다. 나리가 자리에서 벌떡 일어섰다. 그런데 그에게서는 더 기가 막힌 말이 흘러나왔다.

"……연애가 하고 싶은 건가?"

어이없는 재하의 질문에 헛웃음이 흘러나왔다.

"그렇다면…… 아까 그 남자보다는 내가 낫지 않아?"

재하가 일어나 나리 옆에 섰다. 자신을 향한 재하의 말과 행동을 이해할 수 없는 나리는 불쾌함을 넘어 황당하기만 했다.

"윤재하 대표님, 나한테 왜 이러시죠?"

"그 남자하고 신나리는 어울리지 않는 것 같아서."

"대표님하고는 어울리고요?"

"적어도 그자보다는."

재하가 살짝 웃었다. 처음 보는 남자의 깔끔하면서도 청아한 미소에 그녀의 마음이 야릇해졌다. 더욱이 그 미소가 온전하게 그녀를 향하고 있으니 그의 어이없는 발언에도 불구하고 심장에서 알 수 없는 반응이 일어났다.

나리는 묘하게 살랑거리는 가슴으로 인해 냉수 마시고 속 차리라는 말을 해 주지 못한 채 쌩하니 몸을 돌려 그에게서 멀어졌다. 그렇게 재하에게서 멀어지고 나서야 그녀의 심장과 마음이 정상을 찾았다.

'저 남자 뭐지?'

나리뿐 아니라 연화와도 엮이고, 옥봉황으로도 만나고 이제는 현구와의 만남에까지 꼬이다 못해 간섭까지 받고 있다.

'인연 같지만…… 뭔가 위험해. 특히나 그 미소.'

나리를 향한 자신의 감정이 어떤 것인지 더 이상 고민하지 않기로 했다. 잦은 만남에서 느껴지던 호기심과 뭔가 비밀스러운 그녀를 향한 관심을 모두 접었다고 생각했다.

옥봉황 거래가 끝나면서 정말로 다시 볼 일이 없을 거라 확신도 했다. 만일 다시 보게 된다면 그때의 감정으로 대하리라 생각했다. 그런데 오늘, 그녀를 다시 만났다.

그의 시선에 들어온 여자가 신나리라는 것을 알고 느낀 감정은 놀람이 아닌 다시 만난 것에 대한 반가움이었다. 그다음으로 그의 시선에 들어온 술 취한 남자. 그 남자를 부축하고 있는 그녀의 모습에 화가 났다.

술에 취한 남자와 호텔에 있는 것은 그녀와 어울리지 않았다. 옆에 있는 그 남자는 더더욱 그녀와 어울리지 않았고.

남자를 그녀에게서 떼어 내고 룸 침대에 내팽개치고 나와 그녀에게 자신의 마음을 전했다. 하지만 그녀는 자신의 마음을 알지 못한 채 멀어져 갔다.

'또 눈에 띄면 그때는 정확히 알려 주지. 왜 오늘 이런 말을 했는지.'

재하가 느린 발걸음으로 스카이라운지를 나와 로비로 내려갔다.

정문을 향해 가다 보니 아까 다 하지 못한 체크인을 마치고 앞서가는 나리의 뒷모습이 눈에 들어왔다. 정문을 나와 대기되어 있는 차에 올라 시동을 거는데 이번에는 앞쪽 택시 승강장에 나리가 서 있었다.

"거봐, 또 내 눈앞에 있는 거."

서서히 승강장을 지나가다가 차를 세웠다.

"태워 줄까?"

그녀가 술 마신 몸으로 택시를 타고 간다는 게 신경 쓰였다. 그녀의 주사를 본 적이 있어 늦은 시간 혼자 택시를 태워 보내고 싶지 않았다. 하지만 나리는 걱정하는 그의 마음과 말을 무시하고 다른 곳을 보고 있었다.

"밤늦은 시간이라 택시 타기 힘들 텐데. 그리고 주사 좀 있지 않나? 택시 기사한테 실수라도 하면 어쩌려고?"

나리가 시간을 확인하더니 화들짝 놀랐다. 그 모습을 본 재하는 그녀가 어떤 선택을 할 것인지 지켜봤다.

택시를 콜한다고 해도 밤늦은 시간에는 5분 정도 기다려야 한다. 하지만 그것도 장담할 수 없는 상황에 혼자 타는 택시가 무서워 자신의 차에 올라탈 수 있다고 생각했다.

그런데 재하의 예상과 다르게 나리는 택시 승강장을 벗어나 다시 호텔로 들어갔다.

"뭐야? 설마 외박? 아니면 주차장에 차가 있나? 술 마셔 놓고?"

이상한 상상과 걱정으로 차를 출발시키지 못하고 있던 재하 역시 다시 호텔로 들어갔다.

"혹시 방금 전 신나리 씨라고 체크인했습니까?"

프런트 직원에게 물어보니 그렇다는 대답이 돌아왔다.

"아예 안전하게 호텔에서 보내겠다? 깜찍하군."

재하도 평소 그가 사용하는 전용 룸을 이용하기로 하고 엘리베이터에 올랐다.

'내일 아침에 봐, 신나리.'

나리가 호텔에 체크인을 하고 룸으로 들어왔지만 정작 잠을 자기 위해 누운 곳은 집에 있는 침대였다. 잠을 청하기 위해 눈을 감는데 윤재하와 있었던 일이 떠올랐고, 그가 흘린 말이 머리에 맴돌았다.

"……연애가 하고 싶은 건가?"

"그렇다면…… 아까 그 남자보다는 내가 낫지 않아?"

무슨 의도에서 한 말인지 감을 잡을 수가 없었다.

"진짜 나한테 마음이 있는 건가?"

연애를 제대로 해 본 적이 없으니 그런 식으로 다가오는 것이 마음에 있어서인지 알 수는 없었다.

특히 그 미소. 진짜로 마음을 얻기 위해 보인 그의 마음인지 궁금했다.

'나리가 예쁘기는 하지만…… 드림시티 대표가 뭐가 아쉬워서? 이현구 말대로 진짜 바람둥이?'

파고들어 갈수록 자신을 대하는 윤재하를 이해할 수 없었다. 세영에게 물어보면 연애하라는 말을 할 것 같아 휴대폰을 잡으려다 말았다.

"만일 그 남자 마음이 나리한테 있는 게 맞는다면……?"

연애다운 연애를 해 본 적이 없어서일까? TV에서 보고 소설에서 읽었던 그 아름다운 설렘을 느끼며 데이트를 한다는 상상만으로 그녀의 가슴이 두근거렸다. 하지만 금방 그건 사치스러운 상상이라는 생각이 들었다.

한참을 고민한 나리의 답은 하나였다.

“연애나 사랑보다는 복수가 먼저지.”

나리로 돌아온 이른 새벽, 뽀송뽀송한 순면의 감촉이 좋아 시트 속으로 파고들었다.

“호텔은 침구가 너무 좋아.”

어젯밤 윤재하와 이현구로 인해 잠을 설친 탓에 잠부터 청했다. 그리고 막 잠에 빠져들 즈음, 휴대폰 벨소리에 눈이 떠졌다. 세영이거나 연화일 거라는 생각에 아무 생각 없이 휴대폰을 받았다.

“여보세요?”

— 아직 자는 중인가 보네? 미안.

잠들려는 자신을 깨웠다는 사실보다 새벽부터 듣기 싫은 목소리를 들려주는 현구에게 짜증이 났다.

— 어제…… 정말 미안해. 내가 진짜 기분이 업됐나 봐. 나리와 1일 되는 날에 정신 놓을 만큼 취한 거 보면. 힘들었지?

진짜 연인으로 착각하는지 ‘나리 씨’ 라는 호칭이 자연스럽게 ‘나리’ 로 변했다.

“뭐, 좀…….”

— 점심때 병원으로 올래? 맛있는 거 사 줄게. 그리고 우리 할 얘기도 있으니까.

“전화할게요.”

— 응. 다시 한 번 미안. 그리고…… 보고 싶다. 지금.

“어제 늦게 들어왔다고 많이 혼나서 이따 나갈 수 있을지, 없을지도 몰라요. 새벽부터 누군가와 통화하는 거 들키면 안 될 것 같으니까 전화 끊을게요."

휴대폰 너머로 현구가 뭐라고 말하는 소리가 들려왔지만 나리는 그대로 종료 버튼을 눌러 버렸다. 잠은 달아나 버렸고 아침부터 기분은 나쁠 대로 나빠졌다.

오랜만에 호텔 커피를 마시기 위해 침대 밖으로 빠져나왔지만 룸을 나설 수 없었다. 혹시라도 현구와 마주칠까 싶어 나가지 못하고 있으니 꼼짝없이 룸에 갇힌 신세가 되어 버렸다.

"룸서비스를 시킬까?"

하지만 오랜만에 호텔 조식을 먹고 싶은 마음에 룸에서 좀 더 시간을 보내기로 했다.

예상대로 나리는 혼자서 조식을 먹고 있었다. 늘 그녀가 앉았던 창가에 앉아서 커피를 마시며 밖을 보는 모습을 보고 재하는 그녀의 맞은편에 앉았다.

"안녕."

재하의 인사에 놀란 나리가 갓 구운 식빵과 달걀 프라이, 스크램블이 담긴 접시와 그를 번갈아 보았다.

"우리 호텔 조식이 좀 괜찮지? 특히나 커피."

"윤재하 대표님."

"아무리 생각해도 내가 그자보다 낫더라고."

"저기요!"

"우리 사귈까?"

달그락거리는 식기 소리, 잔잔하게 들리던 피아노 선율, 작게 들리는 사람들의 대화 소리.

그 모든 게 재하의 목소리에 묻혀 아무것도 들리지 않았다. 마치 멈춘 시간 속에 그와 단둘이 있는 것처럼 그의 말 한마디만 그녀의 귓가를 울릴 뿐이었다.

자신을 뚫어지게 바라보는 재하를 똑같이 바라보고 있자니 본의 아니게 눈싸움을 하는 꼴이 되어 버렸다. 정신이 돌아오고 식당 내 소음이 들리기 시작하자 나리가 대답했다.

"아니요."

"왜?"

"왜 사귀자는 건데요?"

"네가 예뻐서."

"예쁜 여자는 나 말고도 많아요."

"내 눈에 예쁜 여자는 너 말고 없는데."

재하는 본인이 털어놓은 말에 놀라고 말았다. 나리가 예쁜 건 사실이지만 그걸 크게 의식하지는 않았었는데 왜 이런 말이 튀어나왔는지. 게다가 그의 성격에 맞지도 않는, 오글거리는 말을 아무렇지도 않게 했다는 것도.

"갑자기 왜 이러는 거예요?"

갑자기는 아니다. 여러 번 부딪치고 기가 막힌 우연으로 만나면서 자신도 모르게 켜켜이 쌓여 온 감정일지 모른다는 생각이 들었다. 시선이 가다 보니 마음도 가 버린 것 같다.

나리와 마주 앉아 대화를 나누다 보니 그동안 알 수 없었던 자신의 마음이 어떤 것이었는지 알게 되었다.

자신의 마음을 들여다본 순간, 한참 어린 여자에게 이런 마음을 품었다는 게 어이없고 우습기도 했지만 그녀에게 느껴지는 감정을 속일 수는 없었다. 하지만 재하는 짓궂게 웃으며 엉뚱한 대답을 꺼냈다.

"갑자기 네가 예뻐 보였어."

"내 눈에는 대표님 정신이 이상해진 걸로 보여요. 그리고 '사귈까?' 라는 질문에 '아니요.' 로 대답했으니 더 이상 귀찮게 하지 않으셨음 해요."

나리가 야무지게 말을 하고 자리에서 일어서서 테이블을 벗어나려는데.

"후회하지 않겠어?"

피식. 나리에게서 비웃는 것 같은 웃음이 나온 것은 물론 눈빛조차 그를 한심하게 보고 있는 듯했다.

그럼에도 재하는 어떤 미세한 변화나 흔들림 없이 제 할 말을 했다.

"난 후회할 것 같아서…… 너를 잡지 않으면."

재하가 따라 일어난 후 그녀에게 속삭였다.

"같이 영화 보고, 밥 먹고, 그것부터 시작하자고. 사귄다는 게 부담스러우면, 오빠려니 생각하고."

그리고 그는 진짜 오빠처럼 그녀의 등을 다독여 준 후 먼저 식당을 빠져나갔다.

'저 남자…… 진심인 건가? 아니면 이현구처럼 단순하게 즐기기 위해?'

하지만 같이 밥 먹고, 영화 보는 사이로 시작하자는 그의 말을 떠올리니 갑자기 심장이 쿵쾅거렸다. 괜찮은 남자와 데이트를 한다는 것은 상상조차 조심스러울 정도의 꿈이자 환상이었다.

자신의 인생을 포기하고 시모와 남편을 위해 살았으니 여자이기도 포기했었다. 한 번쯤은 그런 날이 있었으면 하고 바랐지만 어느 날부터는 그런 바람조차 꿈꾸지 못할 만큼 그녀의 인생은 각박하기만 했다.

그런데 지금 그녀의 심장이 뜨겁게 뛴다. 마치 '넌 여자였어.' 라고 그녀를 일깨워 주는 것처럼 그 고동이 너무 컸다.

'하지만…… 난 시한부나 다름없어. 상처로 남을 바에는…….'

시작조차 안 된다는 다짐을 하며 나리는 천천히 식당을 벗어났다.

호텔 앞에서 택시를 잡아 탄 후 기사에게 행선지를 말하고 시선을 차창 밖으로 돌렸다. 택시가 드림시티에서 벗어나고 있었다. 마치 윤재하의 손아귀에서 벗어나는 것 같은 기분이 들었다.

'이제야 좀 살 것 같네.'

하지만 그런 기분은 그때뿐이었다. 드림시티에서 멀어지면 멀어질수록 자신의 심장이 굳어지는 느낌이다.

여자 '신나리' 에서 인간 '신나리' 로 돌아가는 기분.

그런데 그 느낌이 왜 이리 서운하고 허전한 걸까?

알 수 없는 서운함 속에 해매이던 나리가 스스로에게 질문을 던졌다.

'연애가 행복할까? 아니면 복수가 더 행복할까?'

그리고 이어지는 또 다른 질문.

'연애의 실패가 아플까? 아니면 복수의 실패가 더 아플까?'

답은 찾을 수가 없었다.

8장

⚜

레지던스에 도착해 심란한 마음을 달래는데 현구가 메시지를 보내왔다.

[돈 준비됐어. 저녁에 보자.]

단 하루 만에 그 큰돈을 준비하다니.

만나고 싶지 않지만 세영의 말대로 더 큰 그림을 위해 나리는 준비를 하고 그와의 약속 장소로 나갔다. 그와 있는 시간을 최소한으로 하고 싶어서 밤늦은 시간에 현구를 만났다.

"좀 더 일찍 만나서 맛있는 것도 먹고, 얘기도 많이 하려고 했는데, 왜 이렇게 늦게 나온 거야?"

"먼저도 말했잖아요. 부모님보다 언니가 더 무섭고 간섭, 관리가 심하다고. 원장님 만나는 거 걸릴까 봐 그랬어요."

"언니……? 그래, 아직은 우리 관계를 알리기에 좀 그렇기는 하지."

'네가 유부남이라는 게 들킬까 봐 겁나서겠지.'

눈에 보이는 그의 반응이 재미있어 나리가 한번 놀려 보기로 했다.

"대신, 언니 허락받으면 눈치 보지 않고 만나는 게 더 수월해질 텐데. 한번 만나 보실래요?"

그녀의 언니를 만나는 게 불편하고 무서웠는지 현구가 갑자기 봉투를 내밀었다.

"우리 사이에 봉투가 자주 오가네요?"

"해 준다고 했잖아. 일단 5천. 모자라면 말해."

나리는 테이블에 놓인 흰 봉투를 멍하니 바라보았다.

'돈 5천만 원이 이렇게 쉽게 나오는 금액인 건가? 5천 원도 이유가 있어야 주는 인간이.'

나리의 눈에 눈물이 차올랐다. 16년의 시간 동안 자신은 이현구의 와이프도, 가족도 아닌 진짜 노예였음을 실감하는 순간이었다.

"이거 가지고 울고 그래? 뚝."

눈물의 의미가 어떤 것인지도 모르는 현구가 옆으로 다가와 어설픈 위로를 하려 했다.

"이거…… 차용증이나 투자에 대한 계약서 안 쓰고 그냥 받아도 돼요?"

"응."

"왜요? 뭘 믿고? 내가 이 돈 떼어먹으면 어쩌려고?"

"내 마음을, 나리를 향한 사랑 하나 믿고 주는 거지. 떼어먹어도 나리가 가져가는 거니까 아깝지 않아."

아깝지 않다는 말에 울화가 치밀어 올랐다. 복수고 뭐고 다 뒤엎고 싶었다.

돈을 찢어 그의 얼굴에 뿌리고 '너 같은 인간은 쓰레기 소각장이 아닌 지옥으로 꺼져야 해!' 라고 소리치고 싶었다.

목에 감긴 넥타이로 목을 조르고 싶었다. 하지만 나리는 심호흡을 하며 마음을 추슬렀다. 돈 5천만 원에 일을 그르칠 수 없었다. 더 받아 내야 하고 현구의 남은 인생이 구정물에 처박혀야 한다.

나리는 고맙다는 말은 하지 않고 돈 봉투를 챙겼다.

"쿨하게 해 주셔서 다행이에요. 만일 원장님이 아까워했으면…… 실망했을 거예요. 진지하다던 그 마음도 의심했을 거고."

연화가 켜 놓은 드라마를 생각 없이 본 적이 있었다. 워낙 막장불륜이 판을 치는 드라마들뿐이었다. 그러나 그 드라마에 나오는 악녀들이 이런 경우 어떻게 하는지 봤던 터라, 말을 그럴싸하게 포장하는 것도 쉬웠다.

"이제야 내 마음을 알아주니 살 것 같네. 인테리어 업체도 내가 아는 곳이 많아. 괜히 애먼 데서 바가지 쓰지 말고 실력 있는 디자이너 소개시켜 줄 테니까, 말만 해."

"그럴게요."

"밤이 늦었지만 간단하게 칵테일 한 잔 어때? 이대로 헤어지는 거 아쉽잖아."

대답을 하지 못하고 나리가 머뭇거릴 때 그녀의 휴대폰 벨이 울렸다. 시간 맞춰 전화하기로 한 세영이었다.

"어, 언니."

난감한 얼굴로 당장 집으로 들어가겠다는 말을 하고 나리가 전화를 끊었다. 그런 상황을 본 현구도 더 조르지 못하고 아쉽다는 말만 거듭하며 그녀를 보내 주었다.

레지던스로 돌아가는 길에 현구를 향한 나리의 마음은 더욱 독해졌다.

나리는 현구가 준 5천만 원에 대한 이야기를 해 주기 위해 세영을 찾아갔다. 그런데 이야기를 하다 보니 재하의 이야기까지 다 털어놓게 되었다.

세영은 현구의 5천만 원보다 사귀자고 한 재하의 발언이 더 흥미로운지 나리에게 앞으로 어떻게 할 것인지에 대해서만 물었다. 하지만 나리는 딱히 해 줄 대답이 없었다.

"윤재하 마음이 진심이라면 사귈 거지?"

"진심인지 어떻게 알고?"

"진심이면…… 알 수 있지 않을까?"

그렇게 말하는 세영의 표정이 짓궂게 변해 가는 걸 나리는 알지 못했다.

❖

재하가 회의를 마치고 집무실로 돌아오니 책상 위에 메모가 되어 있었다.

[3:40 신세영 님. 010—1234—5678 전화 요망.]

나리의 언니라는 걸 알고 재하가 고개를 갸웃거렸다. 전화번호까지 남기고 전화 요망이라고 한 걸 보면 어떤 용건으로 통화를 원하는 것인지 짐작할 수 있었다.

"신나리가 언니한테 다 말했나 보군. 입이 가벼운 편이네."

재하가 세영에게 전화를 걸었다.

— 여보세요?

"안녕하십니까? 윤재하입니다."

— 아, 대표님. 회의 잘 하셨어요?

생각지도 못한 호의적인 말투에 재하가 순간적으로 당황했다.

'어떤 의도에서 이렇게 호의적인 거지? 쉬운 아줌마는 아닌 것 같은데.'

— 혹시 지금 시간 괜찮으신가요?

"괜찮습니다."

— 그럼 잠깐 내려오시겠어요? 제가 지금 라운지 카페에 있거든요.

"알겠습니다. 바로 내려가겠습니다."

— 기다리고 있을게요. 천천히 오셔도 돼요.

마지막까지 나리의 언니는 호의적이었다. 그러나 그녀가 일부러 자신을 찾아왔다는 사실은 부담이었고, 그리 유쾌한 일은 아니었다.

'결국 신나리 때문이겠지. 내 나이가 나리에 비해 많다고 한마디 하려나?'

목소리는 호의적이었지만 얼굴을 맞대고 앉아 무슨 이야기를 할지는 미지수였다. 나리 앞에서 떳떳하지 못할 것이 없지만 연하남이 대세인 요즘, 나이 문제가 은근 재하의 마음을 불편하게 했다. 그렇지만 라운지 커피숍에 내려와 세영과 마주 앉은 재하의 표정은 무척이나 단단했다.

세영의 입가에 머물고 있는 미소가 재하의 눈에 들어왔다. 적어도 나쁜 마음으로 온 건 아니라는 게 느껴졌다.

"바쁘신데 제가 괜히 시간 빼앗는 건 아니죠?"

"아닙니다."

문득 나리와 그녀의 언니가 자매치고 닮은 구석이 없다는 걸 알아챘다. 나이 차이가 있어서인지 아니면 각각 외탁과 친탁을 한 이유인지 모르겠지만 자매라고 보기 힘들 만큼 외적으로 닮은 구석이 하나도 없었다.

"나리한테 왜 그러셨어요?"

웃고 있지만 그녀의 마음도 흐뭇하게 웃는 것이 아니라는 게 느껴졌다. 그래서 재하는 있는 그대로 그녀에게 말해야겠다는 생각이 들었다.

"그러고 싶었습니다."

"그리고 싶었다? 정확히 그러고 싶었던 이유를 말해 주셔야죠?"

"저번에 말씀하셨던 것처럼 기가 막힌 우연이 세 번 이상이어서 인연이라는 생각이 들었습니다."

"인연은 아니라고 하셨던 것 같은데? 악연이라는 말도 했고."

"그때까지는 그랬죠. 하지만 그 우연이 또다시 일어난 걸 보고 인연이라 생각했습니다."

"단지 그것뿐이에요?"

"뭐가 더 있어야 하는 겁니까?"

"남자가 여자한테 사귀자고 할 때는 뭐가 더 있어야 하는 거 아닌가요? 그렇지 않으면 단순히 놀고 끝낼 상대밖에 더 되나요?"

세영의 입가에 다시 미소가 번졌다.

예상은 했지만 여유 있는 미소를 보이면서도 직언을 아무렇지 않게 하는 세영의 모습에서 재하는 그녀가 만만치 않은 성격이라는 걸 알았다.

'집안 성격이 다 저런가?'

신나리가 진상 고객들에게 거침없이 말을 퍼부었던 걸 생각하니 외적으로는 닮지 않았어도 내적으로는 비슷한 구석이 많아 보였다. 보통은 외적으로 닮아도 내적으로 다른 경우가 많은데.

"단순히 놀고 끝낼 상대를 둘 만큼 난 한가한 사람이 아닙니다. 그리고 그런 상대를 원했다면 이런 자리까지 감수하면서 만날 필요 없는, 쉬운 상대를 선택했겠죠. 나리한테 시선이 가고 마음 쓰였습니다. 여러 번 엮이면서 남 같지 않은 느낌도 들었고. 특히나……."

재하는 어젯밤 봤던 현구에 대한 이야기를 하려 했다. 어울리지 않는 남자하고 있는 걸 놔둘 수 없다는 말을 하려다 입을 닫았다. 나리의 상황을 곤란하게 하고 싶지 않았다. 그리고 그 남자는 앞으로 자신이 처리해야겠다는 마음이 들었다.

"특히나, 뭐죠?"

"특히나…… 나에게 이런 감정은 처음이라……."

재하는 한숨을 내쉴 뻔했다. 이 무슨 오글거리고 부끄럽기 짝이 없는 막말이란 말인가.

"흔한 선수들의 멘트군요. 멘트만."

그렇다면 입만 선수처럼 나불거렸다는 걸 안다는 말인가. 역시 만만치 않은 내공의 여자다. 그런 세영이 내내 머금고 있던 미소를 거두고 심각한 표정으로 물었다.

"만일…… 1년 뒤에 헤어져야 하는 상황이라면…… 그럼에도 시작할 수 있겠어요?"

"만남이 있으면 언젠가 한 번은 헤어지게 되어 있지 않습니까? 그런데 왜 1년입니까? 나리가 술 취했을 때도 시간이 1년밖에 없다고 하던데, 그게 뭡니까?"

"그건…… 나리가 대표님 마음을 받아들이고, 마음의 준비가 되었을 때 고백을 하겠죠. 대표님에게 말하는 건 나리의 몫이고, 그 고백은 대표님이 견뎌야 할 아픔의 무게일 수 있어요. 그래서 진짜로 내가 하고 싶은 말은, 어설픈 감정 가지고 시작하지 말라는 거예요."

드디어 세영에게 본심이 나왔다. 하지만 재하는 그녀에게 1년의 의미를 묻지 않았다. 세영의 말대로 그건 나리의 몫이라는 생각에서였다. 대신 그의 마음을 알려 주었다.

"어설픈 감정이었으면 벌써 시작을 했을지 모릅니다. 어설프지 않다는 걸 확인하느라 시간이 걸린 거고, 나리가 1년이라는 시간에 대해 어떤 고백을 하든, 1년 후 어떤 일이 벌어지든 그건 내 몫입니다. 난 그게 무엇이든 지금의 마음대로 진행할 겁니다."

"만일에 말이에요……."

세영이 쉽게 말을 잇지 못하고 머뭇거렸다.

어떤 말이든 거침없이 할 것 같은 그녀가 머뭇거리자 괜한 불안감이 느껴졌다. 폭탄 하나를 터뜨리는 게 아닐까 걱정이 되는 순간.

"둘이 진짜로 사랑을 하다가 나리가 영영 떠났어요. 그런데…… 만일…… 나리가 다른 여자로 환생해서 온다면…… 다른 모습을 하고 있지만 그 여자가 나리라면……. 계속 사랑할 수 있겠어요?"

이 대목에서는 어떤 반응을 보여야 하는 건지 이해가 되지 않았다. 어떤 대답을 듣고 싶어서 이런 황당한 질문을 하는 건지도 알 수 없었다. 아무리 드라마가 많은 여자들을 환상에 빠뜨려 놓는다지만 현실에서 이런 질문을 하는 건 좀 아니지 않은가.

그럼에도 재하는 진지하게 고민했다.

"그런 기적 같은 일이 일어난다면 당연한 거 아닙니까? 감사한 일이고."

세영의 표정이 흐뭇해졌다.

"그렇죠? 지금 한 말…… 기억해 두세요."

그녀는 마치 꼭 그런 일이 일어날 것처럼 말하고 있었다.

"여기 커피 참 맛있네요. 원두 어디서 가지고 오는 거예요?"

럭비공도 아니고, 갑자기 커피 원두라니? 얘기가 왜 원두로 튀나 싶을 때.

"나리, 곧 커피숍 운영할 거예요. 이런 걸로 도움주면 나리가 쉽게 마음을 열 것 같아서."

그리고는 세영이 자리에서 일어섰다.

"내년 4월까지 우리 나리 잘 부탁해요. 그리고 나리한테 잊을 수 없을 만큼 아름답고 행복한 추억들 많이 만들어 줘요. 그럼."

세영이 묵례를 하고 라운지 커피숍을 벗어났다. 재하는 다시 자리에 앉았고 세영의 말을 되짚었다.

'내년 4월까지, 잊을 수 없을 만큼 아름답고 행복한 추억, 영영 떠난다면…….'

예전부터 얼핏얼핏 스쳤던 생각이 확신이 되었다.

'시한부…….'

모든 게 하나로 모아졌다.

어린 나리가 받아들이기에 너무도 가혹한 현실. 그걸 그녀는 그 나이에 어떻게 버티고 감당했을까?

동정심과는 또 다른 감정이 그를 울컥하게 만들었다. 아프고 먹먹했다. 그 고통은 생각보다 지독했다. 그리고 나리를 향한 마음이 더 크고 깊어졌다.

❖

이현구를 너무 쉽게 봤다는 생각이 들었다.

이른 아침 현구가 전화를 걸어 와 커피숍 위치를 보고 싶다고 했다. 말로는 그녀가 할 커피숍이 어디에 있는지 궁금하다고 했지만, 그녀가 말한 대로 커피숍을 진짜로 운영하기 위해 돈을 가져간 것인지의 여부를 확인하기 위함인 것 같았다. 하긴 돈 5천만 원이 그에게 쉬운 돈이었을지 모르지만 적은 돈은 아니었기에 현구가 그렇게 나오는 건 당연한 건지도 모른다.

다행히 건물 등기부는 며칠 전 세영의 본명 '신나영'으로 깨끗하게 정리되어 건물에 문제는 없었다.

"세영아, 이따 이현구하고 거기로 갈 거야. 커피숍 자리를 보고 싶대. 계약서도 잘 썼는지 확인하고 싶대."

— 어머, 그 인간 그냥 바람둥이가 아니네. 계산까지 아주 철저하게 하는 무서운 놈이네.

"다행히 네가 미용실 하는 줄만 알지, 어디서 하는지, 미용실 이름이 뭔지 몰라서 데리고 가도 문제는 없을 것 같아. 그래도 혹시 모르니까 내가 문자할 때까지 너 미용실에서 꼼짝하지 말고 있어. 괜히 오가다가 마주치면 큰일 나니까."

— 그래. 게다가 내 주민등록상의 이름이 신나영이라는 것도 모르니 다행이고.

"그러니까."

— 그런데 너하고 틀어지거나 하면 괜히 커피숍 와서 깽판 치는 거 아니니?

"그래 봐야 내년에 신나리는 이 세상에 없을 텐데. 신나영 동생이 신나리라고 해도 얼굴이 달라서 고소를 해 봐야 나란 존재는 흔적도 찾을 수 없을 텐데 뭐. 그 인간이 할 수 있는 건 아무것도 없어. 귀신한테 홀린 것 같은 해프닝이 되어 버릴걸."

— 하긴. 어쨌거나 아주 일이 이현구 엿 먹이는 걸로 잘 흘러가고 있어. 모든 게 착착. 오늘은 한 2천 만 땡겨 보지 그래?

"그럴까?"

두 사람은 웃으며 통화를 끝냈다.

건물 위치를 파악한 현구는 제가 더 흐뭇한 미소를 지었다.

"자리 좋은데. 커피숍으로 대박 자리야. 주위에 오피스 건물도 많지만 일단 커피숍이 없어서 손님이 몰리겠어. 내가 제대로 투자한 것 같아."

"원장님은 돈 욕심이 많으신가 봐요? 병원에 환자들도 차고 넘치는 것 같던데. 투자로 또 돈 버실 생각을 하는 거 보면."

나리가 정색을 하자 현구가 두 손을 강하게 저었다.

"농담이야, 농담. 나리 장사 잘될 것 같아서 던진 농담. 등기부도 확인했는데 문제될 게 없더라고. 언니분이 신나영 씨인가?"

철저한 인간. 하긴, 그동안 바람피운 전적을 생각할 때, 어수룩했다가는 재산이 남아날 리 없었을 것이다.

나리는 현구의 약점이 '언니'라는 것을 안다. 그래서 일부러 그 약점을 건드려 봤다.

"언니 한번 만나 보실래요? 등기부 확인하셨으니 건물주도 직접 만나서……."

"아니야. 언니분 건물에 나리가 들어가는 건데 이보다 더 안전할 수는 없지. 그런데 언니분 재력이 좀 있으시네?"

"이혼할 때 위자료 좀 받았어요. 형부에게 유책 사유가 있었거든요. 그 책임을 물어서 피도 눈물도 없이 다 받아 냈어요. 우리 언니는 부도덕한 거에 대해 참지 못하는 성격이라. 대신 그 외에는 정말 천사 같아요. 그러니까 우리 언니 너무 어려워하지 않으셔도 돼요. 원장님 그렇게 부도덕한

분 아니시잖아요."

"그, 그렇지. 그래도 언니분은 좀 더 있다가……."

대답을 하는 현구의 눈동자가 흔들렸다. 미소도 어색해 안쓰러울 정도였다.

"인테리어 디자이너 소개시켜 줄까?"

현구가 이야기 방향을 돌리려 했다.

"아니요. 언니 아는 분이 해 주실 거예요."

"아! 그렇구나."

"원장님, 병원 가시는 길에 저 좀 백화점에 내려 주시겠어요? 언니 생일 선물 좀 사야 해서."

"그래. 그런데 나리 차는?"

"저 그날 이후로 운전 안 해요. 겁이 나서."

사실은 나리의 면허증이 없으니 운전을 할 수 없다. 그 전에는 생각 없이 운전하고 다녔지만 혹시 사고라도 날 경우 문제가 생길 것 같아 택시를 이용하고 있다. 나리로 살면서 겪는 유일한 불편함이었다.

현구는 나리를 드림시티 백화점으로 데리고 갔다.

'왜 하필?'

강남에 백화점이 이곳만 있는 것은 아닐 텐데 현구는 그곳 주차장으로 들어갔다.

"내려만 주시면 되는데."

"언니분한테 미리 잘 보이고 싶어. 그래서 나도 선물 하나 해 드릴까 해서. 언니분 뭐 해 드리면 기뻐하실까?"

"글쎄요, 언니는 없는 게 없는 사람이라……."

나리의 신경은 재하에게 가 있었다. 주로 호텔에서만 부딪쳤지, 백화점 쪽에서는 만난 적이 없는 것 같아 마음을 편하게 하려 해도 주위를 둘러보며 그가 있는 건 아닌지 살피곤 했다.

나리는 세영에게 처음으로 생일 선물다운 좋은 선물을 사 주고픈 마음에 샤넬 매장으로 들어왔다. 그리고 세영이 좋아할 것 같은 화이트의 퀼팅백을 들어 가격을 확인하려 했지만 표시되어 있지 않았다.

"이거 언니분이 좋아하는 건가? 내가 계산할게."

현구가 지갑에서 카드를 꺼내 들었다.

"언니 선물을 왜 원장님이?"

"내가 해 줬다는 건 나중에 언니분하고 인사를 한 후에 알려 드리고, 일단은 나리가 언니한테 선물하는 걸로 해."

나리가 생각했던 금액보다 더 훨씬 고가였지만 그는 아무렇지 않게 계산을 끝냈다.

"이러면 안 될 것 같은데……. 저도 이 정도는 돈 있어요."

"내 마음이야. 나중에 언니한테 잘 보이려는."

받은 핸드백으로 현구의 뒤통수를 치고 싶었다. 하지만 핸드백보다 더 한 강한 한 방을 위해 나리는 고맙다는 말을 건네고 현구와 헤어져 세영의 미용실로 왔다.

샤넬 백을 생일 선물로 받은 세영의 표정이 화사하게 변했지만 현구가 산 것이라는 말에 인상을 구겼다.

"버리든지, 남 주든지 알아서 해."

"고이 모셨다가 나중에 그 집안 망하면 적선해 줘야겠다."

"그러면 더 좋지. 일단 나가자. 생일 파티 해야지."

두 사람은 미용실을 나와 근처 레스토랑으로 향했다. 세영의 생일을 위해 나리가 케이크와 와인, 최고급 코스 요리까지 주문한 후 둘만의 조출한 축하 파티를 즐겼다.

마지막 후식으로 나온 커피를 마실 때, 세영이 나리가 아닌 민정의 이름을 심각한 목소리로 불렀다.

"민정아."

"응?"

"윤재하 대표하고 어떻게 할 거야?"

"모르겠어."

"사귀지 그래?"

"그럴 수 없다는 거 알잖아. 내가 진짜 신나리도 아니고, 또 이 모습으로 계속 살 수 있는 것도 아니고, 연애할 만큼 1년이란 시간은 길지도 않고……."

"그 남자 싫지는 않구나?"

순간적으로 나리의 마음에서 나온 대답은 '그렇다.'였다. 왜 그런 대답이 마음에서 나왔는지 그녀 자신도 알 수 없을뿐더러 너무 놀란 나머지 움찔하고 말았다.

그걸 놓치지 않은 세영이 그녀를 몰아붙였다.

"나 같으면 그 남자하고 사귄다."

"왜?"

"전생에 나라를 구했다고 해도 그 남자는 사귀기 힘들 만큼 비현실적으로 잘생겼거든. 거기다가 먼저 대시를 했고. 무엇보다 신나리는 어리고 예쁘고 몸매도 환상이어서 그 남자에 비해 꿀릴 것도 없잖아."

농담 같은 말임에도 불구하고 그 말을 하는 세영과 듣는 나리의 표정은 심각했다.

"그리고 신나리 속에 있는 유민정은 20대 그 찬란한 시절에 제대로 된 연애라는 걸 안 해 봤으니까. 이건 할머니가 아닌 진짜 신이 주신 선물이고 기회인 것 같거든. 정말 아무에게나 올 수 없는."

세영의 말이 맞을 수 있다. 누구에게도 올 수 없는 기회와 선물을 받은 게 맞지만 그 남자가 선물이라는 확신은 없다.

"영어 배우고, 매일 책 읽으면서 너를 발전시키는 건 좋은데, 그 빛나는 20대 외모를 그대로 썩히는 건 죄악이다. 돌이킬 수 없는 게 시간인데, 어쨌든 넌 시간을 되돌린 것처럼 20대를 살고 있잖아. 이 귀한 기적을 그냥 썩히지 말라고. 인생 한 방이야! 한 번뿐인 삶, 달달하게 살다 가야 하지 않겠니?"

달달한 삶이라……?

쓰디쓴 민정의 삶과 전혀 다른 삶을 의미하겠지만 구체적으로 어떤 느낌과 행복감을 주는 삶인지 감이 오지 않았다.

'노예와 같은 삶에서 벗어나 제멋대로 자유롭게 사는 지금의 만족감, 이 이상일까?'

그렇다면 그건 꽤나 괜찮은 삶일 수 있다. 세영의 말대로 기적이 만들어 낸 귀한 삶을 자유 하나만 느끼며 살기에 억울하기는 하다.

'연애…… 그건 진짜 단맛 나게 행복한 걸까?'

그 궁금증과 호기심이 나리를 자극했다.

❖

이른 아침, 휴대폰 벨소리가 요란하게 울렸다.

"여보세요?"

— 안녕, 신나리.

낯선 남자의 목소리, 하지만 그 톤과 말투는 낯설지 않았다. 전화를 건 주인공이 재하라는 것을 안 순간 잠이 달아난 나리가 벌떡 일어나 앉았다.

"내 전화번호 어떻게 알았어요?"

— 불법으로 알아낸 건 아니니까 안심해.

"혹시……?"

— 주말인데, 저번에 말한 것처럼 밥 먹고 영화 보는 거 어때?

주말이라는 말이 나리의 가슴에 와서 아프게 박혔다.

그녀에게 주말은 없었다. 그녀에게 있어 시간은 하루 단위로 움직였다. 주말, 휴일은 없고 그저 평일과 명절, 시대 행사일로 구분될 뿐이었다.

늘 그랬듯 남들과 같지 않았던 지난 시간에 감정이 울컥했다. 그 억울함과 울분 때문이었을까. 의외로 대답이 쉽게 나왔다.

"그래요. 어디서 볼까요?"

— 일단 호텔로 와서 모닝커피부터 할까?

"그럴게요."

통화를 끝낸 나리가 침대에서 빠져나왔다. 문득 거울에 비친 나리의 모습이 눈에 들어왔다.

연예인 부럽지 않게 늘씬한 몸매에 무결점 피부와 또렷한 이목구비. 완벽하리만치 아름답고 찬란한 스물넷의 여자.

거울 속 모습을 한참 바라보던 나리가 욕실로 향했다.

'그래, 인생 뭐 있어? 세영이 말대로 인생 한 방이야! 이 시간을 이대로 보낼 수는 없어.'

❖

재하는 나리로 인해 며칠 고심에 빠졌었다.

우연으로 인한 잦은 만남, 그 만남 속에 서로가 얽혀, 관심이 가고 신경이 쓰이는 것까지는 당연지사일지 모른다. 그런데 단순한 관심이나 호기심을 넘어 마음이 흔들렸다. 그동안 연애나 사랑에 흥미조차 없었음에도 자신보다 한참 어리고, 알 수 없는 사연이 있는 것 같은 그녀에게 마음이 끌렸다.

사귀자는 말을 건넸다가 단호한 거절을 당한 것이 낯 뜨거워 아찔하기는 했다. 하지만 쉽지 않은 만큼 괜한 승부욕이 생겼었다.

그런데 그녀가 시한부다. 어떻게 해야 하나?

결론은 하나였다. 시간이 많지 않은 그녀에게 좋은 추억을 많이 만들어 주고, 행복을 알게 해 주고 싶다는 생각이 강해졌다. 모친을 떠오르게 만드는 그녀에게 동정 또는 어설픈 연민으로 그녀를 바라보는 줄 알았다. 하지만 그게 아니라는 걸 깨달았다. 그건 애정이었다.

그걸 인정하기까지 며칠이 걸렸고, 확신한 순간 나리에게 전화를 걸었다.

신나리가 쉽지 않은 여자라는 걸 알기에 몇 번 거절당할 걸 각오했다. 그런데 일이 잘 되어 가려는지 그녀가 그의 제안을 쉽게 받아들였다.

표정이 밝아진 재하는 곧바로 욕실로 들어갔다. 오랜만에 하는 데이트를 준비하는 서른 넘은 남자의 가슴이 소년처럼 설레었다.

재하는 직원이 가져다준 커피를 마시며 약속 장소를 잘못 잡았다는 후회를 했다. 커피 맛은 훌륭했지만 직원들의 시선을 받으며 나리를 만나는 건 그에게 있어 유쾌한 일이 아니었다.

'영화는 다른 곳에 가서 봐야겠네.'

그의 생각이 끝나기 전에 그의 맞은편 자리에 나리가 앉았다.

"안녕하세요?"

형식적인 인사라는 것이 느껴질 만큼 무표정인 그녀에게 재하는 약간의 서운함이 느껴졌다. 그녀의 그런 딱딱한 태도는 마치 비즈니스를 위해 만난 것처럼 건조하기만 했다.

재하는 일단 나리가 마실 커피를 주문해 주었다. 그리고 분위기를 풀기 위해 그녀에게 미소를 보였다.

"오늘 데이트 신청 거절당할 줄 알았는데."

"지금 이 만남이 데이트인가요?"

"아닌가?"

커다란 눈을 깜빡거리며 나리가 당황스러워했다. 비즈니스를 위해 나온 자리에서 데이트라는 말을 들은 그런 얼굴이었다.

"그냥 밥 먹고, 영화 보고…… 그러는 거 아니었어요?"

"그러니까 데이트지."

여전히 나리는 현재 만남이 데이트라는 것에 이해할 수 없다는 얼굴이었다.

"연인도 아닌데 이게 무슨……."

재하는 나리가 나이에 비해 순진한 것인지, 아니면 고루한 것인지 헷갈렸다.

쉽게 넘길 수 있는 데이트라는 말에 깊은 의미를 담으려는 그녀의 태도가 그런 마음을 들게 했다. 하지만 오늘 만남이 데이트인지, 아닌지는 중요하지 않다. 나리가 그의 약속에 응하고 나왔으니 함께 시간을 보내면 되는 것이다.

"그게 중요한 게 아니니까, 일단 커피부터 마시지."

직원이 막 가져다 놓은 커피를 재하가 나리 앞으로 더 가까이 밀어 주었다. 다행히 나리는 커피 한 모금에 표정이 좋아졌다.

"점심부터 먹고 영화를 볼까? 아니면 영화부터 보고 늦은 점심을 먹을까?"

"아무래도 상관없어요."

"먹고 싶은 건?"

"없어요."

"그럼 오늘 뭐든 내 맘대로 해도 되는 건가?"

"네."

"그래도 이왕이면 신나리가 좋아하는 걸로 먹고, 보고 싶었던 영화를 보고 싶은데."

재하는 이번에도 상관없으니 알아서 하라는 나리의 무성의한 대답이 나올 줄 알았다. 하지만 심각한 얼굴로 잠시 시간을 끌던 그녀가 대답했다.

"떡볶이 먹어요. 영화는 그냥 막 웃을 수 있는 코미디나 시원하게 때려 부수는 액션으로 보고요."

처음으로 나리에게서 그 나이에 맞는 모습을 보았다. 떡볶이와 액션이나 코미디 영화를 선택한 그녀의 모습이 귀여웠다. 떡볶이와 액션, 코미디 영화는 그의 취향이 아니지만 재하는 흔쾌히 대답했다.

"좋지! 떡볶이 그리고 코미디와 액션의 콜라보, 코믹액션 영화."

나리의 입가에 미소가 번졌다. 그동안 그녀에게서 볼 수 없었던 맑은 그 미소가 그를 설레게 했다. 단순하게 마음을 조금 움직이는 것이 아니라 처음 본 그녀의 미소처럼 그의 마음도 처음으로 심한 떨림을 느꼈다.

'드림시티' 내에는 멀티플렉스 영화상영관이 있다. 나리는 당연히 그곳으로 영화를 보러 갈 줄 알았다. 하지만 재하는 그녀를 차에 태워 드림시티를 벗어났다.

"어디로 가는 거예요? 드림시티에 있는 영화관에서 보는 거 아니었어요?"

"주말이라고 하지만 직원들 일하는데 대표가 한가하게 영화 보고 밥 먹고 다닐 수는 없잖아."

"아!"

"주말인 데다 너무 급하게 예매하느라 VIP하고 스위트박스 좌석은 이미 다 차서 일반석으로 예매했는데. 괜찮겠어?"

"스위트박스는 뭐죠?"

결혼 후 영화관을 가 본 적이 몇 번 안 되니 스위트박스가 무엇인지 궁금해서 물었다. 하지만 재하는 그걸 모르는 그녀를 의아한 듯 쳐다보았다.

나리가 괜한 질문을 했다는 후회를 하는데 그가 간단하게 대답해 주었다.

"연인석."

대답을 들은 나리는 차라리 일반석밖에 남지 않은 것이 다행이라 생각했다. 연인도 아닌 그와 함께 연인석에 있었으면 불편했을 테니까.

"일반석이 좋아요. 난…… 그냥 평범한 걸 더 좋아해요. 대표님은 그렇지 않겠지만."

"나도 뭐 특별한 걸 선호하는 편은 아닌데, 잘됐네."

그녀의 기분을 맞추기 위해 그냥 하는 말이라 생각했다.

드림시티라는 거대 문화 복합 단지를 운영하고 움직이는 젊은 대표에게 평범함은 어울리지 않는다. 어쩌면 그에게는 특별함이 곧 평범한 것일 수 있다.

나리는 그를 두고 더 고민할 이유가 없다고 생각했다. 어울릴 수 없는 남녀가 만났으니 몇 번 만나다 자연스럽게 끝날 게 빤했다.

'그때까지…… 연애 감정이 어떤 것인지 느껴 보는 것도 나쁘지 않겠지?'

하지만 영화관에 도착해 영화 상영 20분 전부터 나리의 가슴은 설레기 시작했다. 남자와 함께 수많은 인파 속에 앉아 상영 시간을 기다리는 것이 이토록 떨리고 설레는 것인지 몰랐다.

한 번도 겪어 본 적 없는 경험에서 오는 감정은 쉽게 조절될 수 있는 것이 아니었다. 하지만 그녀는 그런 자신의 감정을 들키지 않기 위해 로비 스크린에 나오는 차기 영화 예고편에 집중했다.

"우리도 팝콘하고 음료수 살까?"

상영 시간이 가까워지자 재하가 물었다. 딱히 먹고 싶지는 않았지만 남들처럼 해 보고 싶은 나리가 고개를 끄덕거렸다. 그러자 그가 세트를 구입해 박스 안에 담아 왔다.

"들어가자."

그를 따라 어두운 상영관으로 들어가는데.

"조심해."

그가 뒤에 있는 그녀를 살피며 챙겨 주었다. 그때 나리는 심장이 멎는 것 같은 벅찬 감동이 느껴졌다.

어둡지만 위험하지 않은 그곳에서 잘못돼 봐야 얼마나 잘못될까?

굳이 걱정하거나 염려하지 않아도 되는 짧은 이동 거리다. 그러나 한 번도 받아 본 적 없는 세심한 배려가, 누군가에게 보호를 받고 있다는 든든함과 설렘이 함께 얽혀 그녀의 마음을 심하게 뒤흔들고 말았다. 그 강한 떨림은 러닝타임 내내 영화가 아닌 재하에게 집중하게 만들었다.

10분마다 관객들은 웃음을 빵빵 터뜨렸다. 그에 비해 피식 웃고 마는 재하가 샤프하게 느껴졌고, 그러면서도 생각 없이 팝콘을 집어 먹는 그녀에게 떡볶이 맛 떨어진다며, 많이 먹지 못하도록 옆으로 치워 놓는 배려와 마음씨가 따뜻하게 다가왔다.

'이 남자…… 나한테 정말 마음이 있어서 이러는 걸까? 아니면 이현구처럼 마음이 아닌 바람둥이 기질과 본능인 걸까?'

설레고 떨리고 감동까지 실려 마음이 두근거렸지만 아직은 모든 걸 믿을 수가 없었다. 그는 물론이고 그녀 자신의 마음까지도.

"영화 별로야?"

다른 생각에 빠져 있다는 걸 눈치챘는지 그가 물었다.

"아니요."

"억지로 볼 필요 없어. 나갈까?"

"괜찮아요. 다 보고 나가요."

"나가고 싶으면 말해."

"그럴게요."

재하가 이상하게 생각하지 않게 나리는 스크린에 시선을 두고 영화에 빠져들려고 애를 썼다. 하지만 영화가 끝나고 상영관을 나올 때까지 결국 영화보다 재하에게 더 빠져 있었다.

영화관을 나와 늦은 점심, 즉 떡볶이를 어디로 먹으러 갈지 고민할 때, 나리의 휴대폰이 울렸다. 발신인이 현구인 걸 확인한 나리는 거절을 누르고 문자를 보냈다.

[언니하고 같이 있어요. 제가 전화할 때까지 절대 먼저 연락하지 마세요.]

'언니' 라는 약발이 제대로 먹혔는지 현구는 문자도 전화도 하지 않았다. 재미있다는 생각에 미소가 새어 나오는데 뭔가 이상했는지 재하가 물었다.

"그 남자하고는 끝냈나?"

갑자기 숨이 탁 막히는 기분이었다. 지은 죄가 없음에도 뭔가 양심이 찔리고 간담이 서늘해지는 느낌이 들었다.

그녀가 대답하지 못하자 재하가 힐끗 보고 한마디를 던졌다.

"양다리는 안 돼."

'양다리? 어차피 이현구하고는 아무 사이도 아니지만, 당신하고 내가 무슨 사이라고?'

나리가 그 말을 꺼내야 할지, 말아야 할지 고민할 때였다.

"내가 그것 때문에 상처를 많이 받은 사람이라서."

그의 상처가 무엇인지 알 수 없었지만, 목소리에 아픔이 들어 있는 것처럼 들려왔다. 마치 민정이 현구의 바람기로 인해 받은 상처와 같은 아픔을 그도 받은 건 아닌가 싶을 만큼 그의 말이 그녀의 가슴에 박혔다.

측은하게 그를 바라보고 있다는 느낌을 받아서였을까? 그가 해명하듯 말을 이었다.

"애인이 양다리를 걸쳤던 건 아니니 오해는 하지 마. 가까운 가족 중에 한 명이라고만 알아 둬."

애인은 아니라는 말에 안심이 되는 건 왜일까?

하지만 현구와의 관계를 설명할 길이 없어 그에게 해 줄 대답이 없었다. 나리는 그저 쓴웃음만 지으며 그의 시선을 피할 뿐이었다.

"특별하게 아는 떡볶이집 없으면 검색으로 알아볼까?"

"그냥 청담동으로 가요."

"청담동? 아는 곳이 있나?"

"맛은 모르지만 가 보고 싶었던 곳은 있어요."

"좋아. 가 보지."

나리는 오가며 보았던 동네의 떡볶이집을 이야기했다.

카페 같은 분위기의 그곳에 옹기종기 모여 앉아 맥주에 떡볶이를 먹으며 왁자지껄하던 연인이나 친구들의 모습이 너무도 부러웠었다. 오늘은 부러워하던 사람들 중에 하나가 되어 보기로 했다.

영화관에서 멀지 않고 나리가 잘 아는 곳이기에 찾아오는 것에 어려움이 없었다. 자리를 잡고 앉았지만, 막상 주문하려고 하니 이런 곳에 와 본 적이 없는 두 사람은 무엇을 주문해야 하나 잠시 고민하며 머뭇거렸다.

"일단 기본 2인분 주문에 뭘 더 추가할까?"

"어머! 십수 년 전 학교 앞 분식집에서 먹던 것하고 별로 달라진 게 없네요. 만두, 김말이, 삶은 달걀. 학교 다닐 때는 치즈하고 돈가스는 없었는데. 아, 떡 종류도 그때는 이렇게 많지 않았고요."

세상에서 제일 맛있는 음식이 떡볶이였던 학창 시절, 세영과 함께 용돈을 쪼개 사 먹으며 즐거워했던 옛 추억에 눈물과 웃음이 나오려 했다.

"십수 년 전? 그럼 초딩 때 이후로 이걸 먹은 적이 없어?"

"아! 그게…… 네, 맞아요. 초딩 때 이후로 못 먹었어요."

나리는 고등학교 이후로 먹고 싶어도 먹지 못했던 음식과 늘 오고 싶었던 곳에 와서인지 잠깐 나리라는 사실을 잊고 말실수를 하고 말았다. 어물쩍 넘기려 했지만 재하는 뭔가 이상했는지 그냥 넘길 생각이 없는 듯 보였다.

"왜 못 먹었지? 먹으면 안 되는, 아니 먹지 말아야 할 이유가 있었나?"

"……아니 그냥…… 먹을 게 이거 말고 많으니까……."

"자극적인 거 먹으면 안 되는 건 아니고?"

"아니고요."

일단 대답은 했지만 자신을 바라보는 재하의 표정이 심상치 않았다. 자신을 바라보는 그의 시선에서 안쓰러움이 보였다.

"정말 먹어도 괜찮은 거지?"

"당연하죠! 내가 이걸 얼마나 먹고 싶었는데."

못 먹을 음식도 아니고 누구나 흔하게 즐겨 먹는 음식을 먹겠다는데 왜 이렇게 심오하게 걱정을 하는지 알 수가 없었다.

'떡볶이를 먹겠다는데 왜 이렇게 심각하지?'

그 이유를 물으려는데 갑자기 그가 자리에서 일어섰다.

"잠깐 전화 좀 하고 올게. 중요한 통화를 해야 하는데 그걸 잊고 있었어."

그러고는 휴대폰을 들고 밖으로 나갔다.

그사이 나리가 주문서를 작성해서 직원에게 건네고 창밖을 바라보았다. 재하가 등을 보이며 통화하는 모습이 보였다. 길가는 사람들이 그를 힐끔거렸다. 사람들의 시선을 받을 만큼 훌륭한 외모의 남자와, 오고 싶어도 올 수 없었던 동네 떡볶이집에 있다는 것에 잠시 잊고 있던 떨림이 다시 시작되었다.

나리로 살면서 매 순간이 감동이었지만 평범한 연인들처럼 데이트 코스를 밟고 있는 지금 그 느낌은 영어나 수영처럼 새로운 도전이나 경험과는 전혀 달랐다.

'이런 걸 연애 감정이라고 하는 건가?'

설레고, 떨리고, 심장 어딘가 간질거리는 것 같은, 조절 불가능의 낯선 감정을 그렇게밖에 표현할 것이 없었다.

'그럼 내가 저 남자를 좋아하기라도 하는 건가? 아니면 그냥 이 나이에 느껴지는 본능적인 감정인 건가?'

스스로 느끼는 감정에 혼란이 오려 할 때, 재하가 자리로 돌아왔다.

"먹고 싶은 거 다 주문하자."

"제가 알아서 주문했어요."

"그래? 잘했어."

방금 전까지 불안하게 보였던 모습은 사라지고 나리보다 더 흥분되고 들뜬 모습이었다. 통화 전과 후가 너무 달라 이상했지만 나리는 그의 고민이 전화 한 통으로 해결된 것이라 가볍게 생각했다.

직원이 주문한 재료가 담긴 커다란 냄비를 가져다 가스레인지 위에 올려놓았다. 그리고 테이블 위에 음료수와 맥주를 놓았다. 재하가 맥주와 나리를 번갈아 보며 '이걸 주문한 게 맞아?' 라고 시선으로 묻는 듯했다.

"대표님은 운전해야 하니까 이걸 드시고요, 이건 제 거예요."

나리가 음료수는 재하 앞으로 놓아 주고 맥주는 제 앞으로 가져왔다.

"혼자만 마시겠다? 좀 치사한 거 아닌가?"

말을 그렇게 하면서도 재하는 그녀의 잔에 맥주를 따라 주었고, 자신의 잔에는 음료수를 채웠다.

"많이 먹어. 초딩 이후 처음 먹는 떡볶이니까."

"대표님도 많이 드세요."

나리는 보글보글 끓고 있는 떡볶이를 앞 접시에 담아 재하 앞으로 먼저 놓아 주었다.

"나리는 참 예의가 바르네. 어른부터 챙길 줄 알고."

그의 말에 하마터면 웃음을 터뜨릴 뻔했다.

'당신보다 내가 더 어른이야!'

하지만 나리는 그저 빙긋 웃기만 했다. 사실 예의가 바르기보다는 몸에 밴 습관 때문이었다. 늘 자신이 아닌 시모와 현구를 먼저 챙겨 주었던 습관.

그걸 재하가 어린 여자의 예의 바른 행동으로 봤으니 뭐라 할 말이 없어 웃기만 할 뿐이었다.

그토록 부러워했던 사람들의 모습으로 앉아 추억이 새록새록한 음식에 빠져서인지 나리는 그 시간만큼은 그 누구도 부럽지 않았다. 처음 식사하는 사이인 만큼 어색할 수 있음에도 재하는 일상적인 이야기로 대화를 자연스럽게 이끌어 갔다.

"떡볶이 먹고 헤어지는 건 너무 분위기가 없는 것 같으니까, 차 한잔하고 갈까?"

어느새 재하가 불편하지 않게 된 나리가 그러자고 대답했다.

재하는 자신이 아는 카페로 그녀를 데리고 가려는지 차로 이동한 후 한적한 주택가의 골목에 차를 세웠다.

"저 앞에 괜찮은 커피숍이 있어. 아는 사람들만 아는."

나리는 짐짓 모르는 사실을 알게 된 것 같은 표정을 지었지만 사실 그녀는 이 골목을 잘 안다. 아는 사람들만 안다는 그 카페는 물론이고 재하는 모르지만, 아는 사람들만 다니는 유명한 점집이 있다는 사실까지도.

강남의 돈 있는 사모님들 사이에 용하고 영험하기로 소문난 점쟁이가 점사를 봐 주는 곳은 재하가 알려 준 그 카페 건물 꼭대기 층에 있었다. 민 여사가 자주 오는 곳이기도 하고, 연화를 나무에서 빠져나갈 수 없게 만들었던 부적을 써 준 곳이기도 하다.

이곳을 여러 번 왔지만 역시나 한 번도 들어가 보지 못했던 카페에 들어와 커피를 주문했다.

"카페를 하려고 준비 중에 있다고?"

재하의 말에 나리의 눈매가 가늘어졌다.

"그것도 불법이 아닌 방법으로 알아낸 거죠?"

"당연하지. 준법은 사회생활에 있어 기본이니까."

"언니 만났어요?"

"만났어."

"언니가 뭐래요? 혹시 우리 나리 잘 부탁하다고 했나요?"

"맞아."

"그래서 오늘 데이트라는 명목으로 영화 보고 밥 먹고 차 마시고 그러는 건가요?"

"데이트라서 영화 보고 밥 먹고 차 마시는 건 맞지만 그건 언니의 부탁으로 이루어진 게 아니라 내 자발적 마음에 의한 거야. 그러니까 오늘이 우리의 1일인 거지."

나리는 그녀를 향한 그의 마음이 진심이었으면 하는 바람이 들었다. 서른여섯 해를 사는 동안 한 번도 느껴 보지 못했던 설렘을 알게 된 오늘, 그 감정을 오늘 하루로 끝내고 싶지 않았다. 민정으로 돌아가서도 이런 감정에 빠질 수 있다는 장담도 할 수 없는 지금, 그녀는 자신의 감정에 솔직해지기로 했다.

그래서 그에게 물었다.

"진심인 거죠?"

"물론. 나리가 나보다 한참 어린 게 함정이라면 함정인데, 이상하게 어리다는 느낌이 안 들거든. 그러니까 나이 차는 별로 문제 될 게 없을 것 같은데. 나리 생각은 어때?"

나리는 웃음을 겨우 참으며 대답했다.

"내 생각으로는 대표님이 오히려 나보다 더…… 어린 것 같은 느낌이……."

"어허, 그건 내가 최대한 나리한테 맞춰 주려고 해서 그런 거고."

"그러시겠죠."

나리가 재하를 놀리듯 생글거리는데 어디선가 그녀를 바라보는 시선이 느껴졌다. 고개를 돌리는 순간, 그녀를 따갑게 바라보는 민 여사가 보였다. 그녀를 바라보는 시선이 너무도 매서워 나리는 움찔했다.

'헉! 어머니!'

민 여사를 본 나리의 표정 변화에 재하의 시선도 그녀의 시선을 따라갔다. 한 중년 여성이 며느리의 불륜을 보는 것 같은 얼굴을 하고 나리를 쏘아보는 것이 아닌가.

"아는 분이야?"

재하의 목소리에 정신을 차린 나리는 자신이 민정이 아님을 인지했다.

"안다기보다 좀 안 좋게 얽혔던 분이에요."

"혹시 저분, 백화점에서 진상 떨다가 나리한테 혼났었나?"

차림새나 눈빛으로 봐서 강남 사모님의 포스와 자만심이 가득한 중년 여성이다. 그동안 재하가 대했던 진상 고객의 이미지와 비슷한 데다 나리와 안 좋게 엮였었다고 하니 그렇게 상상할 수밖에.

"호텔에서 주체했던 자선경매 행사 기억해요?"

"기억해."

"그때, 도자기 때문에 저 할머니하고 신경전을 벌였는데 결국 제가 낙찰받았거든요. 경매 중에도 그렇고, 다 끝나고 나서도 결과에 승복하지 못하고 상식에서 벗어난 언행으로 눈살을 찌푸리게 만들어서 제가 좀 들이받았어요."

재하의 머릿속에 예린을 혼내던 나리의 모습이 떠올랐다. 그런 기운으로 예린보다 더한 포스의 중년 여성을 상대했다고 상상하니 그녀를 바라보는 날카로운 시선이 이해가 갔다.

딸보다 더 어린 여자에게 자존심을 다쳤으니 그 마음이 오죽할까?

"나갈까?"

"왜요?"

"저렇게 무섭게 노려보는 거 신경 쓰이잖아."

저 시선에 단련되어 있어 전혀 무섭지도, 신경 쓰이지도 않는다. 오히려 그녀를 의식하며 감정 조절을 못하고 있는 민 여사를 보는 게 즐거웠다.

"아니요. 전혀요."

나리가 어깨를 으쓱했다. 그리고는 민 여사 쪽으로 한 번 더 시선을 던졌다. 민 여사는 나리에게 시선을 거둔 채 시이모와 마주 앉아 이야기를 나누고 있었다.

나리의 이야기를 하는 것인지, 아니면 오늘 본 점사에 대한 이야기를 하는지 알 수 없었지만 그 표정이 무척이나 심각했다.

'할머니가 모시고 왔을 텐데…….'

그녀가 그랬듯이 연화도 운전기사처럼 차 안에 틀어박혀 민 여사를 기다리고 있을지 모른다는 생각이 들었다.

'차 안에 있는 거 많이 답답하실 텐데.'

연화에게 전화라도 걸어 볼까 싶어 휴대폰을 가방에서 꺼내는데 민 여사가 자리에서 일어섰다. 그리고 밖으로 나가기 전, 한심하고 못마땅한 듯 혀를 차며 나리를 쏘아보았다.

그 시선이 너무 심하다고 생각했는지 재하가 한마디 했다.

“그때 많이 노여우셨나 보네?”

병원에 입원할 정도였으니 지금 다시 만난 민 여사의 속은 나리보다 훨씬 더 불쾌할 것이다. 그런 생각에 나리의 표정이 여유로워졌다.

“그랬을 거예요.”

그 후로 나리의 입가에는 미소가 머물렀다. 시한부인 어린 여자의 옅은 미소가 안쓰러울 만큼 아름답다는 생각이 들었다.

그 미소가 재하의 가슴에 박혔고, 그녀를 향한 마음이 더욱 커졌다. 뭐든 다 해 주고 싶고, 다 들어주고 싶은 마음이.

9장

⚜

'신나리.'

그녀는 상대할수록 새로운 여자였다. 아직은 '여자' 라고 칭하기에 어린 나이로 보이지만 함께 시간을 보낸 결과, 그녀는 나이에 비해 아주 많이 성숙한 30대의 감정을 가진 여자였다. 이대로 관계가 진전된다면 어린 연인이 아닌 오히려 친구 같은 연인이 되기에 무리가 없을 정도다. 아무래도 친구보다는 늘 언니와 함께했기 때문인 것 같았다.

문제가 있다면 그녀가 시한부라는 것.

혹시라도 나리에게 해가 되는 음식이나 장소 또는 조심해야 할 주의사항들이 있는지 떡볶이집에서 나와 그녀의 언니에게 전화를 걸었었다.

— 상관없어요. 뭐든 먹이고, 보여 주고, 데려가 주세요. 원 없이 다 해 봤다는 말이 나올 만큼.

다행이었다. 기본적인 의식주에 제약이 없어서. 하지만 재하에게서 무거운 한숨이 새어 나왔다. 그리고 그는 차를 돌리며 형우에게 전화를 걸었다.

"한잔하자, 최형우."

— 주말 저녁에 이러면 곤란하지. 나 이제 싱글이 아니라…….

"곤란하면 관두고."

— 관두면 안 돼지. 내가 너한테 자랑할 게 얼마나 많은데. 어디로 가 줄까?

"적당히 해라. 유치하고 유난스러운 거 못 봐 주겠으니까. 오딘에서 보자."

— 알았다.

재하는 곧바로 두 사람이 자주 가던 바 '오딘'으로 향했다.

전용 룸이라 할 수 있는 곳으로 들어가 재하가 먼저 술 한 잔을 마셨을 때, 형우가 도착했다.

"청승. 그 잠깐을 못 기다려서 혼자 마시고 있냐?"

"청승이 아니라 낭만이다."

"그래, 그렇게라도 외로움을 달랠 수 있다면 마구 가져다 붙여라."

형우가 자신의 잔에 술을 채울 때 그의 휴대폰 벨이 울렸다.

"어, 현진 씨! 친구들은 잘 만나고 있어요?"

"좋단다."

여자의 전화 한 통에 몸을 배배 꼬며 웃고 있는 형우의 모습에 재하가 조롱하는 것 같은 미소를 흘렸다. 하지만 아랑곳하지 않고 우스운 대화를 이어 갔다.

"네! 저도 친구 잘 만났습니다. 분부대로 적당히 마시고 너무 늦지 않게 귀가하겠습니다."

형우의 통화가 길어질수록 재하의 표정은 일그러져갔다.

"보고 싶어요, 현진 씨. 지금도 그렇고, 잠시 후에도 보고 싶을 것 같고…… 또 보고 있어도 보고 싶을 것 같아요."

"에잇, 진짜!"

듣다 못한 재하가 술잔을 거칠게 테이블에 내려놓았다.

"미안해요, 현진 씨. 외로움과 부러움을 주체 못하는 불쌍한 중생 하나 구제 좀 해야겠습니다."

통화를 끝낸 형우가 얄미운 목소리로 물었다.

"부럽냐?"

"전혀."

"하긴 부러우면 지는 건데, 윤재하가 그런 식으로 패배를 인정하고 싶지 않겠지."

"겨우 그런 거에 승리의 의미를 부여하다니. 그릇이 너무 작아졌다, 최형우."

"무릇 가정을 이루고 가장이 되어야 진정한 큰 사람이 되는 법. 아직 어린 네가 뭘 알겠냐? 쯧쯧."

"무덤을 파고 들어가는 자들의 변명이지."

"윤재하!"

형우가 의미심장한 눈빛을 하고 재하의 이름을 부르고 물었다.

"히스테리가 심하다?"

자신에게 어울리지 않는 단어에 재하는 형우의 말을 무시하고 아무 대꾸도 하지 않았다.

"내가 널 몰라? 절대 먼저 술 마시자고 한 적이 없는 놈이 먼저 전화를 한 건 뭐가 있다는 거지. 뭐야? 말해 봐."

말없이 술을 마시는 재하의 얼굴에서도 장난기는 더 이상 보이지 않았다.

"한창 연애하고 공부하고 뜨겁게 살아야 할 나이에 시한부 선고를 받은 여자와의 연애. 어떻게 생각해?"

"너 설마……?"

형우에게 어설픈 위로나 충고를 받고 싶은 생각은 없었다.

"그냥 묻는 거야. 어떻게 생각하냐고."

"미친 짓이지. 시간이 정해져 있는 사랑을 하는 순간 비극으로 변해 버리니까. 그리고 이게 만일 네 경우라면 더더욱 미친 거지. 이미 넌 어렸을 때 아버지로 인해 비극을 겪었는데 첫사랑을 비극으로 겪는 선택을 한다는 게 말이야."

형우의 말이 틀리지 않았다. 그는 이미 어린 시절 비극을 겪었다. 처음 연애다운 연애를 하려는데, 이번엔 시한부인 나리로 인해 또다시 비극을 겪어야 한다.

'한 번 겪어 봤으니 어렵지 않을 것 같은데.'

알 수 없는 자신감에 피식 웃음이 나왔다.

"말 한 마디, 눈빛 하나로 어떤 여자라도 넘어오게 할 만큼의 외모, 재력, 능력, 그 모든 걸 다 갖춘 드림시티 대표가 시한부하고 만난다는 건 말도 안 돼. 그러니 마음 접어라. 연애는 꽃길이어야 해. 가시밭길을 가는 연애는 시작도 하지 말라고."

그럼에도 재하는 나리와 시작하고 싶었다.

형우가 가시밭길일 수 있는 나리와의 연애를 접으라 했지만 그럴수록 그녀를 원하는 재하의 마음이 더욱 강해졌다. 여자를 만나지 않아 자신의 이 어설픈 감정이 무엇인지 잘 모르겠지만 그는 지금의 감정을 '사랑'이라 말하고 싶었다.

그 시간 나리는 그와 같지만 다른 생각에 빠져 행복했다.

'그래, 사랑이라는 걸 뜨겁게 해 보자. 드라마에서처럼, 그리고 영화에서처럼.'

윤재하라는 남자는 생각보다 자상하고 다정하다는 게 느껴졌다. 그뿐 아니라 나리를 바라보는 그 시선마저 따뜻했다. 남자에게 존중받는 느낌, 그와 소통하며 자신도 하나의 인격으로 대접받는 느낌은 그 무엇으로도 설명할 수 없을 만큼 희열을 만들어 냈다.

'후회 없을 것 같아, 이런 남자라면.'

세영이 해 주었던 말대로 오히려 자신의 감정을 속이고 그냥 지나치는 것이 후회로 남을 것 같았다. 그런데 문득 그의 말이 떠올랐다.

"양다리는 안 돼."

"내가 그것 때문에 상처를 많이 받은 사람이라서."

애인은 아니었다지만 그는 무척이나 양다리 연애를 싫어하는 것 같았다. 그래서 고민이 되기 시작했다.

이현구를 향한 복수를 여기서 끝낼 수는 없다. 동시에 두 사람을 상대하며 만나는 것도 자신이 없다. 그렇다고 재하에게 양해를 구할 수도 없는 일.

'그 남자가 다시 상처받으면 안 되는데…….'

하지만 그동안 자신이 받은 상처도 모른 척 그냥 넘길 수 없었다.

'연애, 복수…… 동시에 둘 다 잘 해낼 수는 없는 걸까?'

깊은 고민에 빠져 생각해 봤지만 그 답은 찾을 수 없었다.

❖

[재미있는 일이 생겼다. 내가 네 시모한테 장난을 좀 쳤어. 만나서 얘기하자. 하하하하.]

민정으로 돌아갔을 때, 연화가 휴대폰에 써 놓은 메모였다. 어제 민 여사가 점집을 다녀온 것이 연화의 장난으로 인한 것인지 궁금한 민정은 나리로 돌아오자마자 전화를 걸었다.

"할머니, 저예요."

— 누가 할머니라는 게야? 저번에는 언니라고 하더니. 이 외모에 할머니는 너무하잖니. 그냥 언니라고 해라.

"네. 언……니."

— 네 시모, 좀 있다가 제 언니 집으로 갈 거다. 거기 데려다주고 나갈 테니, 만나서 밥 먹자.

민 여사의 언니라 하면 어제 본 시이모다. 아무래도 연화가 쳤다는 장난과 시이모가 관계있는 모양이었다. 당장 듣고 싶을 만큼 그 장난이 무엇인지 궁금했지만 나리는 인내심을 발휘하여 연화를 만나서 듣기로 했다.

플라워 패턴의 화려한 원피스에 9센티미터의 힐. 뿐만 아니라 귀걸이, 목걸이, 팔찌에 반지 그리고 펄 감이 고급스러운 클러치백. 드레스룸에 있던 것들이지만 민정의 취향과 맞지 않아 고이 모셔 놨던 것들이다. 연화는 조선 시대에서 온 여인이라 믿을 수 없을 만큼 그것들을 매치해서 완벽한 재벌 며느리룩으로 차려입고 나왔다.

"와! 진짜 예쁘세요."

"네가 그렇게 말해 봐야 자화자찬인 거 알지? 이 얼굴과 몸이 네 거잖니."

"그래도 할머니, 아니 언니 같은 패션센스는 없어서 뭘 차려입어도 어색하고 안 어울렸는데. 제가 이런 미모를 가지고 있었는지 이제야 알았네요."

"먹는 거, 입는 거, 보는 거. 모든 게 새롭고 즐겁다. 솔직히 나리로 사는 너보다 내가 더 행복하고 신나 죽겠어."

그러고 보니 늘 그늘 가득했던 자신의 얼굴에서 이제는 그런 어둠을 찾아볼 수 없었다. 연화는 나리만큼이나 활짝 핀 얼굴이었다. 자신감은 물론이고 에너지 넘치는 연화를 보며 민정으로 살던 자신의 모습을 돌아보았다. 왜 자신은 연화같이 살지 못하고 늘 우울하고 괴롭고 힘들었을까?

"제가 너무 못나서 잘못 살았던 걸까요? 똑같은 환경인데 저는 왜 언니처럼 즐겁고 신나지 못했을까요?"

"나야 5백 년 도를 닦은 내공이 있는 거니까 그런 거고, 넌 단 한 번의 삶에 이제 겨우 서른 해 조금 넘게 살았을 뿐이잖니. 삶을 보는 시선이나 태도가 다를 수밖에 없지."

연화의 말이 이해가 되었고, 자신이 너무 바보 같은 삶을 산 건 아니었다는 위로가 되었다.

"네가 내년, 민정으로 돌아갔을 때는 아마도 지금의 나보다 더 행복한 삶을 살 거다. 왜냐? 넌 이미 다른 인생을 살아 보았고, 그 시간을 통해 많은 걸 배우고 깨달았을 테니까."

"맞아요. 다시 민정으로 돌아가면 그전처럼 살지 않을 것 같아요."

"당연히 그래야지!"

그때, 연화가 궁금해 만나고 싶다던 세영이 두 사람의 약속 장소로 찾아왔다. 그리고 들어오자마자 호들갑을 떨며 놀랐다.

"어머나! 민정이가 맞아! 그런데…… 또 민정이가 전혀 민정스럽지가 않아."

"인사부터 드려."

"안녕하세요, 민정이, 아니 나리 친구, 아니 언니 세영이예요. 말씀 많이 들었어요."

"나도. 고마워, 우리 민정이 옆에서 지켜 줘서."

연화를 바라보는 세영의 시선에서 신기함이나 놀라움은 쉽게 사라지지 않았지만 세영은 연화를 할머니로 쉽게 받아들였다.

세 여자의 수다가 한참 이어지고 난 후 세영이 물었다.

"할머니, 뭐예요? 민정이 시어머니한테 어떤 장난을 치신 거예요?"

그러자 연화가 까르르 넘어갈 듯 웃고 나서는 차분하게 대답을 해 주었다.

"네 시모가 신뢰하는 점쟁이가 알고 보니 나를 나무에서 빠져나오지 못하게 만든 부적을 써 준 장본인이더구나."

"맞아요. 오래전부터 그 집에 다녔고, 점도 보고 굿도 많이 했어요. 차고 넘치는 부가 그 점쟁이가 해 준 굿 때문이라고 생각하시죠."

"되도 않는 생각이지. 어쨌든 그 점쟁이를 내가 좀 혼냈지. 네가 써 준 부적 때문에 내가 5백 년을 갇혀 있었다고. 그리고 또 우연찮게 그 점쟁이가 모시는 귀신이 내 까마득한 후배더라고. 그래서 그 점쟁이가 나한테 사죄하는 마음으로다 네 시모한테 헛소리 좀 하게 만들었다."

"네?"

"진짜요?"

나리와 세영이 흥미로운 눈빛을 반짝였다.

"뭐라고 하셨는데요?"

하지만 연화는 그녀들에게 그 헛소리가 무엇인지 알려 주지는 않았다. 그저 짓궂은 미소를 보이며 더욱 궁금하게 만들었다.

"다 털어놓으면 재미없지. 영업 기밀이라 입 다물란다. 대신 앞으로 지켜봐라. 그 모자를. 꽤 재미있는 일들이 많이 일어날 거다. 호호호."

"할머니, 너무하신 거 아니에요? 대충이라도 알려 주세요."

"궁금해?"

"네."

"궁금하면 500원!"

연화의 한마디에 세 사람이 넘어갈 듯 웃어 댔다. 하지만 연화는 끝내 그녀들에게 그 장난이 어떤 것이었는지 알려 주지 않았다.

밤 10시.

소화불량으로 인한 불쾌감과 구역으로 인해 나리는 침대에 누워 꼼짝하지 못하고 있었다. 점심식사 때, 연화가 먹고 싶다고 해서 먹은 라면이 탈 난 모양이었다.

어제 재하와 먹었던 떡볶이처럼 오랜만에 맛보는 라면 맛에 빠져 국물에 밥까지 말아 먹으며 과식을 했다. 그러니 탈이 날 수밖에.

저녁까지만 해도 미약한 복부 통증과 불쾌감이 느껴졌지만, 시간이 지날수록 통증과 불쾌감은 심해졌고, 이제는 구역질까지 올라와 견디기 힘든 정도였다. 이런 체증은 여러 번 겪었고 그 누구도 알아주지 않았던 통증이고 아픔이었기에 늘 혼자 손을 따곤 했다. 그런데 지금은 손을 딸 만한 바늘도 실도 없다.

가까운 편의점에 가서 반짇고리라도 사 오고 싶었지만, 몸을 마음대로 움직일 수 없을 만큼 무겁고 속이 답답하다.

식은땀까지 나자 나리는 세영에게 전화를 걸기 위해 휴대폰을 들었다.

"세영아, 좀 와 줄래? 너무 아파."

— 어디가 아픈데? 얼마나 아파?

"체했어. 몸 상태가 너무 안 좋아."

— ……알았어. 기다려 봐.

통화를 끝낸 나리는 세영이 빨리 와 주기 바라며 침대에 몸을 웅크리고 누웠다.

이상하게 외롭고 서럽다는 생각이 들었다. 민정으로 있을 때, 아플 때도 늘 혼자였다. 누구의 위로나 염려를 받아 본 적 없이 없다. 오히려 꾀병이 아니냐는 시모와 아예 관심조차 없는 현구로 인해 혼자 아픈 것에 익숙해 있다. 그런데 왜 갑자기 서럽고 외로운 것인지.

통증도 달래고, 마음도 달래며 힘들게 시간을 보낸 지 얼마나 됐을까, 휴대폰 벨이 울렸다. 도착했다는 세영의 전화라는 생각에 반갑고 급하게 전화를 받으며 물었다.

"어디쯤 왔어?"

— 로비에 도착했는데.

그런데 휴대폰에서 흘러나오는 목소리는 세영이 아니었다.

재하는 휴대폰을 들고 잠시 고민했다.

'매일 전화한다고 부담을 느끼는 건 아니겠지?'

비슷한 또래의 여성과 다르게 어린 여자는 여러 가지로 신경 쓰였다. 비록 그녀가 또래의 30대 같은 정신 연령이라 해도 20대 초반의 여자를 만나는 건 쉬운 게 아니었다.

그렇다고 어제 이미 1일이라고 선언한 여자한테 전화를 걸지 못할 이유도 없어 나리의 휴대폰 번호를 누르려 하는데 오히려 그녀의 언니, 신세영에게 전화가 걸려 왔다.

"윤재하입니다."

— 나리 언니예요.

"네, 말씀하십시오."

— 나리가 아파요. 그런데 제가 지금 갈 수 있는 상황이 아니에요.

"위급한 상황입니까? 구급차를 불러야……."

— 아니요! 그 정도로 심각한 건 아니고 체했나 봐요. 혹시…… 손 딸 줄 아세요?

"……못합니다."

— 그럼 일단 소화제만이라도 사다 주세요.

"병원에 안 데리고 가도 괜찮겠습니까?"

— 네. 나리는 내가 가는 줄 알고 있어요. 오늘은 딱 소화제만 챙겨 주시면 돼요. 체한 거 가지고 유난스럽게 구는 거, 나리가 별로 안 좋아해요.

"알겠습니다."

— 주소, 문자로 보내 드릴게요.

통화가 끝나고 바로 주소가 문자로 들어왔다.

"더클래식 스위트라……?"

신나리가 호텔의 스위트룸에서 지낼 때부터 알아봤지만 재력이 어느 정도 손꼽히는 집안인 듯싶다. 그녀가 거주하는 곳은 최근에 오픈한 오피스텔과 레지던스의 복합형으로 되어 있는 고층의 고급 주거지다. 하지만 지금 그녀의 집안 재력이나 거주지가 궁금한 게 아니었다. 아픈 그녀에게 빨리 가야 하는 게 급선무다.

재하는 일단 호텔 주방으로 향했다. 24시간 룸서비스를 위해 주방에 근무하는 직원이 있기에 호텔에서 유명한 성게 죽을 부탁하고, 그사이 윤 회장이 입원해 있는 병원으로 가서 체증에 좋은 약을 부탁했다. 다행히 당직으로 있던 윤 회장 주치의 직속의 레지던트가 처방전을 발행해 주어 약을 받는 것은 어렵지 않았다.

"고맙습니다."

"아닙니다."

"저기…… 혹시 손 딸 줄 압니까?"

"네?"

"아닙니다."

재하는 다시 호텔로 돌아와 포장되어 있는 성게 죽을 들고 나리가 있는 레지던스로 향했다.

일부러 그런 것인지, 세영은 나리가 사는 곳을 알려 주었지만 정확한 층수와 호수는 알려 주지 않았다. 재하는 로비에서 나리에게 전화를 걸었다.

— 어디쯤 왔어?

그녀가 전화를 받아 힘없는 목소리로 그러나 무척 다급한 투로 물었다.

"로비에 도착했는데."

— 네? 대표님이 왜……? 설마 또 언니가…….

"지금 올 수 있는 상황이 아니라 구급차 대신 나를 보낸 거야. 약 가지고 왔는데 내려올 수 있겠어? 많이 힘들면…… 내가 올라갈까?"

그녀에게서 바로 대답이 나오지 않았다. 잠시 머뭇거리더니 그녀가 호수를 알려 주었다.

— 미안한데…… 올라와 주세요.

"그러지. 그런데 몇 호지?"

— 1907호요.

재하는 바로 그녀가 말한 19층으로 올라가 초인종을 눌렀다.

철컥. 문이 열렸다.

핏기 없는 하얀 얼굴과 입술, 식은땀을 흘리며 문을 열어 주는 그녀의 모습은 금방이라도 쓰러질 듯 위태로워 보였다. 단순한 체기로 인해 아픈 모습이 아닌 것 같았다.

"체한 거 맞아? 병원 가자!"

"체한 거 맞아요. 이런 적 여러 번 있었어요."

"네가 의사야? 응급실 가게 업혀!"

재하가 바닥에 약과 죽 봉투를 내려놓고 그녀에게 등을 내밀었다.

"응급실이 아니라…… 손 따면 금방 나아요. 그런데 바늘이 없어서……."

하지만 그녀는 병원을 거부하며 인증되지 않은 민간요법으로 해결하려 했다. 답답한 재하가 인상을 쓰며 다시 한 번 그녀에게 단호하게 응급실에 갈 것을 권고했다. 그러나 그녀의 고집도 만만치 않았다.

"이럴 시간에…… 차라리 편의점에 가서 반짇고리라도…… 사다 주세요.”

“이런 식으로 나오면 억지로 끌고서라도…….”

“병원 안 가요! 차라리 그냥 가세요.”

나리가 현관문을 닫아 버렸다.

“신나리! 문 열어!”

나이보다 성숙하다고 생각한 건 착각이었다. 병원에 가지 않겠다고 떼쓰며 하는 행동이 딱 20대 어린 여자, 아니 아주 한참 어린 유치원생과 같았다. 그렇다고 재하도 자신의 고집만을 내세울 수가 없었다. 그녀에게 빠른 조치를 취하지 않으면 안 될 것 같은 마음에 할 수 없이 나리의 말을 듣기로 했다.

“효과 없으면 바로 병원으로 가는 거야.”

재하는 그 길로 편의점으로 뛰어가 그녀가 말한 반짇고리를 사서 다시 돌아왔다.

“문 열어! 말한 거 사 왔으니까.”

창백한 얼굴로 다시 나온 그녀 앞으로 작은 반짇고리를 내밀었다. 그걸 받아 든 나리가 안으로 들어갔고, 재하도 망설임 없이 그녀를 따라 안으로 들어갔다.

민간요법을 온전히 믿을 수 없어 여차하면 그녀를 응급실로 데리고 갈 마음이었다. 하지만 나리는 거실에 켜 놓은 향초에 바늘을 소독하듯 달구고 자신의 엄지를 실로 꽁꽁 묶었다. 그리고 아주 능숙하게 바늘로 손끝을 찔렀다.

“윽!”

그녀는 표정 변화 하나 없이 멀쩡한데 마치 그가 바늘에 찔린 것처럼 잔뜩 찌푸려진 인상으로 신음소리를 냈다.

시커먼 피가 그녀의 손끝에서 배어 나왔다. 나리가 피를 닦아 내고 진이 빠진 모습으로 소파에 널브러졌다.

한두 번 해 본 솜씨가 아니었다. 언제나 혼자 손을 따서 체기를 가라앉혔던 것처럼 그녀의 표정도 평화로워졌다. 하지만 재하는 그 결과를 믿을 수 없었다.

"고집 그만 부리고 병원에 가지?"

"5분만 지나면 괜찮아져요."

과연 5분 후면 저 창백한 낯빛에 생기가 돌아올까?

그런데 그녀의 말처럼 신기하게도 그녀의 얼굴에 혈색이 돌기 시작했다. 그리고 다 죽어 가던 사람처럼 축 늘어져 있던 그녀가 소파에서 일어섰다.

"고마워요."

방금 전까지 서 있는 것조차 힘들어할 만큼 아팠던 사람으로 보이지 않았다. 체기에 있어서는 의술보다는 민간요법이 특효약인 것인가?

손을 따서 체기를 가라앉힌 경험이 없는 재하로서는 지금의 상황이 신기하기만 했다.

"좀 잘 체하는 편이에요. 그럴 때마다 이렇게 따 주면 괜찮아져요."

"정말 괜찮아진 거야?"

"네."

"그래도 약은 먹는 게 좋을 것 같은데."

"그럴게요. 그런데 이건 뭐죠?"

"성게 죽. 내일 아침에 챙겨 먹어."

"고마워요."

나리가 죽을 냉장고 넣고 그의 맞은편에 앉았다. 조금은 긴급했던 상황에서 어색함이 없던 두 사람 사이가 멋쩍어졌다. 서로의 얼굴을 마주하며 시선을 부딪치는 것도 불편할 것 같아 나리가 괜히 휴대폰을 찾아 집어 들었다.

휴대폰 화면을 켜는 순간, 그녀가 화들짝 놀라더니 그를 갑자기 쫓아내려 했다.

"대표님, 시간이 너무 늦었어요. 얼른 가세요."

12시가 가까워 오니 늦은 시간은 맞다. 그렇다고 차 한 잔 권하지도 않고 갑자기 쫓아내려는 나리에게 재하는 서운해졌다. 신데렐라도 아니면서.

미안함을 무릅쓰고 직원들에게 죽을 만들어 달라는 부탁을 했고, 개인적인 부탁으로 윤 회장의 주치의에게 부탁해 처방전을 받고 약을 받아 왔다. 응급실을 가지 않겠다는 그녀 때문에 가슴을 졸이고 답답했던 그 마음을 이제 겨우 가라앉히고 여유를 찾았는데, 이렇게 갑자기 가라는 말을 하다니.

"따지고 보면 긴급한 상황에서 신나리를 구해 준 은인이라고 할 수 있는데, 차 한 잔도 주지 않고 이렇게 쫓아내는 거, 너무한 거 아닌가? 내가 무슨 나쁜 짓 할 것도 아닌데."

"차는 내일 사 드릴게요. 너무 피곤해서 쉬고 싶어서 그래요. 그리고 부모님 오실 시간도 다 됐고요. 남자 들였다가 걸리면 크게 혼나거든요."

계속 시간을 확인하며 허둥거리는 그녀의 모습이 무척이나 불안해 보였다. 혼날 짓보다는 칭찬받을 짓을 했지만, 이 늦은 시간, 여자 혼자 있는 집에서 부모님과 맞닥뜨리는 것은 누구에게도 유쾌한 일은 아니다.

재하는 아쉬움과 서운함이 컸지만 어쩔 수 없이 자리에서 일어섰다.

"내일 차 사 준다는 거 잊지 마."

"알았어요."

그녀가 먼저 나가 현관문을 활짝 열었다.

"은인이 아니라 원수 취급을 하는군. 그래서 하는 말인데, 오늘 이 원수는 꼭 갚아 줄게."

"그러세요."

나리의 대답은 영혼 없는 대답으로 들려왔다. 그가 무슨 뜻으로 말하는 건지도 모른 채 건성으로 대답하는 것으로 들렸다.

"안녕히 가세요. 운전 조심하시고요. 오늘 진심으로 고마웠어요."

급하게 내뱉는 그녀의 인사말이 재하까지도 불안하게 만들었다.

"그럼 더 아프지 말고 쉬어."

그녀에게 인사를 건네고 나오는 순간, 그가 당장 사라지기를 기다렸던 것처럼 곧바로 현관문이 닫혔다.

속상하고 허탈했다. 아픈 그녀를 보며 그의 마음이 더 찌릿하게 아프다는 걸 느꼈다. 그녀에 대한 자신의 마음이 빠르게 깊어 가는 것이 느껴졌다. 그런데 그녀는 아직 그의 마음을 받아 주려 하지 않는다.

어쩌면 당연한 것일 수도 있다. 하지만 자신의 서운하고 아픈 감정은 속일 수도, 삭일 수도 없었다.

하마터면 모든 상황이 위험할 뻔했다. 체증으로 인해 쇼크가 올 것처럼 괴로웠던 상황도, 12시가 되어 윤재하 앞에서 사라질 뻔한 상황도. 다행히 윤재하는 더 늦지 않게 와 주었고, 12시가 되기 전에 집에서 나가 주었다. 사실 그가 나갔다기보다 그녀가 쫓아냈다는 게 맞는 말이지만.

어찌 되었든 위급했던 모든 상황이 정리된 후에 나리에게서 긴 한숨이 흘러나왔다.

"미안해지네."

문을 열었을 때, 호흡이 곤란하고 어지러운 상황에서도 그의 이마에 맺힌 땀이 보였다. 그녀를 위해 급하게 왔다는 걸 알 수 있었다. 게다가 병원에 가지 않겠다는 그녀에게 걱정을 넘어 화를 내는 것 같은 모습에 또 눈물이 왈칵 나오려 했다.

혼자 아프면서 느끼던 서러움은 금세 사라졌다.

문제는 나리라는 가짜 신분으로 병원을 갈 수 없음을 모르는 그가 고집을 부렸고, 자칫 잘못하면 강제로 끌려갈 수 있다는 생각이 들어 자신도 모르게 문을 닫아 버렸다.

12시가 가까워 그를 보내고 혼자 있는 지금, 외로웠다.

'함께 더 있었으면 외롭지 않고…… 편안했을 텐데…….'

하지만 그녀는 12시면 민정으로 돌아가야 했다.

'신나리로 계속 있었으면…….'

그녀에게 욕심이 생겨나기 시작했다.

❖

각 본부별 매출 보고서를 확인하고 새로운 행사와 이벤트에 대한 기획안을 살펴보고 있을 때, 휴대폰의 카톡 알림음이 들렸다.

[언제쯤 가야 차 한 잔 마시기 편하세요?]

어젯밤 그녀가 그를 쫓아내면서 차는 내일 사 주겠다고 했고, 그는 잊지 말라고 했었다. 꼭 차 한 잔을 사라는 의도에서 한 말은 아니었다. 그래서 그녀가 올 것이라는 예상은 하지 못했다. 그런데 잊지 않고 올 모양인가 보다.

[퇴근 후.]

[퇴근 후라고 하면 몇 시에 맞춰서 가야 하는 건지……?]

[시간은 7시 30분. 장소는 차 맛이 기가 막힌 호텔 29층에 있는 일식당 야케.]

[그럼 7시 30분, 그곳에서 뵐게요.]

재하는 나리가 보낸 카톡을 다시 한 번 읽어 보았다.

"비즈니스로 만나는 사이도 아니고."

스물넷의 아가씨가 보낸 문구가 어찌 이렇게 딱딱하고 건조하고 재미가 없는지. 그 흔한 이모티콘은 물론이고 흔하게 사용하는 기호, '^ ^' 나 '~~' 조차 없다.

서른넷의 남자, 형우도 이모티콘을 남발하고 우습지도 않는 내용에 'ㅋㅋㅋㅋㅋ' 를 수십 개씩 찍어 놓는데 말이다.

"아직은 서먹하고 조심스러워서 그런 거겠지? 아니면……."

얼마 남지 않은 생으로 인해 모든 게 부질없다는 걸 알고, 일찍 애어른이 되어서일지도 모른다는 생각이 들었다.

1년 후 그녀가 세상에서 사라진다고 해도 상관없다고 생각했다. 그녀에게 남아 있는 1년의 시간을 그가 아름답게 채워 주면 된다고 여겼다. 그 시간 속에 자신도 행복해질 것이라 생각했다. 그걸로 충분할 줄 알았다. 그런데 1년 후에는 그녀가 세상에 없을 거라는 사실이 벌써부터 그의 마음을 무겁고 답답하게 했다.

시간이 흐르고 신나리에 대한 마음이 깊어질수록 단순했던 감정이 생각보다 많이 복잡해지고 있다. 제대로 된 연애를 해 보지 못한 그에게 있어 낯선 감정이다.

너무 무모한 감정에 어리석은 도전을 한 건 아닐까. 그럼에도 후회는 없었다.

상념이 더 깊어지면 업무에 집중을 하지 못할 것 같아 자리에서 일어섰다. 시원한 아이스커피를 마시기 위해 최 비서 없이 스카이라운지로 올라갔다.

"안녕하십니까, 대표님?"

"네. 아이스 에스프레소 부탁합니다."

직원에게 커피 주문을 하고 창가를 향해 걸어갈 때, 훌쩍거리는 여자의 흐느낌이 들려왔다.

"이대로 헤어질 수 없어요. 내가 현구 씨를 얼마나 사랑했는데. 흑흑흑."

"그래도 끝내야지 어떡하겠니? 우린 불륜인걸."

"이혼하세요. 와이프하고 이혼하고 나하고 결혼하면 되잖아요. 왜 우리가 헤어져야 해요? 흑흑흑."

"우리 엄마가 알았어. 만일 너하고 나 끝내지 않으면 우리 엄마가 너한테 무슨 해코지를 할지 몰라. 그래서 너하고 헤어지고 싶지 않지만 이럴 수밖에 없는 거야."

"현구 씨……. 원장님……."

"미안하다. 내 미안한 마음이 이걸로 다 표현이 되지 않겠지만 그래도 나를 행복하게 해 준 너에게 이렇게라도 해 주지 않으면 진짜 내가 나쁜 놈 될 것 같아서……."

"흑흑흑. 이런 거 필요 없어요. 그냥 난 현구 씨만 있으면 된다고요."

재하는 창가에 앉아 남녀의 작태를 두고 보았다.

남자가 테이블에 놓은 흰 봉투를 여자는 건드리지 않았다. 계속 울며 매달리기만 할 뿐이었다.

"나 같은 거 잊고 좋은 남자 만나 결혼해."

남자가 일어나서 자리를 벗어났고, 그곳에 혼자 앉아 있던 여자는 눈물을 닦고 화장을 고쳤다. 눈물, 콧물을 빼며 실연에 힘들어하는 모습은 온데간데없었다. 새초롬한 표정으로 테이블 위의 봉투를 가져다가 안에 있는 수표를 꺼내 금액을 확인했다.

"헐! 겨우 천? 헤어질 때 되니까 스케일 나오네."

심하게 인상을 구긴 여자가 자리에서 일어서서 나갔다. 여자의 뒷모습에 나리가 겹쳐 보였다.

"설마 신나리하고도 저런 관계?"

재하의 머릿속이 하얘졌다. 아닐 거라고 부정을 해도 확신할 수 없어 불안함은 쉽게 가시지 않았다.

❖

아침 6시. 어김없이 민정에서 나리로 돌아왔다. 어젯밤 민정으로 돌아가고 싶지 않다는 마음이 들어서였는지 오늘 아침 거울에 보이는 나리가 유난히 반가웠다.

"오늘도 잘 살아 보자, 신나리."

미소를 지으며 자신에게 인사를 건넨 나리는 주방으로 들어와 어젯밤 재하가 두고 간 죽을 꺼냈다.

"성게 죽이라고?"

성게는 한 번도 먹어 본 적이 없다. 그 맛이 궁금한 나리가 급하게 한입 떠먹었다.

"맛있다."

바다 향기와 함께 입안에 퍼지는 죽 맛은 달았다.

"그 와중에 이걸 챙겨 오다니."

웬만한 마음으로는 그 상황에 죽까지 챙길 수는 없지 않았을까?

그의 정성과 마음이 더해져 죽 맛이 감동으로 다가왔다.

"누군가의 걱정과 보호를 받는다는 건…… 많이 설레고 떨리는 일이구나."

익숙해지고 싶었다. 그녀도 누군가의 보호와 보살핌 아래 따뜻한 관계를 맺고 싶었다.

"욕심내서는 안 되겠지? 어차피 1년 후면……."

신나리는 없어질 존재인 것이다.

혼자 죽을 먹고 커피 한 잔을 내려 창가에 놓인 소파에 앉았다. 머리를 기대고 눈을 감고 앉아 커피 향을 느끼는데, 문득 커피를 달라고 하던 재하의 모습이 떠올랐다. 급박하게 쫓아내느라 차를 사 주겠다고 한 말도 떠올랐다.

"사 주겠다고 했으니 사 줘야겠지?"

마지못해 약속을 지키려는 것 같은 말투였지만 그녀의 표정은 무척이나 밝았다. 그에게 전화를 하는 것보다 문자를 보내는 편이 더 나을 것 같아 카톡을 보냈고 약속을 잡았다.

약속 시간이 저녁임에도 불구하고 나리는 벌써부터 어떤 옷을 입고 갈지 고민이었다. 옷장을 열어 고민하고 있을 때, 세영이 찾아왔다.

"괜찮아? 어제 못 와서 미안. 수원에서 모임이 있었거든. 올 수 있는 상황은 아니고……."

세영은 재하를 보내야만 했던 이유를 장황하게 털어놓았다.

나리는 당황스러웠지만 워낙 정신이 없을 만큼 위급한 상황에서 재하의 도움으로 인해 살아나서 다행이었다고 했다. 그리고 그보다 더 다급했고 위험했던 12시 이전의 상황까지 이야기해 주었다.

"그래서 지금은 다 나은 거지?"

"응. 한두 번 겪은 일도 아닌데."

"그럼 우리 마사지받으러 갈까? 뭐 넌 어려서 관리받지 않아도 예쁜 피부지만 혼자 가면 심심할 것 같아서."

"그럴까? 나도 어차피 집에 혼자 있으면 심심한데."

세영을 따라 나리는 피부과로 향했다. 하지만 도착하기도 전에 미용실에 문제가 생겨 세영은 가야 했고, 나리 혼자 마사지를 받아야 하는 상황이 되었다. 그런데 그곳이 하필 현구의 후배가 하는 피부과다.

물론 민정이 아닌 나리기에 아무도 몰라보겠지만, 문 앞에서 나리는 갈등했다.

'더 엮이면 안 될 것 같은데…….'

발걸음을 돌려 돌아가려 하는데.

"들어갈 거 아니면 비켜 줘야죠. 출입문을 막고 서서……. 아니, 너는……?"

하필 민 여사와 맞닥뜨렸다.

"할머니는……?"

이젠 진짜 신나리가 되었는지 '어머님'이 아닌 '할머니'라는 호칭이 자연스럽게 튀어나왔다.

"싸가지는 여전히 없군. 쯧쯧."

"할머니도 나이답지 못하게 교양이 없으신 건 여전하시네요."

"너 대체 뉘 집 아이니?"

"그러는 할머니는 어느 집 여사님이세요?"

화가 머리끝까지 오른 것 같은 민 여사가 병원 문을 열고 소리쳤다.

"차 실장, 나와 봐. 그리고 고 원장도 나오라고 해!"

이곳에서도 민 여사가 무시할 수 없는 존재인지, 놀란 여직원이 뛰어 나왔다.

"사모님, 무슨 일이세요?"

"얘 누구니?"

차 실장의 시선이 나리를 향했다. 꾸준하게 관리를 받아 온 고객이 아니더라도 미모로 봐서 한 번 왔으면 기억을 할 만한 얼굴이다. 하지만 차 실장의 기억에 이토록 뛰어난 외모를 가진 여인은 없었다. 신규 고객도 아니라는 얘기다.

차 실장이 나리에게 물었다.

"우리 병원에 오신 적이 있나요? 처음 뵙는 것 같은데요?"

"맞아요. 처음 온 거예요. 그런데 잘못 왔나 봐요. 물이 안 좋네요."

나리가 출입문 반대쪽으로 걸어가려다 말고 민 여사를 향해 몸을 돌렸다.

"할머니, 돈 들여 얼굴만 가꾸지 마시고요, 마음과 인격을 먼저 곱게 가꾸세요. 그리고 할머니는 이미 늙으셔서 애쓰셔도 안 돼요. 호박에 줄 긋는다고 수박 되나요?"

제 할 말만 하고 걸어가는 나리의 등 뒤로 민 여사의 날카로운 고함이 들려왔다.

"내가 너 꼭 어느 집 딸내미인지 밝혀서 네 집안 망신을 주고 말 테야! 네 부모, 이 동네에서 얼굴 못 들고 다니게 만들고 말 거라고! 이 괘씸한 계집애야!"

쇼윈도 귀부인이라고 할 수 있는 민 여사 입에서 계집애라는 말이 나온 걸 보니 열이 단단히 오른 모양이었다. 하지만 나리는 아랑곳하지 않았다. 민 여사에게 받은 설움과 울분이 많아서인지 한바탕 붙을수록 통쾌함이 느껴졌다.

'아들 때문에 망신당해 얼굴 들지 못하고 다니실 날이 올 수도 있어요.'

나리가 환하게 웃으며 그곳을 벗어나는데 현구에게서 전화가 걸려 왔다. 나리는 일부러 받지 않았다. 대신 그에게 카톡을 찍어 보냈다.

[원장님 어머니 때문에 너무 속상해요. 돈 돌려 드릴 테니 우리 다시는 만나지 마요.]

카톡을 확인한 그에게서는 계속 전화가 걸려 오고 카톡이 들어왔다.

[나리 씨, 어디야? 전화 좀 받아 줘.]

[내가 어머니를 대신해서 사과할게. 미안. 만나서 얘기하자.]

[제발 전화 좀 받아 줘.]

'아주 똥줄이 타는구나. 하지만 이거 가지고는 안 되지. 더 바짝 타들어 가야지. 네가 내 속을 태운 만큼.'

나리는 아예 휴대폰 전원을 꺼 버렸다.

❖

병원에 들러 윤 회장을 보고 호텔로 돌아왔다. 나리와의 약속 장소로 가기 위해 엘리베이터로 향하는데 앞서가는 나리의 뒷모습이 보였다.

늘씬하게 쭉 뻗은 몸매가 워낙 훌륭해서인지 청바지에 흰 티셔츠 하나 입었을 뿐인데도 호텔 로비에 있는 많은 사람들의 시선을 끌고 있었다. 그중에는 음흉한 남자들의 시선도 있었다. 그걸 그냥 두고 볼 수 없어 재하가 그녀를 향해 빠른 걸음으로 다가갔다. 하지만 그보다 더 빠르게 다가가 그녀에게 말을 거는 남자가 있었다.

"안녕하십니까?"

"누구세요?"

"나쁜 사람은 아닙니다. 이런 사람입니다."

남자가 명함을 꺼내 나리에게 건넸다.

"소울 이엔티라고, 들어 봤을 겁니다. 서진아, 오민혁, 김재훈 등등 우리나라 최고라고 할 수 있는 배우들이 소속된 기획사입니다. 연기해 볼 마음 없습니까? 마음만 있으면 연기 공부부터 배역 캐스팅까지 지원해 드릴 수 있습니다. 딱 봤을 때, 좋은 감이 왔습니다. 제가 웬만해서는 길거리 캐스팅 같은 거 하지 않는 사람인데……."

"하지 않는 사람이면 하지 말고 그냥 가시죠?"

재하가 끼어들자 나리와 남자가 놀라 그를 바라보았다.

"누구십니까?"

"보면 모르겠습니까? 보호자입니다."

재하가 일부러 나리의 어깨를 끌어당겨 그의 옆에 가까이 붙게 만들었다.

"아, 그렇습니까? 오빠 되시나 보죠? 차라리 잘됐습니다. 요새 기획사를 사칭한 사기꾼들이 많아서 믿음이 가지 않을 수도 있으실 겁니다. 함께 저희 사무실에 가셔서 전속 계약……."

"다른 데 가서 알아보십시오."

재하가 나리 손에 들려 있는 명함을 빼내 남자에게 돌려주었다.

"연기가 어려울 것 같으면 모델이나……."

"내 말뜻을 못 알아들은 겁니까?"

"오빠 뜻이 본인 뜻입니까?"

재하를 향해서는 설득이 되지 않는다는 것을 알았는지 남자가 나리에게 물었다.

"네."

"좋은 기회인데…… 한번 생각이라도 해 보시죠? 저도 웬만해서는 이렇게 여러 번 권하지 않습니다. 그런데 딱 보자마자……."

"우리는 분명 거절 의사를 밝혔습니다. 그러니 그만하시고 안녕히 가십시오."

재하가 나리의 손목을 끌어당기며 승강기에 올라탔다.

"왜 도망 안 갔어?"

"네?"

"내가 모델해 볼 생각 없냐고 물었을 때는 눈도 마주치지 않고 쌩하니 도망가더니."

"내가…… 언제요?"

아무리 생각해 봐도 그녀에게 그런 기억은 없다.

"기억이 안 나면 말고. 대신 앞으로 저런 제안이나…… 차 한잔하자고 말 걸어 오는 남자들이 있으면 딱 부러지게 거절해."

"그러려고 했어요. 그런데 중간에 대표님이 나타나신 거죠."

"다 듣고 있을 필요도 없어."

"그럴게요."

"그래도 계속 들러붙으면 한 마디만 해. 꺼져! ……라고."

재하의 말에 나리가 어이없는 웃음을 흘렸다.

"웃으니까…… 예쁘다."

남자에게서 듣는 예쁘다는 말, 그 말에 가슴이 설레는데 왜 웃음은 쏙 들어가 버리는지.

낯 뜨겁고 오글거려서인지 나리는 더 이상 웃고 있을 수가 없었다. 시선 자체를 어디에 두어야 하는지, 그리고 어떤 반응을 보여야 하는지 몰라 그저 숫자판만 멍하니 쳐다보았다.

민망해하는 그녀의 반응을 눈치챈 재하는 입을 다물었다. 그럼에도 그녀가 귀여워 예약한 식당에 들어올 때까지 그녀에게서 시선을 떼지 않았다.

룸에 들어온 지 얼마 되지 않아 음식이 들어왔다.

"어? 우리 차 마시는 거 아니었어요? 난 분명 차를 산다고 했는데."

"그럼 찻값만 내든지. 난 저녁을 먹어야 해서. 속은 이제 괜찮아?"

"괜찮아요."

"셀프로 손 따는 솜씨가 예사롭지 않던데. 잘 체하나 봐?"

"잘은 아니지만, 남들보다 쉽게 체하는 편이이에요."

그런데 처음부터 혼자 먹을 생각이었는지 가만 보고 있자니 음식은 재하의 것만 들어왔다. 어차피 저녁 생각은 없었다. 그래도 제 것만 주문해서 혼자 먹는 모습이 얄미웠다.

'그렇게 안 봤는데 사람 은근 쪼잔한가 보네?'

그런데 메인 음식이 나올 때, 그녀 앞으로 죽이 놓여졌다.

"괜찮다고 해도 당분간 먹는 걸 조심해야 할 것 같아서."

깊게 생각해 준 그에 대해 나쁘게 생각한 것이 미안해졌다.

"이건 먹고 싶어도 좀 참아. 다음에 사 줄 테니까."

싱싱한 회 한 점을 집어 그녀 눈앞에 보인 그가 입으로 쏙 집어넣었다. 그걸 본 나리는 허기가 느껴졌다. 무언가 먹고 싶다는 생각이 없어서 그랬지, 아침에 먹은 성게 죽 외에 오늘 먹은 음식은 아무것도 없었다.

죽을 먹어야 할지, 말아야 할지 고민할 것도 없이 수저를 들었다. 쫄깃한 전복이 씹히는 죽 맛은 앞에 있는 회가 부럽지 않을 정도였다.

맛과 양에서 만족감이 느껴지는 식사가 끝나자 직원이 차를 들여왔다.

"매실차야. 소화불량에 좋은 차라니까 다 마셔."

"참 자상하시네요."

"자상한 남자 좋아해?"

남자 자체를 좋아하지 않는다고 대답하려 했다. 하지만 이미 그를 향한 마음이 흔들리고 있는 상황에 맞지 않는 답이라 나리는 대꾸하지 않고 차만 마셨다.

"대답이 없네. 설마 유부남이 취향은 아닌 거지?"

무슨 의도로 묻는 건지 알 수는 없었지만 나리는 불쾌감이 느껴졌고 순간 인상이 심하게 굳어졌다.

바람기 가득한 유부남의 아내로 16년을 살며 받은 상처로 죽은 삶과 같은 시간을 보냈다. 남편도 문제지만 그를 만나는 여자들도 문제가 많다는 것을 아는데, 취향이 유부남이냐니.

찻잔을 거칠게 내려놓고 화를 내려고 하는데.

"그 남자 유부남이야. 알고는 있었어?"

설마 이현구를 말하는 것인가?

"오늘 여자 한 명 정리하던데. 여자가 많다는 것도 알고 있었나?"

"무슨 의도로 묻는 거죠? 내가 그 많은 여자들 중에 하나라고 생각하는 거예요?"

"……솔직히 말하면, 그중에 하나가 될까 봐. 솔직하게 말해 줘. 둘이 어떤 관계야?"

두 사람의 시선이 눈싸움을 하듯 서로를 뜨겁게 응시했다. 갑자기 냉

랭해진 분위기 속에 침묵이 흘렀고 그 시간은 꽤나 길었다.

대답이 없는 그녀로 인해 재하는 불안했다. 무슨 상상을 하는 거냐며 펄펄 뛰어야 그의 마음이 안심될 것 같다. 하지만 그녀는 너무도 차분했고 눈동자는 흔들림 없이 고요했다.

그녀의 모습에서는 어떤 대답도 찾기 힘들었다. 두 사람의 관계가 적어도 부적절한 사이는 아니라는 걸 믿으며 다시 한 번 질문을 던지려 할 때.

"그 남자한테 갚을 게 있어요. 참고로 돈은 아니에요."

"금전적인 채권, 채무 관계가 아니라면……?"

"복수하는 중이에요. 더는, 그리고 모두 다 알려고 하지 마세요. 누구에게나 알리고 싶지 않거나 알리지 못할 사연들 하나씩은 있으니까."

재하는 그녀와 그 남자의 관계에 더 알고 싶고, 다 알고 싶었다. 그녀에게서 더 이상의 답이 나오지 않는다는 걸 알면서도 그가 물었다.

"피의 복수를 부르는 그런 관계인 건가?"

"모르죠."

그녀가 애매모호한 미소를 지었다.

"용서를 할 수는 없는 건가? 용서받을 만큼 그자가 인간적으로 보이지는 않았지만."

그녀의 애매모호했던 미소가 비틀어졌다. 그걸 보며 두 사람의 관계가, 아니 남자를 향한 나리의 마음이 심하게 꼬이고 다쳤을지 모른다는 생각이 들었다.

어떤 사연인지 다 알고 싶었다. 그래야 자신의 마음이 홀가분하고 편해질 것 같다. 하지만 본인 마음 편하자고 그녀의 마음을 무시할 수도 없었다.

그의 그 궁금증을 그녀가 읽은 것인지 대화의 주제를 벗어나려는 것처럼 엉뚱한 질문을 던졌다.

"찻값으로 얼마를 내야 할까요?"

"카운터에 한번 물어보지."

"그럼 일어나죠. 식사도 끝나고 차도 다 마셨으니."

이대로 일어나는 것이 아쉬웠지만 그녀를 더 잡고 있어서 불편하게 만들고 싶지 않았다.

"그래, 일어나자."

룸을 나와 계산을 끝내고 나자 그녀가 장난기 어린 얼굴로 물었다.

"얼마래요? 찻값?"

"서비스래. 그러니 오늘 차 마신 건 나리가 산 게 아닌 거야."

나리가 피식 웃었다.

"데려다줄게."

"택시 타고 가도 돼요."

"택시보다 내 차 승차감이 더 좋아. 운전도 내가 더 잘할 거고."

괜한 실랑이를 벌이고 싶지 않은 나리는 조용히 재하를 따라 주차장으로 내려갔다.

집으로 돌아가는 동안 재하가 현구에 대한 다른 질문을 하지 않을까, 신경 쓰이고 걱정을 했지만 그는 운전에만 집중하는 것으로 보였다. 궁금한 것이 없어서가 아니라 이현구에 대해 별로 말하고 싶지 않은 그녀를 생각하고 배려를 해 주는 것이라 여겨졌다.

윤재하가 어떤 사람인지 채 파악하기도 전에 그에게 흔들리고 있지만, 제가 느낀 그 감정이 헛되고 부질없는 것이 아니길 바랐다. 그런 실수는 16년 전 한 번이면 족했다. 그로 인해 불행한 시간을 보낸 것으로 대가를 치렀으니 선물로 받은 이 삶에서는 모든 게 행복한 선물이기 바랐다.

나리를 데려다주고 가는 길에 재하는 복잡한 생각에 빠졌다.

불륜을 아무렇지 않게 저지르는 유부남을 향한 복수라? 언니가 그 남자에게 배신을 당했나? 아니면 가까운 지인?

'혹시…… 그 남자 아내가 나리와 가까운 사이?'

그런데 왜 그 복수를 나리가 하려는 걸까?

'삶이 얼마 남지 않은 시한부라서?'

백화점의 진상 고객이나 예린에게 거침없이 덤빌 수 있었던 것처럼 그 남자에게도 겁 없이 달려들어 무모한 복수전을 벌이는 건 아닌지 걱정이 되었다. 이유가 어찌 되었든 나리가 그런 험한 추억을 만드는 건 그가 원하는 게 아니다. 아름다운 기억들만 쌓기에도 모자란 시간이다. 그녀의 찬란한 청춘을 얼룩진 채 끝나게 할 수는 없었다.

'신나리, 쓴 복수보다는 달콤한 연애가 더 낫지 않을까?'

재하는 그녀에게 남은 짧은 시간이 달콤하기만을 바랐다.

오피스텔에 거의 도착했을 때였다. 형우에게 전화가 걸려 왔다. 재하가 전화를 받자마자 그가 느닷없는 말을 던졌다.

— 도둑놈!

"최형우, 전화 잘못한 것 같다. 끊자."

— 너무 어린 거 아니야? 미성년자는 아니지?

나리와 있는 모습을 본 모양이다.

— 야케에 함께 갔던 여학생이 최근 널 심란하고 심각하게 만든 장본인 맞지?

"운전 중이야. 나중에 통화하자."

— 알았다. 나중에 만나서 얘기하자.

그의 연애사를 풀어내기 위해 전화를 한 줄 알았는데, 오히려 자신이 놀림감이 되어 버린 기분이다.

"그래도 그렇지, 도둑놈이라니?"

안 그래도 열 살이라는 나이 차가 신경 쓰였다. 그런데 그걸 또 콕 집어 놀리다니. 앞으로 계속 놀림을 당할 것 같은 불안감이 스쳤다.

❖

민정으로 돌아오는 12시. 민 여사가 잠들어 있는 시간이기에 현구의 귀가와 상관없이 집 안은 늘 조용했다. 연화는 오늘도 이미 끝난 막장 드라마를 보고 있었나 보다. 민정이 침대 헤드에 기대어 앉아 TV를 응시하는 모습으로 돌아왔다.

민정은 옆에 놓인 연화의 휴대폰부터 확인했다.

"할머니는 오늘 어떻게 지내셨나?"

[네 시모와 남편의 치열한 모자전(母子戰)이 있었다. 나리, 너 때문에 화가 난 네 시모와 너 때문에 가슴 무너지는 네 남편이 맞붙어 볼만했다. 이대로 가다가는 피의 전쟁이 나서 모자 인연까지 끊어질 듯싶다. 아무래도 네 남편이 신나리한테 단단히 반한 것 같다. 그 입에서 이혼하고 싶다는 말이 나왔단다. 호호호호. 요즘 보는 막장 드라마보다 이 집구석 돌아가는 모양새가 더 재미있구나. 물론, 원수 같은 네 남편이 너한테 깜빡 넘어간 건 네 입장에서 불쾌할 수 있겠지만 말이다.^^]

문구 맨 끝의 미소 표시에 웃음이 나왔다.

"할머니, 이런 것도 쓰시고. 귀여우시네. 그나저나 모자간의 전쟁이라……? 그것도 날 두고 둘이 싸우는? 열심히 싸워들 보시지, 어차피 둘 다 패자일 텐데."

나리는 TV를 끄고 침대에 누웠다. 내일 아침 나리로 빨리 돌아가기 위한 방법은 잠이 최고다. 빨리 내일 아침이 오길 바라며 눈을 감았다.

"난 내가 하고 싶은 대로 살면 돼."

다음 날 아침, 현구로 인해 꺼 놓았던 휴대폰의 전원을 켜자 카톡 알림음이 연속으로 울렸다.

재하에게서 온 한 개의 메시지 빼고 모두 현구가 보내는 것이었다. 열 통 넘게 온 부재중 전화번호 역시 현구의 것이었다.

나리는 그중 재하에게서 온 카톡 메시지만 확인했다.

[이왕 도둑놈 소리 들은 거, 제대로 도둑놈이 돼 볼까 해.]

누구에게, 무슨 이유로 도둑놈 소리를 들었는지가 빠져 있는 메시지를 해석할 수가 없었다.

"나한테 보낸 거 맞아?"

다른 누군가에게 보내야 할 메시지를 잘못 보낸 것이라 생각하며 아침을 챙겨 먹으려 할 때 휴대폰 벨이 울렸다. 현구의 전화인 것을 확인한 그녀는 그의 속을 더 태워 모자전을 크게 키워야 할지 고민에 빠졌다. 나리는 그의 전화를 받지 않는 대신에 메시지를 찍어 보냈다.

[계좌번호 알려 주세요.]

바로 답이 들어왔지만 만나서 얘기하자는, 그리고 잘못했다는 내용이었다.

"매일 16년을 빌어도 용서가 안 되는 너를 쉽게 용서해 줄 것 같아? 더 빌어. 계속 빌어. 굴욕감에 더 이상 빌지 못할 때까지. 그것도 난 성에 안

차지만.”

독기를 채우듯 아침을 챙겨 먹은 나리는 세영을 찾아가 메이크업과 헤어를 손질받았다.

“윤 대표하고 데이트?”

화사하게 차려입은 나리를 보며 세영이 물었다.

“아니. 이현구 눈물 빼러.”

“와우! 재미있는 거 못 봐서 아쉽네.”

“끝내자고 하려고. 그 인간이 쉽게 끝낼지는 모르겠지만.”

“왜, 벌써 끝내? 더 애간장을 녹이고 놀려 먹어야지.”

“나리로 살면서 쓰레기 처리만 할 수 없잖아.”

“그렇기는 하지. 뭐 어쨌든 이현구 만나고 이리로 와. 인테리어 결정해야지.”

“그럴게.”

세영의 숍을 나온 나리는 은행에 들러 그에게 갚을 돈을 찾은 후 곧바로 현구의 병원으로 향했다

“안녕하세요?”

상냥하게 웃으며 그녀를 맞이하는 실장의 모습에 나리도 묵례로 인사를 받았다.

“예약하셨나요?”

“예약은 하지 않았지만, 원장님이 기다리고 계실 겁니다. 신나리라고 전해 주세요.”

“잠시만 기다려 주십시오.”

실장이 원장실로 들어가고 얼마 안 되어 곧바로 현구가 튀어나왔다.

“나리!”

주변에 있는 간호사들의 눈치도 보지 않은 채, 그녀의 손을 덥석 잡으며 울먹였다.

"피 말라 죽이려고 작정했지? 일단 안으로 들어가자."

원장으로서의 체면을 버렸는지, 아니면 간호사들의 시선 따위는 안중에도 없을 만큼 바람둥이로 떳떳한 것인지 현구는 나리의 어깨까지 감싸 안았다.

'이러니 김 간호사 입에서 병신이라는 말이 나오지.'

열이 오르는 나리는 매몰차게 현구의 팔을 쳐 냈다. 그리고 간호사들이 보는 앞에서 봉투를 내밀었다.

"원장님한테 빌린 돈이에요."

"나리야, 왜 이래? 빌린 돈이라니? 그건 내가……."

"안 받으시면 원장님 어머니 찾아가서 드릴 거예요."

"여기서 이러지 말고 들어가서……."

하지만 나리는 그의 말을 무시하고 현구의 가운 주머니에 봉투를 찔러 넣었다.

"어머님께 말씀 전해 주세요. 우리 부모님 입에 올리기 전에 당신 인격부터 좀 살펴보시라고요. 난 우리 엄마한테도 계집애란 소리 안 듣고 자랐어요. 남의 귀한 자식에게 계집애라니요? 어른이라는 이유만으로 원장님에게 누군가 새끼라는 말을 했다면 기분 어떻겠어요? 아무리 어른이라도 느닷없이 그런 소리 들으면 기분 더럽겠죠?"

"나리……."

"원장님이 왜 결혼을 못하셨는지 알겠더라고요. 그런 어머니가 계시는데 어느 여자가 원장님하고 결혼을 하겠어요? 앞으로도 결혼하시기, 아니 연애하시기도 힘드시겠어요. 안녕히 계세요."

병원을 나서자 현구가 뒤따라 나왔다.

"정말 이대로 갈 거야? 앞으로 나 안 볼 거야?"

"네."

"나 나리한테 해 줄 수 있는 것들이 많아. 생각보다 내 능력이 크다고. 나 놓치면 나리, 네 손해야. 다시 한 번 더 생각해 봐."

어이없는 현구의 말에 웃음이 터져 나왔다. 한참을 까르르 웃어 대던 그녀가 정색을 하고 현구에게 다가갔다.

"뭘 해 줄 수 있는데요?"

"원하는 거……."

"전 재산을 원한다고 하면 다 줄 수 있어요?"

"……."

"그럴 거 아니면 그런 말씀 하지 마세요. 책임질 수 없는 말은 함부로 하는 게 아니에요."

그의 뺨을 한 대 치고 싶은 마음을 간신히 누르고 나리는 세영의 미용실로 돌아왔다.

"어떻게 됐어?"

피부과에서 민 여사를 만났던 것부터 제 능력 자랑을 하며 그녀를 잡았던 현구의 우습지도 않은 모습까지 이야기해 주었다.

"가관일세. 그런데 정말 이대로 이현구하고 끝내는 거야? 아쉽다. 눈에서 눈물도 뽑아야 하고 지갑에서 돈도 뽑아야 하는데."

세영의 말이 맞다. 나리의 입장에서도 이현구의 눈에서 눈물이 나는 걸 보고 싶고, 돈 잃고 팔딱팔딱 뛰는 것도 보고 싶다. 그러기 위해 이현구에게 접근했다.

그러나 아쉽지는 않다. 오히려 더 길게 그리고 깊게 가지 않은 것에 편안함이 느껴졌다. 그 편안함 끝에 재하가 의식되었다.

'누려 보지 못한 것들을 다 즐기지도 못하고 끝낼 수 있는데, 이 짧은 시간을 쓰레기 처리로 보내기에 너무 아깝잖아. 인생 쓴맛 다 봤으니 이젠 단맛을 봐야지.'

10장

인테리어 업자가 가지고 온 시안 모두가 맘에 들어 나리는 결정을 하지 못했다.

"세영아, 넌 뭐가 좋아?"

"이 시안들은 결정 장애를 만들 수밖에 없네. 나도 다 맘에 들어."

두 사람이 세 개의 시안을 두고 고민에 빠졌다.

"이 방법 어때?"

"어떤 거?"

세영이 시안 세 장을 나란히 놓고 손가락으로 하나하나 짚어 가며 리듬을 타기 시작했다.

"코카콜라 맛있다. 맛있으면 또 먹어. 또 먹으면 배탈 나. 배탈 나면 척척박사. 알아맞혀 보세요! 딩동댕!"

세영의 손가락이 하나에 머물렀다. 하지만 세영의 리듬이 이어졌다.

"커피 잔!"

세영이 뭔가 아쉬운 듯 고개를 갸웃거렸다.

"무지개! 빨주노초파남보!"

하지만 장난스러운 방법으로 선택해서인지 남은 시안이 아쉬웠다. 또 다시 고민에 빠져 심각해 있을 때, 나리가 조심스럽게 입을 열었다.

"윤 대표에게 물어볼까?"

현재 대한민국 최고의 핫플레이스라 할 수 있는 드림시티의 젊은 대표에게 조언을 받겠다는 생각은 칭찬받을 만하다. 하지만 세영의 눈에는 비즈니스를 빙자하여 좀 더 관계를 깊게 하려는 술수로 보였다.

'완벽한 신나리가 되었구만. 민정이라면 저런 잔머리는 못 굴렸을 텐데.'

친구의 변화가 기특해 세영은 모르는 척하며 대꾸했다.

"그래, 진짜 좋은 생각이다! 얼른 이거 가지고 가서 물어봐."

"전화 먼저 해 보고."

나리가 재하에게 전화를 걸었고, 당장 회사로 와도 좋다는 그의 허락을 받았다.

통화를 끝낸 나리가 시안을 챙겼다.

"윤 대표한테 가는 거야?"

"응. 지금 오래."

"물어볼 거 있는데. 둘의 지금 진행 상태가 썸이야? 연애야?"

세영의 질문을 똑같이 자신에게 던져야 했다. 하지만 답이 나오지 않았다. 이미 재하는 1일이라고 했지만 관계가 서먹하다. 설레고 떨리는 마음이 있지만 솔직하게 표현하기에 함께한 시간이 짧다. 그리고 그런 걸 표현하고 관계를 발전시켜 나가기에 나리는 미숙하다.

"모르겠어. 어디서부터 어디까지가 연애고, 어떤 게 썸인지도 모르겠고."

"고백받았고, 데이트했고, 서로 싫지 않아 다음에 만나서 또 함께 데이트하면 그게 연애 시작이지."

"그래도 연애라고 하면 늘 보고 싶어 하고, 만나면 헤어지기 싫어하고, 앉으나 서나 생각나고, 뭐 그런 거 아닌가?"

"그래서 연애 시작이라고 했잖아. 내가 보니까 너하고 윤 대표, 그럴 날 얼마 안 남은 것 같네. 잘해 봐."

미소로 답을 해 준 나리가 자리에서 일어나 나가려 할 때 세영이 그녀를 불렀다.

"나리야."

"응?"

"너 윤 대표하고 밤새우면 안 되는 거 알지? 괜히 분위기에 빠져서 12시 넘기면 큰일 난다. 조심해."

"무슨 말인지 알겠는데 그럴 일은 절대 없어. 갈게."

세영의 미용실을 나오면서 나리가 다시 한 번 중얼거렸다.

"그럴 일은 절대 없다고! 절대!"

호텔에 도착했다는 나리를, 재하는 로비까지 내려가 직접 집무실로 데리고 왔다. 비서실에 있던 직원이 나리를 데리고 들어오는 재하를 믿을 수 없다는 눈빛으로 쳐다보았다.

"차는 안 주셔도 됩니다. 특별한 보고 사항 없으면 인터폰 하지 마시고요."

최 비서에게 지시하고 나리와 함께 집무실로 들어왔다.

"밖에서 얘기해도 되는데……."

"밖은 위험해. 사업 기밀을 이야기하는데 여기보다 직원들 눈도 많고, 우리 두 사람의 이야기가 새어 나갈 수도 있고."

실없는 농담이라고는 하지도, 듣지도 않을 것 같은 조각 같은 얼굴로 우스갯소리를 하는 재하가 나리의 눈에 귀여워 보였다.

"시안 줘 봐."

나리가 가방에서 시안을 꺼내 그에게 건넸다.

"흠, 어디 보자."

재하의 시선은 테이블 위에 놓인 세 개의 시안에 향했지만 나리의 시선은 재하에게 머물렀다. 그저 너무 좋다고 감탄을 하며 넋 놓고 바라보던 그녀와 다르게 재하는 시안 하나, 하나를 날카롭게 보고 있었다.

"타깃층이 어떻게 되지?"

"타깃이요?"

"커피숍을 주로 이용하는 고객층."

"커피숍은 남녀노소 모두가 이용하는……."

시안을 보던 재하의 날카로운 눈빛이 나리를 향했다.

"연령대는 어떻게 되는지, 직장인인지, 학생인지, 주부인지. 남성인지, 여성인지. 아직 타깃층도 안 정해 놓고 인테리어를 하겠다고? 혹시 커피숍을 하겠다는 매장 자리는 커피숍을 할 만한 위치인지, 입지 조건은 좀 따져 봤어?"

숙제를 하지 않은 학생처럼 나리는 재하 앞에서 기가 죽었다. 그저 의욕만 앞섰지 그 어떤 준비도 되지 않은 자신의 모습이 창피했다.

나리가 천천히 고개를 저었다.

"혹시 건물 산다고 하더니 그 건물에 낼 건가?"

"네."

"안 되겠어. 매장 자리부터 확인하고 얘기하자."

"그래요, 그럼. 그곳 위치 알려 줄 테니까, 퇴근 후에 봐요. 지금은 학원에 등록하러 가야 해서 시간이 안 돼요."

"학원? 무슨 학원?"

"바리스타 학원이요."

"커피 공부하고 자격증 따려고? 운영만으로 성이 안 차는 건가?"

"뭘 알고 시작해야 할 것 같아서요. 솔직히 커피를 마실 줄만 알았지, 아는 거 별로 없어서요."

"그런 이유라면 내가 잘 아는 곳 있는데."

"진짜요?"

재하가 휴대폰으로 전화를 걸었다.

"본부장님, 윤재하입니다. 백화점 문화센터 수강 과목 중에 바리스타 과정이 있지 않습니까? ……혹시 창업반도 있습니까? ……개강은 언제죠? ……잘됐군요. 수강생 명단에 이름 좀 넣어 주십시오. 신나리. 그리고 커리큘럼을 팩스로 넣어 주십시오."

재하의 통화 내용을 듣고 있던 나리는 다시 한 번 자신의 무지가 부끄러웠다. 그가 없었더라면 커피숍을 시작하자마자 망했을지도 모른다는 생각이 들었다.

나리는 재하가 거대하고 든든한 버팀목 같아 보였다. 마치 별장에 있던 그 은행나무 같았다. 그녀를 위해 일을 처리해 주는 모습이 믿음직스러웠다.

"문화센터에서 팩스 들어오면 바로 가져다주세요."

인터폰으로 재하의 지시가 떨어지고 얼마 되지 않아 비서가 A4용지를 그에게 가져다주었다.

"생각보다 할 게 많네."

재하를 따라 내용을 확인한 나리에게서 한숨이 나왔다. 그의 말대로 카페 창업을 위해 해야 할 것들이 많았다. 커피숍은 커피만 파는 곳이 아니라는 걸 새삼 깨달았다. 브런치 메뉴와 사이드 메뉴, 그리고 커피 이외의 많은 종류의 음료까지.

나리의 심란함을 눈치챘는지 재하가 물었다.

"혼자 다 감당할 수 있겠어? 수업부터 창업 준비까지."

나리가 고개를 저었다.

"컨설팅을 붙이기에는 좀 그렇고, 시간 나는 대로 도와줄게."

"진짜요? 고마워요."

"말로만?"

"그럼 뭐 어떤 걸 원하시는지……?"

"전문가에게 컨설팅받는 거하고 다르지 않게 도와줄게. 그리고 그에 대한 비용은 그때그때 청구하고 지불하는 걸로 하자고."

사귀자고, 오늘부터 1일이라며 남자 친구처럼 굴던 남자가 맞나 싶었다. 비즈니스가 걸린 도움에 철저하게 계산적으로 나오는 그를 다시 보려 할 때.

"마음을 청구하면 마음을 주는 거다."

무슨 말인지 잠시 생각을 하게 한 그의 오글거리는 그 말에 나리가 진저리를 쳤다. 하지만 그녀를 바라보며 따뜻하게 웃는 그를 보자 그녀도 웃어 버렸다.

서로를 바라보며 웃는다는 것에 너무 행복했다. 나리도, 재하도.

❖

재하는 커피숍 자리를 둘러보고 주변 환경을 꼼꼼하게 확인하고는 나쁜 위치는 아니라는 말을 해 주었다. 그리고 타깃층을 2, 30대 직장인으로 잡아 인테리어 시안을 결정해 주었다.

저녁을 먹고 재하와 헤어져 집으로 돌아오는 길에 그에 대한 생각이 새로워졌다.

"집안 사업 물려받아 대충 운영하는 줄 알았는데, 능력 있는 남자였네."

자신의 일에 몰두하는 모습에 여자들이 빠지듯, 사업가적인 모습을 많이 보인 재하의 오늘 모습에 마음이 살랑거리는 것은 물론 완벽한 홀릭 상태가 되어 버렸다.

집으로 돌아와 민정으로 돌아갈 마음의 준비를 끝내는데 연화에게 전화가 걸려 왔다.

"네, 할머니."

— 네 시모 또 입원했다. 병원에 와 있다. 내가 보기에는 별 이상이 없는 것 같은데 아들한테 단식으로 시위를 하는 건지, 동정을 바라는 건지, 건강에 이상 없는데도 링거 맞고 누워 있어. 민정으로 돌아와서 너무 놀라지 말라고.

"네. 그럴게요."

단식 투쟁은 민 여사가 자신의 뜻을 관철하기 위해 많이 하던 수법이다. 하지만 하루를 넘기지 못한다는 사실을 알고 있어 놀랄 것도, 걱정할 거리도 아니라는 걸 안다.

연화 걱정대로 민 여사가 병원에 있다고 놀랄 일은 아니었다. 오히려 민정으로 돌아왔을 때, 진짜 놀랄 일은 따로 있었다.

심한 현기증과 블랙홀로 빨려 들어가는 것 같은 느낌 속에서 민정으로 돌아와 눈을 떴을 때, 등 뒤에서 '이봐요!' 라는 소리가 들렸다. 무심코 돌아보니 재하가 그녀 곁으로 다가오고 있었다.

나리가 민정인 줄 모르는 그가 잔뜩 굳은 표정으로 그녀를 향해 성큼성큼 다가왔다.

'도망가야 하는 건가?'

❖

윤 회장의 병실에서 재하는 들을 수도 없는 조부를 향해 나리로 인한 자신의 심경을 털어놓았다.

"어머니와 너무 다른 모습에 눈길이 가고 호기심이 생겼는지 몰라요. 아픔도 없고, 슬픔도 없이 제멋대로 사는 것 같아 못마땅하게도 생각했는데 그게 아니더라고요. 시간이 갈수록 마음이 가요. 그 아이 때문에 의욕, 기대, 희망 이런 것들이 뭔지를 알아 가요. 이제는 그 아이가 나 때문에 웃을 수 있게 해 줘 보려고요. 살아 있는 시간만큼은 행복하게 만들어 주려고요. 그 애를 어머니처럼 보내고 싶지 않아요."

윤 회장이 멀쩡했더라면 오히려 하지 못했을 마음의 말들을 꺼내 놓은 재하가 자리에서 일어섰다.

"가 볼게요. 그리고 그 애가 궁금하시면 얼른 일어나세요, 할아버지."

병실을 나와 승강기로 향해 가는데 복도 끝에 있는 또 다른 VIP 병실에서 누군가가 나왔다. 자정이 다 되어 가는 시간, 그리고 병원과 어울리지 않은 화려한 옷차림과 또각거리는 하이힐 소리가 거슬려 여자를 쳐다

보았다.

'어? 저 여자는…….'

옥봉황이 자신의 것이라 우기던 나리의 아는 언니. 언젠가 병원에서 마주치고 이상한 말을 던진 청담동 며느리룩의 여자였다.

그녀도 뜻하지 않은 곳에서 재하와의 맞닥뜨림에 놀랐는지 시선이 마주치자 흠칫 놀라며 멈춰 섰다.

그녀에게 특별히 할 말이 있는 건 아니었다. 그저 나리와 특별하게 아는 사이라고 강조했던 사이인 데다 이제는 자신이 나리와 특별한 사이로 발전시켜 나가려 함에 있어 인사나 하려고 그녀에게 다가갔다. 그런데 갑자기 그녀가 뒤돌아서는 게 아닌가.

'왜 피하지?'

갑자기 그를 피하는 게 수상했다. 인사동에서는 따박따박 제 할 말을 다 하더니 지금은 뭔가 잔뜩 움츠러든 분위기다. 수상함에 본능적으로 그녀를 따라가며 그녀를 불렀다.

"이봐요!"

그녀가 넘어질 듯 몸이 휘청하는 것 같더니 멈춰 서서 뒤를 돌아보았다. 그녀에게 가까이 다가갔지만, 그녀가 더 빠르게 병실로 들어가 버렸다.

재하는 병실 앞까지 따라왔지만 차마 그 문을 열거나 노크를 할 수는 없었다. 너무 늦은 시간인 데다 병실 안에 있는 환자가 어떤 상태인지 알 수 없는 상황에서 무례하고 개념 없는 행동을 할 수는 없었다.

'당신 참 많이 수상해.'

이 수상한 여자와 계속 엮이고 꼬일 것 같은 불길한 예감이 들었다.

병실로 숨어들어 온 민정은 숨죽이며 병실 밖에 귀를 기울였다. 분명 병실 앞까지 온 것 같은데 돌아가는 발걸음 소리가 들리지 않는다. 그가 문을 열고 들어오는 건 아닌지, 민 여사가 잠에서 깨어나는 건 아닌지 불안한 마음에 심장이 빠르게 뛰었다.

'설마 나올 때까지 앞에서 기다리는 건 아니겠지?'

하지만 그녀의 걱정과 다르게 그가 병실에서 멀어져 가는 발걸음 소리가 들렸다. 그제야 안도의 한숨이 흘러나왔다. 긴장이 풀리면서 다리에 힘도 풀려 민정은 그대로 자리에 주저앉았다.

'여기에 왜 온 거지? 민정과 나리와의 관계를 알아낸 걸까?'

그가 다른 VIP 병실에서 나왔다는 걸 모르는 민정은 병원에서 재하를 만났다는 사실에 온갖 추측과 상상을 떠올렸다.

한참을 바닥에 앉아 있던 민정이 정신을 가다듬고 일어났다. 오늘도 화려한 패턴의 원피스를 입고 그녀에게 익숙하지 않은 하이힐을 신고 있었다.

현구가 바람피운 걸 들켰을 때나, 저 아쉬울 때 사다 주었던 옷과 구두다. 수백만 원을 호가하는 명품이지만 추하고 더러운 현구로 인해 드레스룸 깊숙하게 처박아 놓고 거들떠도 보지 않았던 것들이다. 하지만 연화는 이것들을 잘 차려입으며 그동안 민정에게서 볼 수 없었던 패션 감각을 드러내고 있다.

'우리 할머니 멋쟁이시네.'

하지만 지금은 연화보다 재하가 신경 쓰였다.

'내일 어머님이 퇴원하셔야 할 텐데…….'

혹시라도 내일 재하가 병원으로 찾아와서 연화를 만나면 일이 더 복잡하게 꼬일지 모른다.

짓궂은 면이 있는 데다 재하와 잘되기를 바라는 연화가 재하에게 어떤 엉뚱한 말로 장난을 칠지도 모르는 일이다.

'내일 아침 일찍 할머니께 전화드려야겠어. 절대 윤 대표 상대하지 말라고.'

연달아 새어 나오는 민정의 한숨이 커다란 병실을 채울 뿐이었다.

6시. 나리로 돌아오자 곧바로 휴대폰 벨이 울렸다. 발신인은 연화였다.

밤새 신경 쓰여 한숨도 잠을 못 잔 나리지만 피곤함을 느낄 새도 없이 벌떡 일어나 전화를 받았다.

"할머니?"

— 그래. 어제 많이 놀랐지? 잠도 한숨 못 자고 멍하니 있던데.

연화로 돌아갔을 때, 민정이 어떻게 지내는지 알 수 있다고 하더니 연화는 어젯밤 상황을 다 알고 있는 모양이다.

"네."

— 어제 네가 민정으로 돌아왔을 때 네 시모 얼굴 보는 게 별로 안 좋을 것 같아서 병실에서 나오는데, 아, 글쎄 그 녀석이 내 앞에 딱 버티고 있는 게 아니겠니? 너하고 내가 바뀔 시간이 다 돼서 딱 마주쳤으니 내 당황해서 일단 피하고 봐야겠다는 생각에 병실로 다시 돌아가려다 일이 벌어진 거야. 별거 아니야. 신경 쓰지 마라.

"그런데 그 남자 표정이…… 뭔가 좀 안 좋았어요."

— 그럴 수밖에. 그 녀석 눈에는 내가 제 집안 가보를 훔쳐간 친일파 집안의 핏줄인데 좋아 보이겠니? 나리야. 내가 너한테 전화를 한 진짜 이유는 말이다, 그 녀석이 말하고 행동하는 그 모든 게 진심이라는 거다.

"네?"

— 요 며칠 내가 그 녀석 좀 지켜봤다. 혹시나 현구 그놈 같은 난봉꾼은 아닌가 싶어서. 나리로 사는 동안에도 그런 놈을 만나면 안 되니까. 근데 아니더라. 주위에 여자라고는 눈을 씻고 봐도 없어. 너 하나밖에. 그리고 너하고 떡볶이 먹으면서 첫 데이트를 하던 날에는 샤워를 하면서 콧노래도 부르더라. 그리고 샤워하는 거 보면서 봤는데…… 실하더라.

"네? 할머니!"

짓궂은 연화의 말이 당황스러웠지만, 까르르 넘어가는 웃음소리에 밤새 그녀를 힘들게 했던 고민과 불안함이 사라졌다.

— 내가 아무 고민 하지 말고 신나게 살라고 했지? 그 말대로 하면 돼.

"…… 네."

— 그리고 현구 그놈, 더 굴려도 된다. 그동안 돈 때문에 저한테 매달려서 앵앵거리던 여자들하고 너하고 딴판이라 그런지 너를 놓지 못하는 모양이다. 아주 제대로 상사병에 걸린 것 같아. 호호호. 그래서 모자간의 전쟁은 점점 더 심해질 것 같구나. 그럼 오늘도 파이팅이다!

가슴으로 시원한 바람이 들어오는 느낌이다. 살아 있다는 사실이 감사했고, 생각하면 행복해지는 사람이 있고, 연화의 존재가 곁에 있다는 게 든든했다.

16년 불행했던 시간의 보상이라고 여기기에도 차고 넘칠 만큼 많은 걸 누리고 있다. 그러니 더 열심히, 더 소중하게 보내야겠다는 생각을 하며 침대에서 빠져나왔다.

'도서관에 가서 커피숍 운영에 관한 책을 찾아봐야지.'

너무 쉽게 생긴 돈과 건물로 인해 커피숍 오픈과 운영 또한 너무 쉽게 생각했다. 하지만 어제 재하 앞에서 준비되지 않은 모습을 보인 것이 부끄러웠고 반성을 했다.

이제는 제대로 한번 해 보고 싶은 욕심이 생겼다. 설레는 연애 감정에 이어 한 번도 가져 보지 못한 성취욕이 그녀를 뜨겁게 만들었다.

❖

'왜 피했을까? 왜 도망갔을까?'

무언가 그 앞에서 떳떳하지 못해 피했을 것이고, 그 이유가 옥봉황 때문이 아닐까 싶었다. 아니라고 딱 잡아뗐지만 결국 자신의 집안 가보가 아닌 것을 알고 있었던 것 같다. 그게 찔려서 도망간 건 아닐까. 더구나 이제는 나리와 자신이 좀 특별한 관계가 되어 가니 차마 얼굴을 똑바로 볼 수 없었을지도 모른다.

괜히 느낌이 안 좋은 여자로 느껴졌다. 정확하게 나라와 어떤 관계인지 알 수 없지만 가까운 사이라면 좀 멀리 떨어뜨려 놔야겠다는 생각이 들었다.

❖

바리스타 교육을 받는 첫날. 나리는 반에서 제일 어린 학생이었다. 사실은 제일 나이가 많기도 하지만. 낮 시간에 하는 수업이라 그런지 수강생의 대부분이 자격증이나 창업을 목적으로 모인 20대 후반에서 30대 초반의 여자들이었다.

각자 자기소개를 하고 강사의 인사를 받고 커피에 대한 상식적인 이론을 배웠다.

샷을 뽑기 전에는 도구의 명칭과 사용법 등을 배우고 마지막에 머신 사용법을 익히기 위해 첫 샷을 내렸다. 시험이 아님에도 모두가 긴장한 탓에 손을 떨기도 하고 실수도 있었지만 화기애애한 분위기에서 첫 수업을 마쳤다.

사람들과 어울려 수업을 받고, 웃으며 대화하는 즐거움에 나리는 행복했다. 마치 학창 시절로 돌아간 것 같았고 창살 없던 감옥에서 완전하게 탈출한 기분이었다. 수업이 끝난 후에도 그 흥분은 가시지 않았고 다음 수업이 기다려졌다.

"안녕히 가세요. 다음 시간에 봬요."

수강생들끼리 인사를 하고 강의실을 나오는데 그 앞에 재하가 떡하니 버티고 서 있었다.

"어? 여기에 왜?"

그 자리에 서 있는 것만으로도 여자들의 시선을 끄는 재하가 나리와 알은체를 하니 모두의 시선이 두 사람에게서 떨어질 줄 몰랐다.

"남자 친구?"

클래스에서 공식적인 왕언니가 나리에게 물었다. 부끄러움에 대답을 못하는 나리 대신 재하가 대답했다.

"맞습니다. 남자 친구."

부러움의 시선과 환호성을 받았다.

"왜 왔어요?"

"신나리가 내려 주는 커피 마셔 보려고."

"여기 내 커피숍 아니에요. 수업하는 강의실이에요. 내 맘대로 커피 내려서 대표님한테 대접하는 그런 곳 아니거든요."

새치름하게 톡 쏘는 나리에게 허리를 살짝 숙인 재하가 그녀의 귓가에 속삭였다.

"나 드림시티 대표야. 여기서 내가 커피 마신다고 해서 뭐라고 할 사람 아무도 없어."

그가 대표이기는 하지만 그녀가 그와 함께 강의실을 마음대로 쓰는 특권 아닌 특권을 누리는 건 눈치 보이는 일이다. 수강생들은 이미 다 빠져나가고 아무도 없는 텅 빈 강의실이라고 해도.

"아무리 그래도 대표라고 해서 맘대로 휘젓고 다니는 건 일종의……."

차마 갑질이라는 말을 꺼내지 못하고 머뭇거리는데.

"백화점 본부장 앞세워 와야 커피 한 잔 내려 줄 건가? 일 한번 크게 벌여 봐?"

귀엽게 협박해 오는 재하의 모습에 나리는 금방 무너져 내렸다.

"알았어요."

나리가 다시 강의실로 들어왔고 그 뒤를 재하가 따라 들어왔다. 그녀가 나갈 때, 강의실 정리를 하는 것 같던 강사는 언제 나갔는지 보이지 않았다. 그런데 다음 수업이 없음에도 강의실 조명은 물론이고 머신과 그라인더의 전원이 꺼지지 않은 채 있었다. 커피빈도 그라인더 안에 그대로 남아 있었고.

재하가 모종의 지시를 한 것 같아 그를 바라보자 그는 이미 테이블에 자리를 잡고 앉아 주문을 했다.

"오늘 수업 내용이 에스프레소이던데. 한 잔 줘 봐."

"에스프레소를 마시겠다고요? 그 쓴 걸?"

"응. 그런데 진정한 바리스타가 되려면 아직 멀었네. 에스프레소가 물 섞은 아메리카노보다 향과 맛이 얼마나 뛰어난데."

입술을 삐죽거리더니 나리가 재하에게서 등을 돌려 테이블 위에 있는 포터필터를 집어 들었다. 나리가 조심스럽게 그라인더에서 떨어지는 커피를 포터필터에 담아 탬핑을 하고 머신에 장착해 커피를 내렸다.

아직은 모든 게 느리고 조심스럽지만 오히려 그 모습이 재하의 눈에 예쁘고 사랑스러워 보였다.

"여기요."

그녀가 내려 준 에스프레소. 그 향이 더욱 진하고 부드럽게 다가왔다. 맛은 늘 마시던 호텔의 커피 맛에 비해 떨어졌지만 그녀가 직접 내려 줘서인지 매일 마시고 싶을 만큼 좋았다.

"어때요?"

"연습 많이 해야겠다."

"그렇죠. 첫날이니까."

그럼에도 칭찬을 해 주지 않는 재하에게 서운함을 느끼는데.

"수업 끝나고 항상 여기에서 대기해. 발전이 있는지 없는지 냉정하게 평가해 줄 테니까."

"왜요?"

"신나리의 성공을 위해서 일종의 경영 수업을 해 주는 거야. 그냥 배우는 걸로 끝나면 발전이 없으니까. 바닥에서부터 부딪치고 깨지고 그러면서 성장해야 큰일 하지."

재하를 멍하니 바라보던 나리가 그 앞으로 다가와 마주 앉았다.

"윤 대표님, 우리…… 무슨 사이예요?"

"……?"

"아까 밖에서는 남자 친구라고 해 놓고 왜 이렇게 나를 힘들게 굴리려고 하세요? 남자 친구라면 잘한다고 칭찬해 주고, 잘할 수 있다고 격려해 주고 그래야 하는 거 아닌가요?"

나리의 말을 듣고 있던 재하가 의자를 끌어당겨 그녀 앞으로 훅 다가

왔다.

"나도 묻지. 신나리는 본인을 윤재하의 여자 친구라고 인정해?"

무슨 의도로 묻는 건지 몰라 나리는 대답을 못하는데 재하가 재촉했다.

"내가 밖에서 나리의 남자 친구라고 말했던 것처럼 어떤 자리든, 누구에게든 본인은 윤재하의 여자 친구라고 말할 수 있냐고."

나리가 천천히 고개를 끄덕거렸다.

"진짜? 난 나리가 아직도 나한테 마음을 열지 못하고 간 보고 있다는 생각이 들었는데. 그래서 아직도 우리는 밥 먹고 차 마시는 사이밖에 안 되는 거라 생각했는데."

연애 경험이 없고, 간접적인 연애 경험도 세영의 최근 연애담이 다인 나리는 그의 말이 이해가 안 갔다. 그가 고백을 했고, 설레고 떨리는 마음에 그를 계속 만났다. 첫 데이트도 했고, 수시로 전화를 하고 커피숍 문제로 그의 도움까지 받고 있다.

마음이 없었으면 하지 못했을 것들을 했는데 그는 왜 다른 생각을 했을까? 혹시 말로 고백을 하지 않아서? 아니면 스킨십을 하지 않아서?

"대표님한테 마음을 열지 않았다면 전화도 만남도 모두 피했을 거예요. 다 거절했을 거고."

"그렇다면 우리는 연인인 거 맞지?"

나리에게 있어 낯 뜨거운 질문이었지만 수줍게 대답했다.

"그……렇죠."

"그럼 밥 먹고 차 마시는 사이에서 레벨 업 해야겠네."

"……?"

재하가 나리의 손을 잡았다. 현구와 연애 이후로 처음이라 할 수 있는 남녀 간의 스킨십이었다. 손만 잡았을 뿐인데 숨이 멎는 것 같았다.

말로 고백을 받고 그를 향해 심장이 뛰고 설렐 때와는 비교도 안 되는 짜릿한 느낌이 온몸을 감쌌다. 첫 키스를 할 때와도 같은 몸과 마음의 반응에 나리의 얼굴이 붉어졌다.

"커피 마셨으니 나가자."

그걸 알 리 없는 그가 그녀의 손을 놓지 않고 자리에서 일어섰고, 헤어질 때까지 꼭 잡고 있었다.

재하와 헤어져 공사 중인 커피숍으로 향하는 나리의 감정은 쉽게 가라앉지 않았다. 그리고 자신에게 일어난 감정의 스파크가 너무도 강해, 어떤 결과를 가져올지 몰라 두렵기도 했다.

❖

나리는 공사 중인 커피숍의 인테리어 공사 상황을 체크하며 인부들이 모두 퇴근한 현장을 둘러보고 문단속을 했다. 곧 도착한다는 재하를 기다리며 큰길로 나오는데 그녀 앞으로 현구가 기척도 없이 다가왔다.

"꺄악!"

"놀랐니?"

풀어진 눈동자, 역하게 풍겨 오는 술 냄새. 술로 인해 제정신이 아닌 것처럼 보였다.

"얘기 좀 해."

"할 얘기 없어요."

"난 있어!"

술 때문인지 현구의 목소리가 무척 까칠했다.

"얘기하고 싶으면 술 깨고 맨정신으로 와요!"

"네가 날 맨정신으로 못 있게 하잖아! 이리 와!"

현구가 나리의 손목을 잡고 거칠게 끌어당겼다.

"이거 놔!"

현구의 손을 뿌리치려고 해도 그의 힘을 당할 수 없어 버둥거리기만 하는데.

"팔 부러지기 싫으면 당장 그 손 놔."

재하가 현구의 다른 팔을 비틀며 무섭게 협박을 했다. 현구가 비명을 지르며 나리의 손목을 놓았다. 그리고는 고통스러운 표정으로 주저앉아 재하가 비틀었던 팔을 만지며 괴로워했다.

"대표님……."

재하는 놀라서 바라보는 나리를 데리고 길가에 세워 놓은 자신의 차에 태웠다. 그걸 본 현구가 고래고래 고함을 질렀지만 재하는 그대로 차를 출발시켰다.

입 다물고 있는 재하는 화가 많이 난 것처럼 보였다. 말 한마디 붙이기 어려울 정도로 차가운 모습에 나리는 눈치만 살필 뿐이었다. 재하가 뭐라고 한마디 건네주길 바랐지만 끝내 그는 먼저 말을 걸어 주지 않았다.

그렇게 무겁고 차가운 기운을 내뿜으며 그녀를 데리고 온 곳은 고급스러운 바였다. 주문한 술이 나오고 그녀의 잔에 술을 따라 주고 나서야 재하가 입을 열었다.

"그 복수, 꼭 해야 하는 건가?"

차가운 얼굴과 목소리로 그녀에게 물었다.

나리는 그의 질문에 어떤 대답을 해 줘야 할지 몰라 머뭇거렸다. 하지만 솔직한 자신의 마음을 꺼내 놓았다.

"꼭 하고 싶었어요."

"'싶다' 가 아니라 '싶었다'? ……과거형이네?"

"지금도 할 수 있으면 하고 싶어요."

"하지 마."

망설임도 없이 그가 단호하게 말했다.

그가 하란다고 하고, 하지 말라고 해서 안 할 문제의 것이 아니다. 재하로 인해 현구를 향해 있던 칼날을 거두기는 했지만 그렇다고 해서 현구에 대한 울분이나 화가 사라지거나 줄어들지 않았다.

아무리 사연을 모른다지만 너무 쉽고 편하게 말하는 그에게 서운했다. 부드럽게 권유할 수도 있고, 달래며 설득할 수 있음에도 꼭 이렇게 무섭게 명령형으로 말을 해야 하는지. 다정하고 따뜻한 사람이라 생각했기에 그 서운함은 더 크게 다가왔다.

자신이 알아서 할 문제라는 말을 꺼내려는데.

"어떤 이유든, 사연이 어떻든 네가 그 작자하고 있는 거 못 보겠어. 내가 대신해 줄게, 그 복수라는 거. 그러니까 앞으로 상대하지 마."

대신해 주겠다는 말에 그녀가 느낀 서운함은 사라졌다. 말만이라도 고맙다는 말이 어떤 마음에서 나온 것인지 알 수 있을 만큼 빈말이라고 해도 지금 나리에게 그 말은 감동이었다.

"방금 전 하는 거 봐서는 이대로 끝날 것 같지 않은데. 어떻게 해 줄까? 밤길에 뒤통수라도 후려쳐? 아니면 어디 납치해서 감금해 버려?"

"고마워요. 그렇게라도 대신 응징해 주겠다고 하니. 하지만…… 내가 벌인 일이에요. 내가 알아서 할게요."

"계속 상대하겠다는 건가?"

"어쩔 수 없는 상황이라면……."

"그 어쩔 수 없는 상황을 내가 알게 되고, 보게 되면…… 그때는 팔목을 꺾는 걸로 안 끝나."

그냥 내뱉는 말이 아닌 것처럼 그의 모든 게 결연해 보였다. 그리고 상대하지 않겠다는, 만나지 않겠다는 나리의 대답을 듣기 위한 것인지 그녀를 따갑게 쳐다보았다.

그가 원하는 대답을 해 주고 싶지만 이대로 물러날 현구가 아니다. 당장 쉽게 끊을 형편이 아닌 것이다. 그렇다고 상황을 모면하기 위한 대답을 해 줄 수는 없었다.

"그렇다면 말해 봐. 그 작자하고 어떻게 안 좋은 관계인지, 알리고 싶지 않아도 말해 줘."

어떻게 말해야 하나. 재하가 말하는 그 작자의 아내로 인격 없는 노예처럼 살았던 16년, 그 이야기를 어떻게 풀어낼 수 있느냔 말이다.

그러다 문득 자신은 유민정이 아니라 신나리라는 걸 깨달았다. 그 작자, 이현구의 아내로 연화가 민정의 탈을 쓰고 있으니 말 못할 것도 없다는 걸 알았다. 게다가 옥봉황으로 인해 함께 만난 적도 있지 않은가.

"사실은…… 아는 언니의 남편이에요."

술잔을 채우던 재하의 손짓이 멈추었다. 잔에 술이 넘치는 것도 모른 채 그가 나리를 응시하자 그녀가 그의 손에서 술병을 빼내 옆으로 놓았다.

"대표님도 알듯이 그 남자는 엄청난 바람둥이에요. 시어머니는 깐깐하고 독하고 무섭기가 이를 데 없고. 강남에 빌딩만 수 채를 가진 부잣집이면서 용돈은커녕 생활비 한 번 못 받고 살았어요. 그런데 그 모자는 거지를 데려다 잘 입혀 주고, 잘 먹여 주고, 잘 재워 줬으니 은인으로 알아서 모셔라, 이런 식으로 언니를 가족 취급도 하지 않았어요."

나리의 이야기가 아니라 아는 언니, 민정의 이야기로 담담하게 풀어내야 하는데 쉽지 않았다. 가슴에 쌓인 한이 튀어나오려 했다. 다시 꾹꾹 눌러 담았지만 결국 눈물이 되어 흘러내렸다.

그녀의 뺨으로 눈물보다 따뜻한 그의 손이 닿았다. 조심스러운 손길, 애틋하게 바라보는 눈빛이 위로로 다가왔다.

"아는 언니 얘기에도 이렇게 아파하는 거 보면……."

착하다고 칭찬해 주는 것처럼 그가 머리를 쓰다듬어 주었다.

그동안 그렇게 바보처럼만 살아온 건 아니라는 위로를 받는 느낌이었다. 그 순간 그녀의 눈가는 더 뜨거워졌지만 찢어질 것처럼 아팠던 가슴의 통증이 사라져 갔다.

그의 위로를 받고 난 후, 마음을 가다듬고 다음 이야기를 털어놓았다.

"어느 날, 언니가 아닌 다른 여자를 차에 태우는 걸 봤어요. 너무 화가 나서 뒤에서 그 남자 차를 확 받아 버렸어요, 내가."

듣고만 있던 그가 믿을 수 없다는 듯 물었다.

"차를…… 받았다고?"

"네. 그런데 접촉 사고는 안중에도 없고 내가 언니의 아는 동생인줄도 모르고 집적거리더라고요. 언니 대신 그 한과 아픔을 갚아 주려고 모르는 척 넘어가 줬어요. 그 인간이 나에게 더 넘어오기를 바라면서 그 인간이 가진 걸 뺏고, 무너뜨려 주려고 만나고 있었던 거예요."

이야기가 끝났을 때, 길고 무거운 한숨이 나리가 아닌 재하의 입에서 나왔다.

그는 여전히 안타까운 시선으로 그녀를 바라보았다.

"그런데 그 언니는 나리가 이러는 거 알고 있어?"

"……네."

"혹시 그 언니라는 분이……?"

"맞아요. 옥봉황 때문에 인사동에서 만났던 그분."

재하의 머릿속에서 그때의 상황이 떠올랐다. 그 언니라는 여자는 나리를 생명의 은인이라 표현했다. 옥봉황을 줄 만큼 소중한 걸 받아서 더한 것도 줬을 거라고.

'이런 걸 두고 걸크러시라고 하는 건가?'

하지만 재하는 나리와 언니라는 여자가 끈끈하게 뭉쳤다는 사실이 맘에 들지 않았다. 나리가 눈물을 흘릴 만큼 언니라는 여자의 삶이 가엾고 안된 건 알지만, 그건 부부와 그 가족들이 풀어야 할 문제다. 더욱이 인격이 바닥인 남자를 응징하겠다는 위험한 선택을 하기에 나리는 너무 어리다.

무엇보다 나리의 선택을 말리고 멈추게 만들었어야 할 언니라는 여자의 인격도 의심스러웠다. 진심으로 나리를 생각하는 마음이 있다면 말렸어야 하는 게 맞다. 지금 그의 마음처럼 말이다.

처음 병원에서 말을 걸어 올 때부터 수상한 게 많은 여자다. 며칠 전 병원 복도에서 마주쳤을 때만 해도 그랬다.

'병원에 있던 그 밤늦은 시간에 그 여자는 화려하게 차려입고 있었어. 하이힐까지 신고. 남편과 시모에게 구박받으며 기구하게 산 여자라고 보기에 지나치게 화려하고 당당했어. 나리를…… 이용하는 건가?'

깊은 생각에 빠진 재하를 나리가 가만 바라보았다. 그의 생각을 알 리 없는 나리가 물었다.

"무슨 생각해요?"

"나리가 너무 착해서 문제구나. 그리고 또 너무 대담하고 철이 없어서 문제구나."

착한 게 아니라 바보 같았던 게 문제였다. 차라리 대담하고 철이 없었으면 더 나은 삶을 살았을지 모른다. 나리에게서 씁쓸한 미소가 나왔지만 그래도 그가 그런 말을 해 주어 마음이 우울하지는 않았다.

"신나리."

"네?"

"하지 마. 그건 네가 할 만한 게 아니야. 남의 가정사에 어린 네가 끼어들 문제가 아니라고."

그의 말이 맞다. 스물네 살의 어린 여자가 서른여섯 닳고 닳은 유부남을 상대하는 것은 말도 안 되는 이야기다.

나리는 재하를 향해 고개를 끄덕거리며 대답했다.

"그럴 거예요."

재하가 따뜻하게 웃어 주며 나리의 머리를 또 한 번 쓰다듬었다. 받아 본 적 없고, 익숙하지 않은 남자와의 작은 스킨십이 쑥스러웠다.

그의 손길에 어쩔 줄 몰라 하던 나리의 시선과 그의 눈빛이 마주쳤다. 그 순간 나리의 미소는 서서히 사라져 갔지만 재하의 눈빛은 짙어졌다.

'안 되는데…….'

그의 눈빛에 어떤 뜻이 들어 있는지 본능적으로 감지가 되는 것일까. 그가 하는 대로 내버려 두면 안 된다는 생각이 들었다. 하지만 어느새 그녀의 머리에 있던 그의 손이 내려와 뺨을 감쌌고, 그의 깊고 뜨거운 시선이 그녀의 눈앞에 다가왔다.

안 된다는 말을 꺼낼 수가 없었다. 심장이 튀어나올 것처럼 쿵쾅거렸고 두 눈이 저절로 감기며 온몸이 바들바들 떨렸다. 숨조차 편하게 내쉬지 못하고 있는 그때, 그의 입술이 닿았다. 심장이 터지거나 세상이 뒤집어질 것 같던 그 순간, 거짓말처럼 모든 긴장이 풀리고 평온이 찾아왔다.

참았던 호흡을 내뱉으면서 살포시 벌어지는 입술 사이를 깊게 파고드는 그의 촉촉하고 부드러운 입술에 떨리던 몸도 진정되었다.

진하지도, 뜨겁지도 않은 입맞춤은 짧게 끝났다.

'첫 키스가 이런 느낌이구나.'

은은한 재스민차 한 잔을 마신 느낌이다.

"약속했어. 다시는 그 언니의 가정사와 부부 문제에 끼어들지 않기로! 그리고 그 작자가 네 앞에 다시 나타나면 나를 불러. 경찰을 부르든가."

"그럴게요."

"하, 오늘 좋은 곳에서 맛있는 거 사 주려고 예약해 놨는데……."

"술 사 줘도 괜찮아요."

나리가 테이블에 놓인 술잔을 들었다.

"술 사 줘도 된다고요."

"신나리 술버릇 별로 안 좋은 거 알고 있어서. 늦었지만 먹으러 가자."

재하가 나리의 손을 잡고 일어섰다.

손잡는 것이 어색하지 않았다. 점점 그와의 거리가 좁혀지고 그에게 익숙해지고 있음이 느껴졌다. 키스보다는 그 익숙해진 느낌이 그와의 관계가 어떤 것인지 확실하게 알려 주는 것 같았다.

'진짜 내가 연애를 하는구나. 나도…… 사귀는 사람이 생겼어.'

사랑이 복수보다 달콤하다는 게 맞는 듯했다.

11장

⚜

라테와 카푸치노 실습을 위해 나리는 스팀으로 우유를 데우고 거품을 만드는 법을 배우는 중이었다. 부드럽고 풍성한 거품을 만들어야 하는데 나리는 물론이고 수강생 모두는 그렇게 만들지 못했다.

"게거품이네요. 카푸치노는 거품이 생명인 거 알죠? 왜냐? 이런 거품으로는 키스를 불러오지 못하거든요. 자, 심기일전해서 키스를 불러오는 부드럽고 풍성한 거품을 만들어 봅시다."

강사의 말에 모두가 까르르 웃고 나서 진지하게 다시 시도했다.

그중 나리가 유난히 진지하고 심각했다.

'쓴소리 듣기 싫어.'

첫 수업 때 재하가 와서 에스프레소 샷을 마시고 연습 많이 해야겠다는 냉정한 소리를 했다. 그리고는 앞으로 매번 맛을 보고 평가를 해 주겠다고도 했다. 농담인지, 진담인지 알 수 없었지만 그냥 하는 말로 들리지 않았다.

[수업 있지? 끝나는 시간 맞춰 갈게. 맛있는 커피 기대하겠어.]

아침에 보내온 메시지를 확인한 순간부터 긴장이 됐다. 입이 떡 벌어질 만큼 향과 맛이 뛰어난 커피를 만들어 주고 싶었지만 만드는 거품마다 그야말로 게거품이다. 키스는 고사하고 마시지 않겠다고 퇴짜나 받지 않으면 다행일 정도다.

'오늘 회사에 급한 일 안 생기나? 출장이라든가…….'

나리의 바람이 너무 소박해서였을까?

수업이 끝난 후 휴대폰을 확인하니 오늘 급한 일이 생겨 올 수 없다는 메시지가 와 있었다.

[오늘 커피 시음은 힘들겠다. 갑자기 급한 일이 생겨서.]

메시지를 확인하는 순간 긴장이 풀리고 마음이 편해지자 얼굴이 밝아졌다. 하지만 딱히 할 일 없이 집에 가는 것도 심심하다고 생각할 때.

"우리 옆에 있는 디.시티 호텔에 가서 커피 마실까요? 거기 커피 맛 유명하잖아요. 라테하고 카푸치노 거품도 볼 겸. 어때요?"

수강생 중에 제일 나이가 많은 왕언니의 제안에 모두가 찬성했다. 나리도 함께 어울리고 싶은 마음에 따라나섰다.

호텔에서 지내면서 수없이 마셨던 커피라 그 맛이 어떤지 잘 안다. 하지만 커피를 배우고 세영이 아닌 다른 사람들과 어울려 마시는 맛은 새로울 것 같아 흥분되었다.

호텔에 도착해 에스프레소와 카페라테, 카푸치노를 주문하고 앉아서 처음 나누는 대화의 주제는 재하였다.

"그때 그…… 진짜 남자 친구예요? 오빠 아니고?"

"맞아. 나도 오빠로 보였어. 동생 기 살려 주려고 괜히 남자 친구라고 하는 것 같더라."

"남매 비주얼이 아주 그냥……. 부모님 유전자가 양쪽으로 완전 우월하신가 봐요?"

재하가 그녀의 남자가 아니길 바라는지 재하가 남자 친구라고 했음에도 모두가 두 사람의 관계를 남매로 몰아갔다.

"저기…… 그분 오빠가 아니라 남자 친구 맞아요."

"엥? 남자 친구? 진짜?"

"어머, 나리 씨가 아깝다. 그분 인물이 장난 아니긴 하지만, 나리 씨 또래에 그런 남자들도 많은데 왜 나이 차 많은 남자를?"

"제가 좀 애늙은이 같은 면이 있어서 나이 차 못 느껴요."

"애늙은이 같다는 말, 그 말은 맞는 것 같다. 나리 씨 하는 거 보면 확실히 스물넷은 아닌 거 같아. 너무 성숙해."

재하가 나리의 남자 친구로 확인되자 더 이상 그에 대한 관심을 보이지 않았다. 마침 딱 맞춰서 주문한 커피가 나왔고, 모두들 라테와 카푸치노의 거품을 보며 감탄을 하며 커피 맛에 빠져들었다.

클래스가 창업반이라 서로의 창업 계획 이야기를 나눌 때였다.

"난 통영의 쌍욕 라테 있잖아요. 그거 벤치마킹하려고."

"와! 어떻게 그런 생각을 했어요? 대박 터지는 거 아니에요?"

"똑같이 쌍욕으로 할 거예요?"

쌍욕 라테? 나리는 처음 들어 보는 라테지만 수강생들은 모두 알고 있는지 반응이 대단했다.

"쌍욕 라테요? 그게 뭐죠?"

"나리 씨 몰라? 통영에 있는 커피숍인데 라테 거품 위에 욕을 써 주는 거야."

"네? 욕을 써 준다고요? 그런데 그 커피를 사 마셔요?"

"평범한 건 가라! 이런 마케팅으로 성공한 거지. 이것 봐 봐."

휴대폰으로 검색해서 보여 준 화면 안에는 정말로 욕이 쓰인 라테가 보였다. 그야말로 쌍욕이었다.

"특이하고 재미있잖아요. 그렇다고 나도 똑같이 욕을 써 줄 수는 없어서 난 좋은 말이나 이름? 이런 걸 써 주는 걸로 콘셉트를 잡았어요."

"완전 괜찮아요."

좋은 말이나 이름을 써 주는 건 나리가 생각해도 괜찮은 아이디어라고 생각했다.

그러다 문득 떠오르는 것이 있으니.

'윤 대표 라테에…… 장난 좀 쳐 볼까? 그런데 뭐라고 써 줄까?'

괜히 벌써부터 웃음이 나려 했다. 연애는 참 재미있는 것이었다.

❖

윤 회장의 상태가 갑자기 위급해졌다는 연락을 받고 병원으로 달려왔다.

"다행히 고비는 넘기셨어. 하지만 이런 상태가 계속 이어지면 그때는 진짜 마음의 준비를 해야 해. 두고 보자는 말밖에 할 수 있는 게 아무것도 없네. 이제부터 회장님 몫인 거고."

주치의인 장 박사의 말이 끝나고 두 사람이 윤 회장을 안타깝게 바라보고 있을 때, 병실 안으로 재하의 부친인 윤치훈이 들어왔다. 그리고 그 뒤를 따라 들어오는 그의 아내, 송진희가 보였다.

재하는 윤 회장을 바라볼 때의 애처로운 시선이나 표정은 온데간데없었다. 단번에 매서운 눈매와 굳은 얼굴로 치훈에게만 묵례를 하고 진희를 스쳐 지났다. 그러자 치훈이 낮은 목소리로 나무랐다.

"새어머니께 인사도 안 드리니?"

"말씀이 지나치시군요. 새어머니라뇨? 법적 부부가 되었다고 해도 나에겐 아버지의 상간녀일 뿐입니다. 그리고 내 어머니의……."

"윤재하!"

치훈이 엄한 얼굴을 하고 고함을 쳤지만 재하는 오히려 비틀어진 미소를 보이며 병실을 나왔다.

'아버지라고 부르는 것도 할아버지 살아 계실 때까지입니다. 불륜을 사랑이라고 포장하고 모든 걸 포기했으면서 아버지 대우는 받으시겠다? 그 역겨운 사랑이 언제까지 행복할지 두고 보겠습니다.'

엘리베이터를 향해 갈 때, 문득 복도 끝 VIP 병실로 시선이 향했다. 재하는 스테이션에 있는 간호사에게 물었다.

"며칠 전에 저쪽 병실에 있던 분은 퇴원했습니까?"

"네. 퇴원했습니다."

"어디가 안 좋아서 입원한 거였습니까?"

"죄송합니다. 그건 규정상 알려 드릴 수가 없습니다."

"괜한 걸 물었군요. 수고하십시오."

나리의 아는 언니에 대해 작은 정보라도 알아낼 수 있을까 싶었지만 쉽지 않았다.

'오늘은 뭐 하나 되는 일이 없군.'

나리가 만들어 준 커피 한 잔을 마실 수 있는 여유를 느끼지도 못했고, 치훈으로 인해 화가 나고 기분만 더러워졌다. 이대로 퇴근을 하고 골치 아픈 일들은 모두 잊고 나리와 어디론가 떠나고 싶다는 생각이 들었다.

'떠날까?'

윤 회장의 위급 상황으로 오늘 있었던 모든 회의와 일정이 취소된 상태다. 이대로 회사를 들어가지 않는다고 해도 문제 될 건 없다.

'나리는 지금 뭐하고 있을까?'

❖

— 나리야! 우리 부산 가자.

"부산?"

— 그때 못 간 부산, 지금 가자고. 지금부터 내일까지 시간 완전 프리하거든.

"좋지! 가자!"

나리는 서둘러 준비를 끝낸 후 세영과 함께 부산행 KTX를 탔다. 결혼 후 기차를 이용해 본 적이 없었다. 그러니 KTX는 난생처음이었다. 열차 안에서 맥주를 마시고 수다를 떨고 창밖으로 빠르게 지나가는 풍경이 그저 낭만적이기만 했다.

그렇게 한 캔의 맥주를 다 비워 갈 때 재하에게 전화가 걸려 왔다.

"여보세요?"

— 오늘 수업은 잘 받았어?

"네. 라테하고 카푸치노 수업이었어요."

— 우유 들어간 커피를 맛볼 수 있었는데, 안타깝네. 수업은 끝났을 테고, 지금 뭐 하고 있어?

"언니하고 여행 가요!"

— 여행?

"KTX 타고 부산으로 가고 있어요. 맥주 마시면서 가고 있는 중이에요."

그에게서 어떤 말도 들려오지 않았다. 혹시 전화가 끊긴 건 아닌지 휴대폰 화면을 확인하고 그를 불렀다.

"대표님?"

— 어. 재미있겠네. 조심해서 잘 다녀와.

그의 목소리에 힘이 없었다. 열심히 일하고 있는 그에게 너무 흥분된 목소리로 말한 것이 본의 아니게 놀리는 모양이 된 건 아닌지 신경 쓰였다. 그래서 그에게 맞춰 낮은 목소리로 대답했다.

"그럴게요."

— 1박 하고 오는 건가?

"그럼요. 부산까지 가는데. 더 있고 싶지만 언니 일 때문에 더는 못 있어요."

— 숙소는 정했고? 정하지 않았으면…….

"정했어요. 세영이, 아니, 친구 사촌 오빠가 부산에 계셔서 숙소 알아봐 주셨어요. 이번에 새로 오픈한 호텔로요."

— 친구 사촌 오빠?

힘없던 그의 목소리가 휴대폰을 귀에서 떼어 낼 만큼 커졌다.

"네."

— 그 호텔 혹시 H호텔 아니야?

"어, 맞아요. 바다 보이는 쪽으로 해서……."

— 그 호텔 이번에 우리하고 협약 맺어서 스위트룸 80% 할인받을 수 있어. 내가 예약해 줄게.

"진짜요? 그러면 예약한 거 취소해서 위약금……."

— 그것도 내가 알아서 처리할게.

"그래 주실래요?"

— 친구 사촌 오빠가 부산 가이드까지 해 주나?

이번에는 그의 목소리가 무척이나 까칠하게 들렸다. 아무래도 그를 놀린 것 같은 꼴이 된 게 맞는 것 같았다.

"그건 아니에요."

— 쓸데없이 밤늦게까지 돌아다니지 말고 일찍 호텔에 들어가 쉬어.

"네. 일단 도착해서 전화할게요."

전화를 끊고 나서 혼자 놀러 온 것이 재하에게 약간 미안했지만 여행으로 인한 흥분은 쉽게 가라앉지 않았다. 더구나 재하가 최근 오픈한 최고급 호텔의 스위트룸을 80% 할인해서 예약해 준다고 하니 이보다 더 좋은 여행은 없을 것 같다.

조금 아쉬운 것이 있다면 부산에 살고 있는 세영의 사촌 오빠가 오늘 저녁에 일본으로 출장을 가서 현지인만 알고 있는 맛집을 가 볼 수 없다는 것뿐.

"비행기 타고 가는 것보다 훨씬 운치 있고 좋다. 신분증만 해결되면 해외여행까지 가는 건데. 안타깝지만 그건 네가 민정으로 돌아오고 가자."

"그래. 꼭 가자, 우리. 내년…… 금방 오니까."

빠르게 지나가는 KTX와 같이 나리로 산 지 어느새 2개월 반이 흘렀다.

1년 후 민정으로 돌아간다 해도 이제는 두려울 것 없이 잘 살아갈 수 있는 자신감이 생겼다. 그럼에도 나리로 살아가는 시간이 아깝고 아쉬워지는 건 왜일까?

❖

부산에서 음식 조심하라는 말을 하려는데 그녀가 전화를 끊어 버렸다. 또 체할까 봐 걱정하는 그의 마음을 전하지 못하는 아쉬움보다는 혼자 떠난 그녀에게 화가 나려 했다.

"신나리…… 너무한 거 아니야?"

아무리 신나고 들떴다고 하지만 그는 안중에도 없이 혼자 즐거워하는 게 서운했다. 그것도 함께 놀러 가고 싶었던 마음에 전화를 했건만 제대로 차인 기분이 들었다.

하지만 진짜 문제는 그녀가 혼자 신나한다는 것이 아니었다.

"친구의 사촌 오빠?"

친구 오빠나 아는 오빠만큼이나 위험한 존재다. 나리의 사촌도 아니고 친구의 사촌 오빠라고 하면 생판 남인 남자다. 언니와 함께 갔다고 해도 남자는 언제 어떻게 돌변할지 모른다.

회사에 들어가고 호텔을 예약해 줄 때까지 존재 모를 나리의 친구 사촌 오빠는 그를 괴롭혔다.

"신나리, 오늘 그 사촌 오빠 만나기만 해 봐."

재하의 질투가 화만큼이나 뜨겁게 그의 가슴에서 부글거렸다.

저녁 7시. 혹시라도 친구의 사촌 오빠를 만날까 걱정이 된 재하가 나리에게 전화를 걸었다.

"뭐 해?"

— 달맞이 고개에서 회 먹고 있어요.

"언니하고 단둘이서만?"

— 네.

"그 친구의 사촌 오빠는 없는 거지?"

— 없어요.

"맛있게 먹어."

혹시나 친구의 사촌 오빠와 함께 있는 건 아닐까 하는 걱정과 불안함이 사라졌다. 하지만 통화를 끝낸 후에도 그의 고민은 해결되지 않았다.

"내려갈까?"

지금이라도 부산으로 내려간다면 내일 아침, 그녀와 함께 아침식사와 모닝커피를 하고 올라올 수 있다. 하지만 자매의 여행에 끼어드는 눈치 없는 행동일 수 있고, 넘치고 과한 행동으로 보일 수 있어 망설이고만 있는 상태다.

부산으로 가고 싶은 마음을 접고 퇴근을 위해 자리에서 일어섰다.

Trrrr—

형우에게 전화가 걸려 왔다.

— 퇴근 안 해?

"해야지."

— 씨엘에 와 있어. 올라와.

미리 연락하지 않고 찾아온 형우가 수상했다. 하지만 다른 곳도 아니고 5개 층만 올라가면 있는 호텔 바에 와 있다고 하니 만나지 않을 수도 없었다.

"알았어. 올라갈게."

부산행을 고민하며 갈등하는 것보다 형우와 술 한잔을 하는 것이 차라리 나을 것 같아 호텔에 있는 바, 씨엘로 올라갔다.

"갑자기 연락도 없이 무슨 일이야?"

한 번도 본 적 없는 환한 웃음을 보이며 형우가 민트빛 봉투를 그에게 내밀었다. 재하는 봉투를 열어 그가 생각한 그것이 맞는지 확인했다. 결혼을 알리는 심플한 초대장이었다.

"윤재하가 최후의 100인에 선택됐다는 결혼식 프리패스야."

결혼식 장소가 청평인 걸 보니 별장에서 치르는 듯했다.

"생각보다 빨리 왔다? 가을쯤 돼야 받을 수 있겠다고 생각했는데."

"서로 확인할 거 다 했는데 가을까지 시간 끌 게 뭐 있어? 더 더워지기 전에 해야지."

"뭘 확인했는데 급해?"

"서로의 집안, 학력, 외모, 능력 그리고 제일 중요한 서로의 마음과 속궁합까지 완벽하게 잘 맞는다는 걸 알았거든."

완벽하게 잘 맞는 여자를 만났다고 하는 형우의 표정은 벌써부터 결혼식장의 새신랑과 같았다. 게다가 한 번도 여자에 대해 진지한 적이 없었던 녀석이 자신감에 넘쳐 완벽하게 잘 맞는다고 하니 축하해 주고도 남을 일이다.

"축하한다."

"그래. 너도 그 가시밭길 가야 하는 어린 여자애하고의 연애는 얼른 끝내고 남은 시간을 함께 동고동락할 반려자를 찾으란 말이야."

순간적으로 재하의 인상이 굳어졌다.

지금처럼 새롭고 가슴이 뜨거웠던 적도 없는데 가시밭길이라니.

"꽃길이야."

"지금이야 꽃길이겠지? 어리고, 예쁘니까. 하지만 결국엔 상처받고 아파하고 무너지는 건 너야. 예전에…… 어머니 때처럼. 사랑하는 사람 잃는 건 어머니로 족하지 않냐? 연인을 앞세워 보내는 건 어머니하고 또 틀려. 그 상실감이 너한테 어떤 시련을 줄지 눈에 보여. 그러니까 끝내."

형우는 직선적으로 말을 하거나 상대에게 직언으로 충고하는 걸 별로 좋아하지 않는다. 안하무인인 여동생 예린과 다르게 늘 상대와 좋은 관계를 유지하는 것이 그의 인생철학이자 그룹 후계자로서의 경영철학이기도 하다.

그건 친한 친구인 재하에게도 예외는 아니었다. 꼭 해 줘야 할 말이라면 돌려 말하거나 농담처럼 건네는 게 형우의 스타일이다. 그런 형우가 어머니 이야기를 꺼내며 재하의 상처를 건드렸다. 그것도 아주 제대로 후벼 파듯 아프게.

하지만 재하는 담담하고 건조하게 대꾸했다.

"네 말대로 아프고 상실감이 크겠지. 하지만 지금 끝내도 아픈 건 똑같아. 후회와 시련도 다르지 않을 거야. 차라리 그 애 때문에 알게 된 감정과 함께할 시간 동안 쌓이는 좋은 기억들로 인해 시련보다는 아련함으로 남을 수 있는 길을 선택하는 게 나은 거지."

"윤재하, 미안하지만 그건 감정과 낭만의 사치다. 정신 차려! 다른 여자 만나면 잊게 돼. 똑같은 감정, 아니 이보다 더하게 깊은 사랑할 수 있다고."

"초대장 주러 온 거 아니야? 그런 시답지 않은 충고는 그만해. 계속 간섭할 거면 그냥 가라. 아니면 내가 일어날 거니까."

서슬 퍼런 재하의 안광 때문이었는지 형우는 더 이상 나리와의 관계에 대해 입을 열지 않았다. 그렇다고 친구에 대한 걱정이 사라진 건 아니었다. 오히려 시한부 어린 여자에게 푹 빠져 있는 재하의 상태가 심각한 듯해 조치가 필요해 보였다.

❖

6시. 나리로 눈을 떴을 때 그녀의 시선에 푸른 바다가 들어왔다.

민정에서 나리로 돌아오는 아침은 늘 행복했고 감사했다. 자신을 아프게 하는 시모와 현구도 없고, 노예처럼 일을 하지 않아도 되니 어찌 감사하지 않을 수 있을까.

그런데 오늘은 그 느낌이 더욱 깊게 다가왔다. 그녀가 천국이라 생각했던 호텔, 눈앞에 보이는 바다, 그리고 다른 침실에서 자고 있는 친구가 있으니 더없이 행복하기만 했다.

룸을 나와 호텔의 산책로를 걷던 나리는 바다와 조경이 잘 어우러진 정원의 사진을 찍었다.

"보내 줄까?"

사진을 재하에게 전송해 줄지를 두고 고민에 빠졌다.

현구를 따라 제일 좋다는 호텔에 묵어 봤지만 이곳보다 더 좋은 곳은 없었다. 국내 최고급 호텔이라고 할 만큼 새로 오픈한 호텔은 자체가 낙원처럼 아름다웠다. 이런 곳의 스위트룸을 예약해 주고 비용까지 해결해 준 재하에게 고마워 무언가를 해 주고픈 마음이었다.

사진 한 장 보내는 것으로 그 고마움을 다 표현할 수 없겠지만 그를 생각하고 있는 그녀의 마음을 재하라면 알아줄 것 같았다. 몇 번의 망설임 끝에 나리는 그에게 사진을 전송했다. 좋은 호텔을 이용할 수 있게 해 줘서 고맙다는 내용과 함께.

아직 일어나지 않았을 것이라 생각했던 그녀의 예상과 달리 그에게서 바로 메시지가 들어왔다.

[셀카라는 것도 있으니 피사체를 달리해서 한 장 보내는 건 어떨는지?]

'지금 셀카를 찍어서 보내 달라는 거야?'

셀카는커녕 재하의 말대로 피사체가 되어 사진에 찍힌 적이 언제인지 기억에도 없다. 마음을 달래기 위해 꽃과, 나무 등 아름다운 자연환경을 찍기는 했지만, 정작 자신은 찍힐 기회도 없었고 찍어 줄 사람도 없었다.

아침부터 괜한 짓을 해서 긁어 부스럼을 만들어 버렸다. 어쩔 줄 몰라 머뭇거리기만 할 때 그에게서 또다시 메시지가 들어왔다.

[민낯이라 곤란하다고 포샵 하지는 말고.]

믿거나 말거나 나리는 말도 안 되는 것 같은 거짓말을 찍어 보냈다.

[셀카 기능이 고장 났어요.]

하지만 말도 안 되는 핑계라는 걸 아는 것처럼 그에게 바로 답이 들어왔다.

[지금 당장 부산으로 내려가서 확인할 수도 있어. 언니분 카메라로라도 찍어서 보내 주지 않으면 사진이 아닌 신나리 실물 보러 난 당장 부산행~]

[언니는 아직 꿀잠 중이에요. 그리고 우리는 오전 중으로 올라갈 거고요.]

[신나리 생각보다 고집 세네. 조심해서 올라와.]

[네.]

사진을 보내지 않아도 된다는 마음에 안도하며 룸으로 돌아왔다.

세영이 잠에서 깨어나 커피를 마시고 있었다.

"어디 다녀와?"

"산책."

"하, 역시 여행으로 1박은 짧아. 더구나 이런 좋은 호텔에서 1박은 너무 많이 아쉽고. 너 나중에 윤재하 대표하고 여기로 놀러 와라. 진짜 좋다. 아! 둘이 밤을 함께 보내면 안 되는 거지? 안타깝네. 조만간 불같이 타오를 텐데……. 하긴, 뭐 꼭 밤을 새워야 역사를 이룰 수 있는 건 아니니까. 타오르려면 꼭 12시 전에 타올라라."

"무슨 소리 하는 거야?"

"무슨 소리긴? 사랑하는 남녀 사이에 잠자는 게 무슨 흠이야? 행여라도 그런 기회가 왔을 때 너 피할 생각하지 마! 너 유민정 아니고 신나리니까 괜한 생각하면서 피하지 말라고."

"민망하게 왜 이래?"

"민망은 무슨? 언제 어디서 불꽃이 튈지 모르니까, 늘 속옷은 섹시한 디자인의 세트로 챙겨 입어라. 혹시 모르니까 피임은 철저히!"

"됐어! 그만해!"

나리가 짓궂은 세영을 피해 욕실로 들어왔다. 하지만 그녀는 재하와 함께 밤을 보내는 나리의 모습을 그려 보았다.

"윤 대표하고…… 말도 안 돼!"

아직은 자신이 없었다.

❖

재하는 나리가 조금 일찍 와서 함께 저녁을 먹기 원했지만, 오전 중에 오겠다던 그녀는 통영까지 다녀오겠다며 밤늦게 도착할 거라 했다. 그리고는 저녁 7시쯤에서야 KTX를 탔다는 메시지를 보내왔다.

'오늘도 얼굴 보기 틀린 건가?'

그녀를 보지 못하는 것이 서운하기도 하고 아쉽기도 했다. 무엇보다 그녀가 그리웠다.

"늦게 도착한다고 그냥 보내 줄 수는 없지. 셀카 기능이 고장 났다는 깜찍한 거짓에 대한 대가를 받아야지, 신나리?"

다시 한 번 멋도 없고 애교도 없는 그녀의 메시지를 보고 있을 때 휴대폰이 울렸다. 나리였으면 하는 바람과 달리 발신인은 형우의 부친인 최 회장이었다.

"네, 아버님."

— 그래. 잘 지내지?

"네. 아버님도 건강하시죠?

— 그럼. 오늘 경영인 모임이 여기 호텔에서 있어서 왔다가 전화했다. 퇴근했니?

"아니요."

— 저녁식사 전이면 같이 할까? 어때?

"좋습니다. 지금 어디 계십니까?"

— 여기 야케 괜찮더라. 거기에 가 있으마.

"네. 바로 내려가겠습니다."

치훈이 아닌 최 회장에게서 아버지와 하지 못한 것들을 하며 부정(父情)이라는 것을 알았다. 친구의 아들이지만 친아들 못지않게 잘 챙겨 주었던 최 회장이 있어 형우와의 관계도 아직까지 이어지고 있는지 모른다.

빠르게 도착한 야케의 룸에서 최 회장이 재하를 따뜻하고 자상하게 맞아 주었다. 하지만 최 회장이 평범한 저녁식사 한 끼를 위해 그를 불러낸 것이 아니라는 걸 안 건 반주가 몇 잔 돌고 나서였다.

최 회장과의 대화는 평범하게 시작했다. 병원에 있는 윤 회장의 안부와 곧 있을 형우의 결혼 이야기로 부자(父子)만큼이나 편하게 대화하고 술을 마셨다. 어느 정도 술병의 술이 줄어들었을 때였다.

"재하야."

최 회장이 단단하게 힘이 들어간 목소리로 그의 이름을 불렀다.

"네, 아버님."

"너 내 아들 하자."

"이미 아들 아니었습니까?"

"Son in law. 예린이하고 현진이하고 둘 중에 하나 너한테 주마."

최 회장의 일방적인 생각인지, 아니면 형우의 작전인지, 그것도 아니면 여동생들의 깜찍한 도발인지 알 수가 없었다.

만일 나리를 만나지 않았더라면 농담이든, 진담이든 그리고 이 제안이 누구에게서 나온 것이든 상관없이 웃어넘기거나 생각할 여지라도 두었을지 모른다. 그러나 지금 그의 가슴에는 처음으로 심장을 떨리게 만든 나리가 있다.

아무리 아버지 같은 존재로 정을 나누고 마음을 나눈 최 회장이라고 해도 그에게서 나올 대답은 단호한 것이었다.

"아버님, 저…… 마음에 둔 여자가 있습니다. 누구보다 그 녀석들을 사랑하고 아끼는 아버님 마음을 잘 압니다. 결혼 상대자로 저를 생각해 주신 것에 대해서는 감사하지만, 마음이 다른 곳에 있으니 더 좋은 상대를 찾아보십시오."

최 회장은 재하의 말을 듣지 못한 것처럼 두 딸에 대한 이야기를 꺼냈다.

"예린이는 나이에 비해 철이 없어도 어려서부터 널 좋아하고 따라서 네 말이면 껌벅 죽지. 속 썩이지는 않을 거다. 현진이는 나이는 좀 어리지만 제 언니보다 생각 깊고 차분하고. 내조의 여왕이 돼서 널 잘 보필할 거고."

"아버님……."

"그래, 안다. 여태껏 너한테 여자가 없었던 것. 결혼 전에 그런 추억 하나 간직하는 것도 괜찮지. 하지만 그건 잠깐 맛봤으면 되는 거다. 큰일 할 놈이 여자한테 휘둘리면 안 되는 거야. 그러니 슬슬 정리하고 성가할 준비해. 너 미국에 있고 윤 회장님 건강하셨을 때, 회장님께서도 우리 애들 손주며느리 삼고 싶다고 하셨어. 아마 네가 예린이나 현진이하고 잘된 걸 아시면 누워 계시지만 기뻐하실 게다."

한숨을 꾹꾹 눌러 삼키며 재하는 앞에 놓인 술 한 잔을 마셨다.

최 회장이 이토록 꽉 막히고 답답한 성격이었는지 몰랐었다. 늘 호탕하고 시원하고 그러면서도 자상해서 형우를 부러워했었는데 그건 그저 친구 아버지였기 때문이었는지도 모른다.

이제는 아들의 친구로 자유롭게 대하던 때와 다르게 딸을 맡겨야 하는 장인의 입장에서 그를 상대하는 최 회장은 꽉 막히고 이기적이었다.

"왜 갑자기 이러시는 겁니까?"

"형우가 곧 결혼하잖니. 혼자 있는 너 보기 안쓰럽고 안타까워서 그런다. 예전부터 널 내 사위로 탐내기도 했고."

"그럼에도 아버님, 죄송합니다. 제 대답은 같습니다. 잠깐 맛보고 추억으로 남길 그런 감정 아닙니다. 이해해 주십시오."

못마땅한 눈길로 재하를 보던 최 회장이 갑자기 호탕한 웃음을 터뜨렸다.

"그래. 너한테도 여동생이나 다름없던 두 녀석을 갑자기 들이밀고 결혼을 얘기하니 기가 막히겠지. 그럼 우리 천천히 생각하자. 그 여자하고 어차피 끝까지 가지도 못할 건데."

최 회장의 마지막 말이 거슬렸다.

끝까지 가지도 못할 여자…….

형우에게 나리에 대한 이야기를 들은 게 확실했다. 그래서 몹시도 힘들도 불편한 상황이 되어 버린 것이고.

자신의 은밀한 연애 이야기를 최 회장에게 전한 형우를 탓해야 하는지, 아들의 말만 듣고 재하의 의사를 존중하지 않는 최 회장을 탓해야 하는지.

하지만 누굴 탓하고, 형우를 괘씸하게 여기는 것보다 제 마음이 흔들림 없이 단단하다는 것을 보여 줄 필요가 있었다.

“그 여자하고 끝까지 갈 겁니다. 걱정 마십시오. 전 아버지같이 되지는 않을 겁니다.”

최 회장이 별말 없이 고개를 끄덕거리며 미소를 보였다. 한 번도 본 적 없는 차가운 미소였다. 친구 아버지가 아닌 사업가의 승부사다운 냉소였다.

재하 역시 미소로 답을 했다. 그는 오히려 편하게 웃었다. 아직은 최 회장을 아버지로 여기고 싶었고, 잃고 싶지는 않았기 때문에.

1박 2일의 일정은 짧았지만 바쁘게 돌아다닌 탓에 서울에 도착했을 때에 피로가 몰려왔다.

“넌 그래도 젊어서 덜 피곤한 모양이다. 난 죽겠다. 빨리 가서 쉬고 싶어.”

기운 없이 늘어지는 세영과 함께 서울역에서 강남으로 이동할 때 재하에게 전화가 걸려 왔다.

“여보세요?”

— 도착하려면 아직 멀었어?

“서울역에는 도착했고, 집으로 가고 있어요.”

— 집? 그건 반칙인데? 여기로 와. 호텔 스카이라운지 바에 씨엘이라

고 있어. 기다리고 있을게. 빨리 와라.

왜 집으로 가는 게 반칙이냐고 물을 틈도 없이 전화는 끊어졌다.

"왜? 뭐래?"

"회사로 오라고. 집으로 가고 있다고 하니까 반칙이래. 왜 반칙인 거지?"

"왜긴? 초초초초특급 호텔 스위트룸에서 1박을 할 수 있게 해 줬는데 나 몰라라 하고 집으로 가는 건 반칙이 맞는 거거든."

듣고 보니 아주 틀린 말이 아닌 것 같다. 그에게 줄 선물은 부산에서 택배로 붙인 상태지만 그래도 얼굴 보며 고마웠다는 말을 건네는 게 맞다는 생각이 들었다.

그런데 그녀를 보는 세영의 눈빛이 좀 이상했다. 음흉한 것 같기도 하고, 걱정스러운 눈빛이기도 했다.

"왜 그렇게 봐?"

나리의 질문에 세영이 그녀의 귓가에 속삭였다.

"너 오늘…… 조심해야겠다."

"……응? 뭘?"

"딱 발목 잡히기 좋은 날이라는 거지. 어제 그 호텔을 잡아 준 게 떡밥이었나 보다? 윤 대표 보기보다 훨씬 음흉하고 치밀한데?"

그럴 수도 있고 아닐 수도 있지만 어떻다고 장담할 수는 없었다.

평소 윤재하의 젠틀한 모습을 생각하면 그렇게까지 치밀하거나 음흉하지 않다. 순수한 호의였고, 지금도 연인들의 흔한 만남의 시간을 보내기 위해 부른 게 맞을 것이다. 하지만 오늘따라 그의 목소리는 유난히 낮았고 취기까지 느껴졌다. 또한 윤재하도 지극히 평범한 30대의 남자다. 들끓는 욕망을 어떻게 해서든 분출하고픈 욕심이 있을 것이다. 그러니 온

전하게 그를 믿을 수도 없다.

"아침에 내가 한 말 명심하고. 그런데…… 시간이 너무 없는데?"

세영과 함께 나리가 확인한 시간은 10시. 민정으로 돌아가기까지 2시간 남짓이다. 마주 앉아 여행에서 있었던 일을 이야기하기에도 빠듯한 시간.

"너무 피곤하다고 핑계 대고 오늘은 일찍 헤어져. 아쉽겠지만 말이지. 그리고 훗날을 도모해. 완벽하게 준비해서."

자정까지 얼마 남지 않은 시간 때문이었는지, 갈수록 짓궂어지는 세영의 우스갯소리에 대꾸할 마음도 없이 나리는 가야 하는지, 말아야 하는지 고민에 빠졌다.

세영을 먼저 내려 주고 집으로 향해 가던 나리는 드림시티로 향하는 길과 집으로 가는 갈림길에서 택시기사를 향해 말했다.

"드림시티로 가 주세요."

그가 음흉한 쪽으로 치밀한 사람이 아니라는 것에 한 표를 던졌다. 자신의 선택이 맞다는 걸을 확인하고 싶었다. 그 이유가 아니더라도 그에게 가고 싶은 마음이 더 컸다.

하지만 호텔에 도착해 바의 룸에서 혼자 술을 마시고 있는 재하를 봤을 때는 조금 불안했다. 그 혼자 마신 양이 양주 반병이다.

'결국 이 남자도 같은 수법을 쓰는 건가?'

그래도 다행인 점은 그렇게 마셨음에도 그의 자세는 꼿꼿하고 눈동자 역시 또렷하다는 것이다.

"즐거웠어?"

목소리는 가라앉아 있었다. 그녀를 보며 웃어 주는 표정은 약간의 긴장이 풀린 정도로 보였다.

“네. 그런데 왜 혼자서 술을……?”

“신나리가 놀아 주질 않으니까.”

“놀 나이는 아닌 것 같은데…….”

재하의 맞은편에 나리가 앉았다.

“우리 나란히 앉으면 안 될까?”

“왜요?”

“키스하고 싶어서.”

세영의 말대로 호텔이 떡밥이었는지, 아니면 지금 마신 술이 떡밥인지. 어쨌든 오늘 이 남자도 같은 수법을 쓰는구나, 싶었다.

“난 싫은데요.”

나리의 대답에 재하가 고개를 끄덕거렸다. 싫다는 그녀의 마음을 이해하는 행동이 아닌 그냥 취기에 의해 나오는 무의식적인 행동으로 보였다.

“서운하네. 믿었던 분한테 배신당한 기분이 들어서 심란한데. 위로를 좀 해 주면 안 되는 건가?”

우울한 표정을 하는 재하를 보며 나리는 웃음을 터뜨릴 뻔했다. 어쩜 세월이 지나도 남자들의 수법은 한결같은지. 더구나 얼마 전에 나리를 유혹하려 했던 현구의 수법을 보며 그녀에게 따끔하게 한마디까지 하던 그가 똑같은 행동을 하고 있다니.

“위로는 여자의 입술보다 독한 술이 더 잘해 주죠.”

나리가 그의 술잔을 가득 채워 주었다.

“건조하고 애교도 없는데 냉정하기까지.”

재하가 그녀가 가득 채워 준 술잔을 들었다.

“우리 사이, 갑과 을이 존재하는 것 같다. 네 말대로 독한 술로 위로받으려고 이걸 군소리하지 않고 마시는 걸 보면. 윤재하가 원래 이런 콘셉

트의 인간이 아닌데."

재하가 단숨에 술잔을 비웠다.

"위로받기는 그른 것 같고, 그럼 여행 후기나 들어 볼까?"

허리를 곧게 펴고 앉아 있던 그가 소파 깊숙하게 몸을 파묻었다.

'슬슬 시작이구나. 저러다 정신줄 놓은 것처럼 눈을 감고 있다가 픽 쓰러지겠지.'

"어디, 어디 다녔어?"

"유명한 곳은 다요. 국제시장, 태종대, 해운대, 남포동, 달맞이길 등등."

"렌트카로?"

"네."

"부산은 운전하기에 길이 좀 복잡하고 힘든 곳이던데."

"세영이…… 언니가 운전을 좀 잘해요. 괜찮았어요."

그렇게 부산여행에 대한 대화가 오가는 동안 나리의 예상대로 재하는 눈을 뜨지 않았다.

'내가 저럴 줄 알았지.'

나리가 큰 소리로 재하를 깨웠다.

"대표님, 피곤하면 그만 일어나죠."

"음. 그러자."

재하가 자리에서 일어나면서 몸을 휘청거렸다. 예상에서 한 치도 벗어나지 않는 그의 행동에 이제는 기가 막힐 따름이었다.

그는 좀 다를 줄 알았는데.

애써 정신을 차리며 밖으로 나온 재하가 시간을 확인하는 것을 보고 나리도 휴대폰을 켰다.

11시 15분.

“가자, 데려다줄게.”

데려다주겠다고?

원래 이 대목에서는 데려다줄 수 없다며 곤란한 척을 해야 한다. 그리고 룸으로 올라가면 안 되겠냐고 넌지시 제안해야 하는데, 그는 그녀를 데려다주겠다고 나섰다.

“그럴 상태가 아닌 것 같은데요? 혼자 가도 되니까 제 걱정 마시고 대표님은 그냥 여기에서 주무시죠?”

“그럴 수는 없지. 이 시간에 여자 친구를 그냥 보내는 건 남자 친구의 도리가 아니지. 가자.”

“괜찮아요. 진짜로.”

하지만 그는 그녀의 말은 아랑곳하지 않고 호텔 로비까지 내려왔다. 정말로 그녀를 데려다줄 기세다.

‘이대로 가다가는 이 남자 앞에서 사라지겠는데.’

쩔쩔매는 나리와 다르게 재하는 느긋했다.

“택시로 갈까? 아니면 대리기사를 불러 내 차로 움직일까?”

그러는 사이 8분이라는 시간이 흘렀고, 나리는 어떤 핑계로 이 자리를 벗어나야 하는지 머리를 굴렸다.

‘어떡하지? 뭐라고 하고 달아나지?’

방법은 하나밖에 없었다. 서두르지 않으면 안 되는 상황에 나리가 급하게 외쳤다.

“오늘 여기서 자고 갈 거예요. 룸 하나 잡아 주세요.”

놀란 재하가 눈을 깜빡였다. 아마도 그는 오해를 하고 있는 듯했다. 놀라는 모양새가 그와 함께 밤을 보내고 싶다는 의미로 이해한 것 같았다.

"그리고 제가 좀 급해서 그러는데…… 룸 키만 빨리 주시면 안 될까요? 체크인 카드는 대표님이 쓰시고."

아직도 상황 파악이 안 되는지 재하는 그저 그녀를 바라보고 있을 뿐이었다.

"저 되게 급하다고요!"

나리가 창피함을 무릅쓰고 재하에게 버럭 소리를 질렀다.

"아, 알았어."

프런트로 간 재하가 키를 받아 들고 뛰어와 그녀에게 건넸다.

"저 지금 되게 창피하니까 룸으로 찾아오지 말고, 전화도 하지 말고, 휴대폰 문자도 하지 마세요! 그런 거 하면 다시는 대표님 안 볼 거예요!"

"어, 그래. 안 할게. 얼른 가서 급한 일 해결하고 푹 쉬어."

그에게서 키를 빼앗듯 받아 든 나리는 엘리베이터를 향해 빠르게 걸어갔다.

'어우, 창피해. 괜히 와서 이 무슨 쇼냐고.'

뒤통수가 따갑고 뜨거웠지만 나리는 최대한 빨리 움직여 룸으로 들어왔다. 안도의 한숨을 내쉬며 시간을 확인하니 11시 36분.

다리에 힘이 풀려 그 자리에 주저앉았다. 이마에 흐르는 식은땀을 닦았다. 위기의 순간을 넘겨 마음의 여유가 찾아왔을 때, 나리에게서 흐뭇한 미소가 나왔다.

'그 남자는 그게 수법이 아니라 진짜로 취하고 힘든 거였나 보네.'

미안하고 동시에 고마웠다. 그리고 그녀는 민정으로 돌아갔다.

❖

최 회장을 향한 자신의 감정을 다스리지 못해 취한 것도 미안한데 잠깐 졸기까지 했다.

여행으로 인해 피곤했을 그녀를 불러 놓고 이 무슨 실수인가 싶어 힘든 몸과 마음을 추스르고 그녀를 안전하게 데려다주려 했다. 취중이었지만 그녀를 집까지 데려다주어야 한다는 책임감은 선명했다. 그런데 그녀가 느닷없이 외쳤다.

"오늘 여기서 자고 갈 거예요. 룸 하나 잡아 주세요."

순간 정신이 확 들었다. 그리고 반성했다.

'혹시…… 로맨틱한 밤을 기대하고 온 걸까? 그런데 내가 취해서 화를 내는 걸까?' 어쩌지?

제대로 실수를 한 것 같아 어쩔 줄 몰랐다.

"그리고 제가 좀 급해서 그러는데…… 룸 키만 빨리 주시면 안 될까요? 체크인 카드는 대표님이 쓰시고."

뭐가 급하다는 거지?

그녀에게 급한 것이 무엇인지 고민하는데 나리가 버럭 하고 화를 냈다.

"저 되게 급하다고요!"

그때서야 그녀의 불안한 눈동자와 주먹을 꽉 쥐고 떠는 모습이 눈에 들어왔다. 생리적 현상으로 인해 많이 힘들어 보이는 모습이었다. 급하다는 그녀를 위해 프런트와 컨시어지에 있는 직원들 앞에서 체면이나 품위는 없었다. 그대로 프런트로 달려가 키를 받아 그녀에게 건넸다.

꽁지 빠지게 달아나는 그 모습이 어찌나 귀엽던지.

찬물 샤워를 하고 물기 젖은 머리를 말리다가 재하는 웃음을 터뜨렸다. 지금 생각해도 다급해 보이는 그녀의 표정과 버럭 하는 모습이 귀엽고 사랑스러웠다.

"위기의 순간은 잘 넘겼을까?"

재하가 휴대폰을 들었다가 창피하다고 전화도 하지 말라는 그녀의 말이 떠올라 다시 내려놓았다. 그러다 문득 의문이 들었다.

"진짜 급했던 걸까?"

자고 가겠다고 룸 잡아 달라는 그 의미를 자신이 바로 눈치채지 못해 괜한 핑계를 대고 화를 낸 건 아니었는지. 생각이 깊어지고 그때를 되짚어 볼수록 자신이 나리의 계획과 마음을 알아차리지 못한 결과라는 생각이 들었다.

"내가 실수한 게 맞는 것 같은데……. 나이가 어려서 자신의 그런 마음을 표현하는 것도 쉽지 않았을 텐데."

키스하기 싫다는 말을 곧이곧대로 듣고, 하지 않은 것에 후회되었다.

"신나리, 오늘은 미안하다. 대신 다음엔 네가 주는 사인을 놓치지 않을 테니……, 마음 풀었으면 좋겠는데."

그런데 왜 이렇게 히죽히죽 웃음이 나는지.

❖

숨 막히도록 급했던 위기의 순간을 넘기고 민정으로 돌아왔다. 그런데 오늘은 침대에 앉아 TV를 보는 것이 아니라 변기에 앉아 있는 것이 아닌가. 볼일을 보는 건 아니었고 닫힌 변기 뚜껑 위에 앉아 있었다. 그것도 아주 낯선 화장실 안에 있는 변기.

'여기가 어디지?'

밖에서는 여자들의 대화 소리와 함께 구둣발 소리 그리고 물소리가 들렸다. 어떤 업소의 여자 화장실인 것 같았다. 자정인 시간에 집이 아닌 곳에 있다는 것도 놀라울 일이지만 그녀의 옷차림은 민정을 더욱 놀라게 만들었다.

쫙 달라붙는 스키니 진에 킬힐, 그리고 크롭티.

'할머니…… 도대체 오늘 무슨 일을 벌이신 거예요?'

화장실 문에 걸려 있는 핸드백 안에서 민정은 휴대폰을 찾아냈다. 혹시라도 연화가 남겼을 메모가 있는지 확인하기 위해.

[네가 민정이로 돌아오면 많이 놀라겠구나. 놀라지 마라, 아가. 이곳이 클럽이라는 곳이다. 너도 한 번도 안 와 봤지? 정신 사납지만 그래도 아주 재미있는 곳이다. 그래서 집에 가야 하는 시간을 놓쳤다. 걱정은 마라. 네 남편은 세미나 간다고 며칠 집에 안 들어올 거고, 네 시모는 산으로 기도 들어갔다. 엄밀하게 말하자면 내가 들여보낸 꼴이지만. 그러니 맘 편하게 더 놀다 가도 된다. 참고로 괜찮은 사내놈들도 많더구나.]

클럽? 할머니가 클럽을 오셨다고?

그러고 보니 쿵쾅거리는 음악 소리가 밖에서 들려왔다.

'진짜 괴짜셔. 사대부 출신이 맞으신 거야?'

새어 나오는 웃음을 참으며 핸드백을 들고 화장실을 나왔다. 주로 나리 또래의 젊은이들이 춤을 추거나 술을 마시고 있었다. 방탕한 것처럼 보여 한심하기도 했지만 자유와 젊음을 제대로 즐기는 것 같아 부럽기도 했다.

'할머니는 이런 분위기에서 혼자 있는 게 정말 재미있으셨던 걸까?'

세영이와 함께라면 모를까, 그곳에 혼자 있고 싶지 않은 마음에 클럽을 나와 택시를 타려 할 때였다.

'그런데 무슨 돈으로 이런 데를 오셨지?'

지갑을 열어 보니 5만 원짜리 지폐가 여러 장 있었다. 현구와 시모가 이렇게 후하게 현금을 줄 리 없다. 굳이 이유가 있다면 현구가 민정에게 잘못한 걸 들켰다는 것. 그런데 연화의 최근 메모에는 그런 내용도 없었다.

일단은 현금이 있어 택시부터 잡았다. 그리고 집이 아닌 드림시티로 행선지를 말했다. 현구도 없고, 시모도 없는 집에 굳이 들어갈 이유가 없다. 민정으로 변해 있을 연화와 함께 아침을 맞이하고 함께 식사를 하고 싶은 마음에 드림시티로 향했다. 하지만 도착해서 나리가 있는 룸 앞에 섰을 때, 낭패를 만났다.

안에 있어야 할 나리는 민정으로 돌아온 자신이니 문을 열어 줄 이는 룸 안에 없다. 그렇다고 키가 있는 것도 아니고, 직원에게 문을 열어 달라고 할 수도 없는 일. 꼼짝없이 체크인을 하고 새로운 룸으로 들어왔다. 그리고 휴대폰에 메모를 남겼다.

[저는 1205호에 있어요. 아침 식사 같이해요, 할머니.]

❖

Trrrr—

룸에 있는 전화기 벨이 요란하게 울렸다.

"여보세요?"

— 안녕하십니까, 대표님. 말씀하신 1205호 투숙객님 내려오셨습니다.

"알았어요."

전화를 끊고 재하는 침대에서 빠져나왔다. 어젯밤 나리에게 룸을 잡아주고 그도 오피스텔로 가지 않았다. 회사에서 밤을 새우기 위해 마련된 제2의 집무실이기도 한 룸에서 하루를 보냈다. 그녀와 아침식사 시간을 함께 하기 위해.

빠르게 샤워를 마친 후 호텔의 아침식사가 이루어지는 라운지 카페로 향했다. 어젯밤 일로 민망해할지 모르는 그녀의 마음을 어떻게 하면 편하게 해 줄 수 있을지, 그리고 그녀의 마음을 알아채지 못한 미안함을 어떻게 하면 자연스럽게 전할 수 있을지 고민하며.

재하가 입구로 들어서자 직원이 곧바로 나리가 앉아 있는 창가로 그를 안내했다. 그런데 그녀는 혼자가 아니었다.

"1205호 조식은 1인 권만 나간 걸로 알고 있는데, 함께 있는 분은 어떻게 된 겁니까?"

"그분은 1209호 투숙객이십니다."

"1209호 투숙객? 알았습니다."

재하는 나리에게 가기 전 프런트에 전화를 해서 1209호의 체크인 시간을 알아보았다.

— 새벽 12시 25분에 체크인하셨습니다.

"알았습니다."

재하가 멀리서 두 사람을 지켜보았다.

'가정주부가 12시 넘은 시간에, 저 차림으로 호텔에 왔다고?'

아무리 봐도 석연치 않은 게 많은 여자다. 나리가 여자에게 제대로 속고 있다는 느낌이 들었다.

재하가 두 사람이 앉아 있는 테이블로 다가가 먼저 인사를 건넸다.

"안녕, 나리. 안녕하십니까?"

그의 출현에 나리는 화들짝 놀랐지만 여자는 놀라지도 않을뿐더러 그에게 인사를 건네는 여유로움을 보였다.

"아, 네. 안녕하세요?"

재하가 자연스럽게 나리 옆으로 앉으며 자신을 정식으로 소개했다.

"윤재하입니다. 나리 남자 친구."

"유민정이에요. 반가워요."

"오늘은 반가운데 왜 병원에서 본 날은 피하셨는지 궁금하군요."

도전적인 재하의 말투에 나리가 당황하며 나섰다.

"대표님, 저기…… 언니한테 왜 그래요?"

"그때는 이렇게 정식 인사를 나누기 전이었으니까. 이제는 보면 우리 반갑게 인사합시다."

"반갑게라? 좋죠. 반갑게."

"대표님, 뭣 좀 드셔야죠."

"그래야지."

재하가 일어서 푸드 테이블로 갔다. 그가 자리에서 멀어지자 연화가 나리의 귀에 속삭였다.

"저 녀석은 내가 맘에 안 드나 보다? 네가 저번에 알려 줬던 것처럼 현구 놈 때문이겠지?"

"네."

"그래도 그렇지. 저보다 연장자고 여자 친구가 좋아하는 언니라고 하는데 저런 식으로 인상 찌푸리고 나오다니. 버르장머리가 없구나."

"버릇없는 남자는 아니에요. 그냥 나리를 너무 아끼고 생각하다 보니까……."

"아이고, 우리 나리가 저 녀석 편을 드네. 그렇게까지 좋은 게냐?"

놀리는 것 같은 연화의 말이 틀리지 않아 나리의 얼굴이 붉어졌다.

"그래, 내가 좀 봐주마. 나리 네가 좋다고 하니까. TV에서처럼 이 만남은 반댈세, 하고 어깃장 좀 놓으려 했더니."

그러는 사이 재하가 음식을 담아 자리로 돌아왔다. 그의 표정은 여전히 구겨져 있었다.

"어제 어디 좋은 곳에 다녀오셨나 보네요. 패션이 상당히 도발적입니다. 주부답지 못하게."

"이 패션이 어때서? 그런 윤 대표는 저승에 다녀온 사람처럼 그 패션 상당히 구리네요. 이런 호화스러운 곳 대표답지 못하게."

"유민정 씨."

"왜요, 윤재하 씨!"

"두 분 왜 이러세요?"

분위기가 더 험악해지기 전에 나리가 나섰다. 하지만 서로를 바라보는 재하와 연화의 표정은 여전히 날카로웠다.

"대표님, 아무것도 모르면서 언니한테 그렇게 함부로 말씀하지 마세요. 저한테 너무 소중한 분이에요. 부탁할게요."

나리의 말에 재하의 인상이 구겨졌다. 그녀에게 소중한 사람이 자신이 아니라는 것이 서운했고, 인격이나 사생활이 투명하지 못한 것 같은 여자의 편을 드는 것이 기분을 상하게 만들었다.

"아니다, 나리야. 내가 너무 어른답지 못했구나. 너한테 좋은 남자 친구인데 내가 그걸 잠시 잊었다. 미안하다."

재하를 바라볼 때와 다르게 세상에 없는 따뜻하고 다정한 시선으로 나리를 보며 연화가 웃어 주었다. 그런 연화의 모습에 재하의 속이 더 부글거렸다.

"이봐요, 윤 대표님. 내가 미안해요. 나는 이만 빠져 줄 테니까, 우리 나리 잘 부탁해요. 많이 예뻐해 주고 사랑해 주고 아껴 줘요."

민정이 일어섰다.

"이렇게 가시면 어떡해요?"

"나야 매일이 바쁜 사람이잖니. 이렇게 있는 거 시간 낭비야. 천천히 먹고 가. 윤 대표님도 천천히 드시고 가세요."

연화가 걸음을 옮기자 나리도 자리에서 일어서서 그녀를 따라나섰다.

"할머니!"

재하가 놀라 나리와 연화를 번갈아 보았다. 이번에도 나리 혼자 당황한 듯 쩔쩔맸다.

"어젯밤에 할머니 꿈을 꿨다고 하더니, 아직도 잠이 덜 깬 거니? 쯧쯧. 나오지 말고 진한 커피라도 마셔라."

연화가 따라나서려는 나리에게 그냥 앉아 있으라는 손짓을 보이고 라운지 카페를 나갔다. 그 뒷모습을 멍하니 바라보고 있던 나리가 자리에 앉아 한숨을 내쉬었다.

"저 언니라는 양반…… 처음에 어떻게 알게 된 거야?"

"그걸 왜 궁금해하죠?"

"정말 믿을 만한 사람인지……."

"대표님은 왜 내 말을 믿지 못해요? 분명 나한테 소중한 분이라고 말했는데, 왜 그대로 믿지 못하고 저분을 의심하는 거냐고요."

"앞뒤가 안 맞아. 나리에게서 듣기로는 지옥 같은 결혼생활에 지쳐 희망도 없이 살고 있는, 가엾고 안된 가정주부여야 하는데, 저 모습을 봐. 밤새 클럽에서 놀고 온 모습이잖아. 무섭고 지독한 시어머니 아래서 아침을 준비하고 있어야 할 이른 시간에 저 차림으로 호텔에 있는데 믿음이 가나? 나리가 봐도 이상하지 않냐고."

재하의 말을 들은 나리는 자신의 치명적인 실수를 깨달았다. 그리고 재하가 왜 이리 화를 내고 의심을 하는지 이해가 갔다. 그에게 자신이 살아온 민정을 이야기 해 주었으니 연화인 민정이 이상할 수밖에.

이 사태를 어떻게 수습해야 할지 난감해졌다. 어젯밤 12시가 가까워 올 때와 마찬가지로 등에서 식은땀이 나는 것 같았다.

"언니가 이제 정신 차리고 반란을 일으키는 중이에요."

"반란?"

"지금과 다른 삶을 살기 위해 변화하고 반항하는 중이라고요."

연화로 인해 매일 밤 본의 아니게 본 드라마에서 지금과 비슷했던 상황의 장면이 떠올랐다. 그래서 변하겠다고 독하게 마음먹은 비련의 여주인공의 대사를 따라 했다. 하지만 재하는 여전히 믿을 수 없는 시선으로 그녀를 뚫어지게 보고만 있었다.

"내가 그렇게 하라고 부추겼어요."

나리의 눈동자는 불안하게 흔들렸고 목소리도 점점 작아졌다. 재하는 그런 나리를 보며 진실이 아니라고 느꼈다. 하지만 더 이상 그녀를 추궁할 수는 없었다. 그렇다면 나리는 또다시 민정이라는 여자의 편을 들 것이고, 그는 똑같은 서운함을 느껴야 한다. 그게 싫었다.

"알았어."

"저번에 약속한 대로 언니의 남편은 만나지 않아요. 앞으로도 그럴 거고. 그렇지만 언니하고의 관계는 대표님이 상관하지 않았으면 해요."

"그러지. 그런데 할머니라고 부른 건 뭐야? 무슨 꿈을 꿨는데 언니를 할머니라고 부는 거지?"

"……어젯밤 꿈에 민정 언니가 돌아가신 내 26대조 할머니라고 하면서 나타났어요. 그 꿈 때문에……."

내내 인상을 쓰고 있던 재하의 표정이 그때서야 풀렸다.

"꿈 한번 요상하군."

그 요상한 꿈이 현실이라고 알려 주지 못하는 나리의 마음은 답답하면서도 아팠다. 그에게 속이는 게 많아 미안한 마음에 시선을 피한 채 커피를 마셨다. 그도 더 이상 민정에 관한 말은 할 생각이 없는지 나리와 똑같이 커피를 마셨다.

"어제 미안했어."

재하에게서 뜬금없는 사과의 말이 튀어나왔다.

"네? 뭐가요?"

뭐가 미안하다는 건지 생각했다. 그녀가 수법이라고 생각했던, 술에 취해 정신을 차리지 못한 것에 대한 미안함을 이야기하는 것이라 생각했다.

"다음에는 그러지 마요."

"알았어. 다음에는…… 술에 취해도 눈치 없이 그냥 보내지 않을게."

재하의 말을 제대로 알아들을 수는 없었지만 나리는 그가 별 뜻 없이 한 말이라 여기고 넘겼다.

"이제 집으로 바로 갈 건가? 아니면 체크아웃까지 시간 좀 있으니까 룸에서 좀 더 쉬다 가든가."

"집에 가야죠. 오늘 할 게 많아요. 커피숍 집기들 알아봐야 해요."

"그럼 집에 데려다줄게. 출근까지 아직 시간 여유 있으니까. 가자."

"룸에서 가방 가지고 와야 해요."

"그러지."

나리는 룸으로 올라와 겉옷과 함께 가방을 챙겼다.

"나가요."

출입문을 향해 가는데 그녀의 손목을 재하가 붙잡고 끌어당겨 자신의 품속으로 그녀를 가두었다.

"지금은 키스해도 되나?"

나리는 너무도 갑작스러운 그의 행동에 놀라 질문에 답도 못했다.

"어제처럼 싫다고 하지 마."

어제 싫다고 한 건 그냥 한 말이었다. 그러나 지금은 두려워서 안 된다는 말을 하고 싶었다. 단둘이 있는 룸, 그것도 침대 바로 옆에서 키스를 하는 것만큼 위험한 일도 없다. 그 위험함이 나리에게는 두려움이었다.

그러나 그에게 대답을 건네기 전에 그의 입술이 그녀의 입술에 겹쳐졌다. 열린 입술 사이로 따뜻한 숨결이 오가고 서로의 혀가 얽히고 타액이 오갔다.

눈을 감고 그의 호흡까지도 느끼고 있으니 두려움 같은 건 느껴지지 않았다.

그와 첫 키스를 나눌 때보다 더 깊고 진한 입맞춤으로 인해 조용한 룸이 남녀의 거칠어지는 숨소리로 채워졌다. 그때, 그의 손길이 그녀의 티셔츠 안으로 들어와 맨허리를 쓰다듬었다.

'헉! 위……험……해.'

재하의 손이 그녀의 맨살에 와 닿을 때, 나리가 반사적으로 그를 밀어

냈다. 그 탓에 재하가 휘청거리며 중심을 잃었고, 그 바람에 오히려 그녀를 안고 침대로 쓰러지는 꼴이 되었다.

"다른 뜻은 없었는데, 미안."

손을 티셔츠 안으로 집어넣었으면서 다른 뜻은 없었다고? 그럼 속살을 더듬는 행동은 무슨 뜻인데!

그녀의 그런 속마음을 들은 사람처럼 재하가 그 뜻을 밝혔다.

"진도를 좀 더 빼 볼까 했는데…… 쉽지 않네."

재하가 몸을 일으키자 나리도 재빠르게 일어났다. 나리는 좀 더 두고 보지 못하고 밀쳐 낸 것을 후회했다. 다른 뜻이 없었다는 그의 말이 맞는다면 이토록 무안하고 어색한 상황이 만들어지지 않았을 테니 말이다.

재하의 시선을 피하며 서둘러 출입문으로 발걸음을 옮기려는 나리의 손목을 그가 잡았다. 부끄러워하는 그녀와 달리 재하의 입가에는 미소가 걸려 있었다.

그의 스킨십에 당황한 나리는 자신이 촌스러운 게 아닌가 하는 생각이 들었다. 평범한 24세의 여자라면 이런 상황에서 겁먹거나 움츠러들지 않는 경우가 더 많았을 텐데. 민정과 나리 사이의 괴리감이 느껴졌다.

"다음엔 밀지 마."

농담을 하는 것인지, 진담으로 건네는 말인지 알 수 없을 정도로 웃고 있는 재하의 모습이 진지해 보였다.

"다음에도 다른 뜻은 없을 테니까."

할 말을 끝낸 재하가 나리의 손을 잡고 룸을 나왔다. 자연스럽게 행동하는 재하는 그녀와 다르게 지금의 상황이 아무렇지도 않은 모양이었다.

'서른여섯 유부녀가 스물넷 아가씨의 몸을 입고 연애하는 건 쉬운 게 아니구나.'

나리는 달달하게 행복할 것만 같던 연애의 첫 장벽을 만났다.

'어쩌지? 앞으로 계속 이런 스킨십의 상황이 생길 텐데…….'

그것은 넘을 수 없어 피하고만 싶은 높디높은 벽이었다.

2권에서 계속…